囚われのイヴ

アイリス・ジョハンセン
矢沢聖子 訳

TAKING EVE
by Iris Johansen
Translation by Seiko Yazawa

mira

TAKING EVE

by Iris Johansen

Japanese translation rights arranged with JANE ROTROSEN AGENCY
through Japan UNI Agency, Inc.

Published by K.K. HarperCollins Japan, 2019

囚われのイヴ

おもな登場人物

イヴ・ダンカン――――――復顔彫刻家
ジョー・クイン――――――イヴの恋人。アトランタ市警の刑事
ジェーン・マグワイア――――イヴの養女
マーク・トレヴァー――――ジェーンの元恋人
ベン・ハドソン――――――イヴの友人
セス・ケイレブ――――――謎の男
デボン・ブレイディ――――研究者
マーガレット・ダグラス――デボンの知人
ベナブル――――――――CIA捜査官
リー・ザンダー――――――殺し屋
ハワード・スタング――――ザンダーの秘書
ジョン・ターサー――――――軍の有力者
ケヴィン――――――――殺された青年
ジム・ドーン――――――ケヴィンの父親
テレンス・ブリック――――ケヴィンの友人

1

コロラド州　ゴールドフォーク
午前七時三十五分

準備はできた。

ジム・ドーンはふっと息をつくと、小さな木造家屋の玄関に鍵をかけた。徹底的に調査して綿密に計画を立てた。あとは実行するだけだ。

もうすぐだよ、ケヴィン。ずいぶん待たせたが、万事抜かりなくやるには時間がかかるんだ。へまするわけにいかないからね。

スーツケースを車のトランクに入れ、スチール製の工具箱を助手席に置いた。そして、運転席についてエンジンをかけた。

「ドーン、待ってくれ」隣人のラルフ・ホッダーが、両家を仕切る猫の額ほどの芝生に小走りで近づいてきた。「黙って出ていくつもりだったのか?」ぜいぜいと喉を鳴らしながら車のそばに来た。太っているから、ちょっと走っただけで息が切れてしまう。「そりゃないだろう」

「やあ、ラルフ」ドーンはとっさに身構えたが、精いっぱいさりげない顔をした。ホッダーは無害な男だ。いちいちおおげさなだけで。「何か用でも？」

「いや、礼を言っておきたくてね。息子から聞いたよ。しばらく留守にするそうだな。家のことは心配しなくていい。気をつけておくから」ホッダーはドーンの肩を叩《たた》いた。「あんたがいなくなったら寂しくなるよ。マットによくしてもらって、女房のリアもおれもどんなに感謝してるかわからない。十代の男の子は扱いにくくてしかたがないが、あんたが隣に越してきてくれて助かった。あの古い車の修理を手伝ってくれたおかげで、あんたには心を開くようになって」

「いいんだよ、礼なんか。マットはいい子だ。力になれてよかった。なんと言ったって、子どもに勝る宝はないからな」

「そのとおりだよ」ホッダーの顔から笑みが消えた。「家族の心配事があるとマットから聞いたが、うまくおさまるといいな」

「時間がかかるかもしれないから、留守の間、家の様子を見てもらえるとありがたい」家のことを心配していると思わせておいたほうがいいだろう。いっそ焼き払ってしまいたいと教えたってしかたがない。「たまに電話を入れて、様子を訊《き》かせてもらうよ」

「声を聞くのを楽しみにしてるよ。芝刈りはマットにさせておくから」ホッダーは車のそばを離れた。「あんたはいい隣人だよ、ドーン。せめてこんなことでも、息子がかわいがってもらった恩返しができたらうれしい」

「マットを大事にしてやれよ」ドーンは車を出した。「失ってみて初めて、息子がどれだけ大きな存在だったかがわかる。わたしは身をもって思い知らされた」

いや、それは嘘《うそ》だ。ケヴィンがどれだけ大きな存在だったか、どれほど息子を愛していたか、あの子が生まれたときからずっとわかっていた。ケヴィンはあらゆる意味で並はずれた子どもで、人生最大の喜びだった。

あの男に奪われるその日まで。

ドーンは腹の底から込み上げてくる怒りを抑えた。ようやく始まったばかりだ。怒りに我を忘れている余裕なんかない。計画どおりに進めなくては。悲しみも怒りも頭から追い出そう。計画を実行するために必要な武器を手に入れるまでは。

GPSを確認した。すでにジョージア州アトランタに設定してある画面に住所録を出した。それがすむと、ちょっとためらってから周囲を見回して、助手席に置いてある工具箱の蓋をそっと開いた。

旅の始まりは息子と分かち合わなくては。ふたりでこんなに長く待ったんだから。絹布を張った工具箱におさめた頭蓋骨――それを覆うベルベットをそっとはずした。「いよいよだ、ケヴィン。約束は守るからね」

黒く焼け焦げた頭蓋骨のくぼんだ眼窩《がんか》が見上げている。

身を切られるような悲しみが突き上げてきた。これだけ時間が経《た》ったのだから、いいかげん慣れてもよさそうなものなのに、この底なしの悲しみはどうすることもできない。ケヴィンは端整な顔立ちで、ちょっとしたしぐさにもなんとも言えない魅力があって……。涙が盛り上がってきた。手を伸ばして頭蓋骨に触れてみた。「情けない父親で申し訳ない、ケヴィン。だが、おまえのことはぜったいに忘れないよ」視線を上げて工具箱の蓋の裏に貼ってある女性の写真を眺めた。「この女がおまえを元どおりにしてくれる」そう言うと、口元を引き締めた。「そしてそのあとで、おまえをこんな姿にした男を引き渡してくれる」もう一度頭蓋骨を眺めてから、蓋を閉めた。「この女が全部やってくれるからね、ケヴィン。ちゃんとやるのをふたりで見届けよう」

そう言うと、GPSの画面に手を伸ばして、イヴ・ダンカンの住所を選択した。


闇がどんどん迫ってくる！　息が苦しい……苦しくて、窒息しそう。

「目を覚ませ」ジョーがイヴを抱き寄せて軽く唇を合わせた。「悪い夢を見たね」

はっとして目を開いた。ジョーが笑いかけている。助かったと思ったとたん気が抜けた。イヴはふっと息をついた。「夢だったのね。ごめんなさい」

「謝ることなんかないさ。首を絞められたみたいに苦しがっていたから」ジョーは立ち上がった。「夢の世界から連れ戻したほうがいいと思って」

たしかに、息苦しくて死にそうだった。その感覚をおぼろげに覚えている。闇がどんどん迫ってきて、そのとき誰かが、何者かが、その息苦しさを払いのけようとしてくれた。

「よかった」イヴは起き上がった。「ずっと見ていたいような夢じゃなかったから」そう言うと、小首を傾《かし》げてジョーを眺めた。「あら、もう着替えたの？　今日も署に寄るの？　マイアミで裁判に立ち会うために、直接空港に行くんじゃなかった？」

「その前に書類仕事を片づけておこうと思って」ジョーはイヴを立ち上がらせた。「さあ、起きて。出かける前にいっしょにコーヒーを飲もう」

「いいわね。今から寝直す気にはなれないし」ガウンをつかむと、ジョーに続いて寝室を出た。「それに、今日はライアンを仕上げなくちゃ。ゆうべ遅くまでがんばったから、今日中に終わりそうよ」作業テーブルの前を通り過ぎた。テーブルの上の塑像台《そぞうだい》にのせた小さな男の子の頭蓋骨が、復顔の最後の仕上げを待っている。「出来がよさそうな気がするの」

「いつもそうじゃないか」ジョーはコーヒーカップを渡した。「出来が悪かったことなんかない。きみはプロ中のプロだよ」

「おだてないで」イヴはカップを受け取ってポーチに出た。早朝の日差しを浴びて湖がきらきら輝いている。空気はひんやりと心地よい。「出来具合にいつも満足しているわけじゃない。途中で邪魔が入るときもあるし。どうしたの、急に持ち上げるなんて?」

「ぼくは素人だから復顔像の出来はよくわからないが」ジョーは笑いながらポーチのブランコに腰かけると、イヴを引き寄せた。「ぼくがいない間、機嫌よく過ごしてくれたら、帰ってきたとき熱烈な歓迎を受けられるんじゃないかと思ってね」

「たった二日よ。寂しがってる暇もないわ」

「男心を傷つけることにかけてもきみはプロだな」

「冗談よ」イヴはジョーの胸にもたれかかった。こんな日常のさりげない時間がこのうえなくいとおしい。ジョーと暮らし始めてもう何年にもなるが、愛情は深まる一方だった。

「だって、あなたがいないときにまた悪夢にうなされたら、どうしたらいいの?」そう言うと、すばやくキスした。「あなたはわたしの救い主よ」

「そんなに怖い夢だったのか?」

たとえ冗談としても悪夢のことは口にしなければよかった。ジョーはわたしを守ることを自分の使命だと信じているけれど、いくらジョーでも悪夢とは戦えない。でも、今でも悩まされている悪夢は、どうあがいても振り払うことができないような気がする。

「怖いというか――無我夢中で戦っていた。窒息しそうになったとき、誰かが助けようとしてくれたんだけど、うまくいかなくて」イヴは立ち上がった。「そのとき、あなたが起こしてくれたの。夢だったとわかってほっとした」コーヒーを飲み干すと、ジョーの手を取って立ち上がらせた。「もうだいじょうぶだから、安心して仕事に行ってちょうだい。空港に行く前に時間があったら、お昼を食べに戻ってきて」

「そうするよ」ジョーは階段を駆けおりた。「ジェーンが帰ってきたとき家にいられなくて残念だよ。いつも入れ違いだ」

ジェーンも残念がるだろう。ジェーンはふたりの養女で、今はロンドンで暮らしている。新進の画家としてヨーロッパで人気を博し、あちこちのギャラリーから引っ張りだこだ。そんな忙しすぎる生活に疲れたのか、一カ月ほど前に電話してきて、しばらく家でのんびりしたいと言ってきた。ジョーが仕事で町を離れることはめったにないのに、こんなときにかぎってふたりで空港に出迎えに行けなかったら、ジェーンは落胆するにちがいない。

「でも、あなたが戻ってきたときにもジェーンはまだ家にいるから」

「久しぶりの家族再会なのに」ジョーは顔をしかめた。「ぼくたちは世間一般の家族とは少し違うが、きみがどんなに楽しみにしているかはよくわかってるよ。悪いね、がっかりさせて」

「何を言うの。がっかりなんてしないし、仕事だからしかたないでしょう。それに、世間一般の家族ってなんなの?」イヴは笑顔で首を振った。「今は何が普通か自分で決める時代よ。家族の形もさまざま。あなたとわたしだってまったく違う家庭で育ったわ。あなたは裕福な家に生まれて寄宿制の名門校で学んだ。スラム育ちのわたしとは正反対よ。しかも、母はわたしの父親が誰かわからないうえに、わたしが子どものころは薬物依存症だった。これだけ育った環境が違っても、わたしたちはうまくいっているじゃない？　大切なのは相手を思いやる気持ちと相手の自由を尊重すること。それで充分よ」

ジョーも笑顔を向けた。「そうだね。言われてみれば、そのとおりだ」

「でしょ。あなたは完璧主義者だから、ときどき、釘《くぎ》を刺しておかなくちゃ。何もかも完璧にやろうとしていたら息が詰まる」ジョーが車のドアを開けるのを眺めながら声をかけた。「あなたが帰ってきた日はバーベキューをしましょうか」

「ぼくが考えていた熱烈な歓迎とはちょっと違うな」ジョーがいたずらっぽく眉を上げてみせた。

「あら、家族の再会にはぴったりよ」イヴは笑った。「きっと楽しいわ。バーベキューなんて久しぶりだし――どうしたの？」

ジョーはぎくりとしたように立ち尽くして、湖のほうを見つめている。その顔から笑みは消えていた。

「ジョー、どうかした？」

ジョーがはっと視線を戻した。「なんでもない。ちょっと――いや、気のせいだろう」そう言うと、車のドアを開けた。「二時間ほどで戻ってくるよ」

車が角を曲がるのを見届けてから、イヴはゆっくり家に戻った。ジョーの様子がなぜか気になった。何か不審なものでも見つけたのかしら?

でも、いつまでも考え込んでいてもしかたがない。悪夢や不安に取り憑《つ》かれるにはもったいないほどいい天気だ。湖面は日差しを浴びて輝いている。わたしにはやりがいのある仕事があるし、愛する家族もいる。それ以上何を望むというのだろう。イヴは足早に寝室に向かった。早く着替えて仕事に取りかかろう。

カナダ　バンクーバー

「ベナブルから電話がありました」ハワード・スタングは、トレーニングルームから戻ってきたリー・ザンダーに告げた。「あなたにかけたが通じないと言って、わたしの携帯に。あなたが一週間ごとに電話番号を変えるのに気づいてもよさそうだが」

「あの男は思いどおりに事が進まないとすぐ不機嫌になる。CIAの連中はみんなそうだ。ペースを乱されただけで侮辱と受け取るんだ」ザンダーは暖炉の前の椅子に腰かけた。

「用件を言っていたか?」

「いえ、電話してほしいとだけ」スタングは渋い顔になった。「ベナブルはわたしを信用していませんからね。別に信用されたいわけじゃないが。できることなら、CIAとは関わりたくありませんよ」

「同感だ」

「あなたの場合は事情が違うでしょう。ＣＩＡはわたしにとっては脅威だが、あなたはその気になったら寄りつかなければすむ」スタングは電話に手を伸ばすザンダーを見守った。長身で引き締まった体つき、短く刈り込んだ白髪。日焼けした顔の中、茶色い目が黒っぽい眉の下で落ちくぼんでいる。五十歳にも六十歳にも見えるが、スタングもザンダーの正確な年齢は知らない。はるかに年下の男をあっさりやっつけるのを何度も見たことがある。鍛え抜いた肉体と冷徹な頭脳の持ち主だ。相手がベナブルのような策士だとしても、ザンダーにとっては物の数ではないだろう。スタングは三年前からザンダーの個人秘書兼会計士として働いているが、いまだにザンダーに対する敬意――というか畏怖の念を失っていない。そうはいっても、どうしてこんな気まぐれな男に雇われているのだろうと我ながら不思議な気がするときもある。だが、そんな迷いは長くは続かない。何年も前に心を決めたからだ。兄の墓の前で、死ぬまでザンダーのもとを離れないと誓ったのだ。「急を要する感じでしたよ」

「あいつが電話してくるときはいつもそうだ」ザンダーは番号を打ち込んだ。「電話がすんだら、きみと話すことになりそうだな」

「え？」スタングは思わず身構えた。「わたしが何かまずいことでも――」

「どうして悪いほうにばかり考えるんだろうな、きみほど優秀な男が」ザンダーは唇をゆがめた。「きみは触れたものを黄金に変える力を持っている。きみのおかげで選択の幅が広がったよ」

「それなら、なぜ――」

「ベナブルか?」ザンダーは手を上げて、スタングにテラスに出るよう合図した。「なんの用だ?」

スタングはテラスに通じるフレンチドアを開けた。いつものことだ。ザンダーは仕事の話をするときは必ずスタングを遠ざける。スタングのほうでもザンダーの危ない取り引きを知りたくはない。知ってしまったら、共犯者にされるか、さもなければ、ザンダーや彼のクライアントから危険人物と見なされるだろう。どちらにしても、ありがたい話ではなかった。

テラスを歩きながら、遠くの山並みを眺めた。この屋敷からは絶景が望める。声の届かないところでザンダーの電話が終わるのを待とう。

うっかりしくじらなかったことを祈るばかりだ。


「ずいぶんかかったじゃないか」開口一番、ベナブルは不満を口にした。「それとも、スタングがすぐに取り次がなかったのか?」

「トレーニング中だったんでね。よほどのことじゃないかぎり取り次ぐなと言ってある」

「それで遠慮したわけか。それにしても、わからないな。どうしてスタングはいつまでもあんたのところで働いているんだ？　あれだけの切れ者であんたを大儲《おおもう》けさせているぐらいなら、ウォールストリートでもやっていけるのに」

「いろいろ事情があってね、スタングとわたしには。だが、ブランデーにヒ素を混ぜるようなまねはしないだろう。あいつがその勇気を奮い起こすところを見てみたい気もするがね。スタングに当たり散らしたんだろう？　戻ったとたんにきみから電話があったと言ってた」ザンダーは一呼吸おいた。「だが、こんな無駄話をしているようなら緊急の用件でもないらしいな。二分だけ待つ。それでも本題に入らないなら――」

「ドーンが家を出た」

電話を持つザンダーの手に力が入った。「いつ？」

「コロラド州ゴールドフォークの家を出たのは、隣人によると、今朝七時」

「隣人によると？」ザンダーは怪訝《けげん》そうな口調になった。「あの男には監視をつけないことになっていたじゃないか。そういう取り決めだったはずだ」

「いや、五年前から監視してきた。そのほうがあんただって安心だろう。現に、これまで何もなかったんだ」

「それは言い逃れというものだ」

「ああ、たしかに。うちの捜査官のミスだ」

「そういうことだな。それで、どこに行ったか心当たりはあるのか？」

「家族の心配事があると隣人に話したそうだ」

「あの男に家族はいない。狙いはわたしだ」

「まだそうと決まったわけじゃない。あの男は手を下したのが誰か知らない」

「ドーンは執念深い男だ。五年あったら、答えを見つけ出すに決まってる。わたしなら、もっと早く見つけている。きっと、チャンスを狙っていたんだろう」

「どうするつもりだ？」

「それをわたしに訊くのか？　あのとき決めたはずだ、わたしに危害を加えないかぎりドーンには手を出さないと。しくじったのはそっちだ。あの男がやってくるのを待っている気はない。いちばんやりやすい確実な方法で始末する」

「その前にこっちで見つける」

「だめだ。きみを信用したら、痛い目に遭った。同じ過ちは繰り返さない」

ベナブルは舌打ちした。「あんたも冷酷な人間だな」

「わたしがどんな人間かは知っているはずだ。さんざん利用してきたじゃないか」ザンダーはまた一呼吸おいた。「冷酷な人間は世の中に掃いて捨てるほどいる。わたしは言い訳しないだけだ」

「二日。二日くれ。ドーンの家を捜索させて例のディスクを捜す。ディスクがなかったとしても、なんらかの手がかりはつかめるだろう」

「あのディスクはどうだっていい。諦めろ。あいつが生きていようがいまいが、たいした問題じゃないだろう」

「約束したんだ。これはあんただけの問題じゃない。あのディスクを取り戻さないと、あんたより重要な人間たちの命が危うくなる。今さらドーンに何もかもぶち壊されてはたまらない」ベナブルは皮肉な口調でつけ加えた。「約束を守るために命をかける人間は、あんたの理解の及ぶところじゃないだろうが」

「それはないだろう。わたしは常に約束を守る」ザンダーは言い返した。「ドーンを逃がしたらどうなるかは、はっきり言っておいたはずだ」

「二日でいいから」

ザンダーは考えた。この屋敷の始末をつけるのに一日かかるし、予定が狂ってしまった以上、ベナブルに猶予を与えてやってもいいだろう。「わかった。ただし、二日後に結果を知らせてほしい。その時点でドーンの行方がわからないなら、こっちで始末をつける。チャンスは一度だけだぞ」そこで言葉を切った。「あの男がイヴ・ダンカンにたどり着いたかどうか確かめてくれ」

「彼女を捜しているようなそぶりはなかった」

「そう言っても、ずっと監視していたのに今度のことも事前に気づかなかったんだろう? ドーンが彼女を追っていても不思議はない」

電話の向こうで沈黙があった。「そんなに気になるのか？」

「いや、それぐらいわかるだろう。とにかく、あの男がどこに向かっているか突き止めなくては」そう言うと、ザンダーは電話を切って書斎の隅の机に向かった。

ベナブルにイヴ・ダンカンのことを教えるはめになるとは思っていなかった。あのCIA捜査官はイヴに好意を抱いているにちがいない。だが、それを認めようとせず、ドーンにイヴを狙わせた責任をとろうともしない。愚かなやつだ。感情にとらわれていたら生き残れないのはわかりきっているのに。

机の引き出しを開け、いつも手元においてあるファイルを取り出して開いた。イヴ・ダンカンの写真と経歴が目に飛び込んできた。経歴は簡単にまとめられている。イヴは私生児として生まれ、ジョージア州アトランタのスラム街で育った。母親はイヴの父がどこの誰かわからないか、あるいは関心もないような女で、イヴが成人する少し前までドラッグ常用者だった。そんな環境の中でも、イヴは世界で一流の復顔彫刻家となり、今では全米の法執行機関から依頼が絶えない。彼女がこの仕事に就いたのは、娘のボニーが七歳のとき誘拐されて殺害されたのがきっかけだという。ボニーの遺体が発見され、誘拐殺人犯が判明したのは最近になってからだった。

写真で見るイヴ・ダンカンの顔には、長年娘を捜し続けてきた苦悩と忍耐が刻まれている。美人ではないが、個性的な顔立ちで、ハシバミ色の瞳が世間に挑戦するかのようにまっすぐこちらを見つめている。

といっても、イヴは孤軍奮闘しているわけではない。復顔像制作の仕事ではそうかもしれないが、実生活では支えてくれる頼もしい人間がふたりいる。

ザンダーはふたりの写真と経歴メモを机に並べた。イヴの恋人のジョー・クインは顎のがっしりした顔立ちで、薄茶色の目からは知性と力強さが感じられる。イヴの養女のジェーン・マグワイアは、イヴよりずっと美人だが、養母に劣らず意志が強いという評判だ。ターゲットに近づくには周辺から詰めていくのがザンダーのやり方だった。イヴ・ダンカンの場合、クインとマグワイアは彼女の守護神であると同時に、ドーンにとっては目的を達する道具となるだろう。

もっとも、それはドーンがちゃんと調べ上げてイヴ・ダンカンにたどり着いていればの話だ。

ひょっとしたら考えすぎで、ドーンはイヴの存在に気づいていない可能性もある。その場合は、直接、わたしを狙うはずだ。まあ、いい。ベナブルがドーンの家を捜索させたら、何かわかるかもしれない。家を離れるつもりだったら、なんらかの準備をしているはずだし、わたしに当てつけるためにわざと手がかりを残している可能性もある。ドーンには常軌を逸した一面があるが、それを言うなら、わたしだって同じだ。何が正常で何が異常かなど、考えようでいくらでも変わる。

　ザンダーは物思いに沈みながらフレンチドアの向こうに広がる山並みを眺めた。この景色ともしばらくお別れだ。いや、これが見納めかもしれない。ドーンが動き出したからには、これ以上ここにいるのは危険だ。いずれにしても、長くいすぎた。ここを離れるのは時間の問題だった。ドーンの一件でそれが早まったにすぎない。今日まで生きてこられたのは、客観的に自分を眺めて自衛策を講じてきたからだ。常にターゲットにされていると認識しないかぎり、生き延びることなどできなかった。いずれはこんな生き方にうんざりして、どうでもよくなるときが来るかもしれないが、それはまだ先の話だ。

　ザンダーは立ち上がってドアに近づいた。「スタング、すぐ書類を全部まとめて、パソコンを破壊しろ。資産は別の口座に移せ。今日中にすませるんだ。カナダを離れることにした」

「どういうことですか？」スタングが飛んできた。「何があったんです？」

「何もない。しがらみを断ち切って姿を消すことにしただけだ。すぐ取りかかってくれ」

　スタングは何か言いかけたが、口をつぐんだ。「承知しました」そう言うと、書斎から出ていった。

　スタングを送り出すと、ザンダーはドアを閉めて机に戻った。机の上の写真を眺めた。悪い予感がする。ドーンはイヴ・ダンカンのことを調べ上げて、彼女の弱みをつかんだのではないか？

証拠はない。

だが、証拠を直感より重視していたら、わたしはとっくにこの世にはいなかっただろう。ジョー・クインとジェーン・マグワイアは、イヴ・ダンカンの守護神だ。ふたりとも強くて頼もしい。とりわけ、ジョー・クインは現在でこそアトランタ市警の刑事だが、海軍では特殊部隊にいたし、FBI捜査官だった時代もあるつわものだ。しかも、イヴのためなら命を投げ打つのも厭《いと》わない。ジェーン・マグワイアは新進気鋭の画家だが、ジョー・クインに鍛えられているし、イヴのためなら我が身を省みないところは同じで、母娘《おやこ》というより親友のようだ。ジェーンは里親の家を転々としていて、十歳のときにイヴにめぐりあった。報告書によれば、生き抜くために幼いころ身につけたしたたかさは、大学を出た今でも失っていないという。

クインとマグワイアならイヴ・ダンカンを守れる。

ただし、このふたりの守護神がイヴのそばを離れず、警戒を怠らなければ。

ジョージア州　アトランタ

湖畔のコテージ

「あさって中には戻るからね」ジョーはイヴを引き寄せてキスした。「明日の午後、マイアミの裁判所で証言台に立って、あさっての午前中に反対尋問を受けたら、めでたく解放だ」

「だといいけど」イヴは眉をひそめた。「これまで何度も被告の弁護士に出し抜かれたことがあるわ。土壇場で新しい証人が出てきて、帰れなくなったり」イヴはもう一度キスしてから、体を離した。ジョーは浮かない顔をしている。昼食に帰ってきてからずっと様子がおかしい。「心配しないで。ジェーンが今夜ロンドンから戻ってくるから、ひとりぼっちじゃないし」

「その点は安心だが、やっぱり――」

「仕事だからしかたないわ。家のことはジェーンとわたしに任せて。あなたがいないと死ぬほど寂しいだろうけど、正義のためよ。ドラッグディーラーたちに思い知らせてやって。マルティネスが終身刑を宣告されるのを祈ってるわ」

「同感だ。この事件は二年前からずっと追ってきたからね。刑務所でライバルのディーラーと出くわして刺されでもしたら、刑務所の経費と治安にプラスになる」ジョーはにやりとした。「ジェーンは何時に着くんだったっけ？」

「八時」イヴは玄関のドアを開けて、ポーチに見送りに出た。「今度は長くいられるようだから、あなたもゆっくり会える。あさってはふたりで空港に出迎えに行くわ」最後にもう一度キスした。「だから、さっさとマルティネスをやっつけてきて」

ジョーは階段をおりかけたが、途中で立ち止まって振り向いた。「やっぱり気になる」

イヴは顔をしかめた。「何かあったの、ジョー？　あなたらしくないわ」

「そうじゃないが、家を離れるのが心配で」

「ほんとにそれだけ？」

ジョーは肩をすくめた。「一時間ほど前にベナブルから電話があった」

「なんて？」

「特に用はなかったらしい。マルティネスの裁判のことを聞いたからって。やっとけりがついてうれしいと言っていた」

「ベナブルも事件に関わっていたの？」

「彼はＣＩＡの人間で、麻薬取締局とは直接関わりはない」

「だったら、なぜ電話してきたの？」

「ぼくもそれを考えた。話の最後にとってつけたみたいに、ぼくときみとジェーンの様子を訊いたりしてね。急に思いついて電話したような口ぶりだったが、ベナブルはそんなことをする男じゃない。理由がないかぎり行動したりしないはずだ」

「マルティネスのことを話したかったんでしょ、きっと。ベナブルも裁判に出席するつもりかしら？」

「それはないだろう。マルティネスのことは口実だったような気がする。電話して確かめたほうがいいかもしれないな」

「ジョー」

「わかった、行くよ。そんなにぼくを追い払いたいなら」

「仕事だもの」イヴは笑みを浮かべた。「それに、わたしだって仕事があるの。ジェーンを迎えに行く前にライアンの復顔を完成させなきゃ。ジェーンが来たら、仕事する暇なんてなさそうだもの。こっちに来たら、学生時代の友達に会う計画を立てていて、わたしもいっしょに行くことになっているし」

「きみたちは母娘《おやこ》というより、仲のいい友達のようだね」

「ええ」イヴは最高の笑顔になった。「これってすばらしいことじゃない？」

「仕事にさしつかえがないといいがね」

「なんとかするわ。ジェーンも仕事に関しては妥協しないタイプだけど、公私のバランスを保っているから、わたしも見習わなくちゃ」階段をおりるジョーの後ろ姿に呼びかけた。「ほんとに空港まで送らなくていいの？」

「ああ、署に寄って署長から最後のブリーフィングを受けることになっているから。車は空港に置いていく」そう言うと、笑顔になった。「といっても、愛するふたりの女性が迎えに来てくれたらうれしい。車は誰かにここまで届けさせるよ」

「必ず迎えに行くから」ジープに乗り込むジョーに声をかけた。「向こうに着いたら電話して」

ジョーはうなずくと、エンジンをかけた。「時間があったら、ジェーンにも電話してみるよ。きっと――」急に言葉を切って深刻な表情になった。「くれぐれも気をつけるんだよ」

「マイアミまで行って大物ドラッグディーラーと対決するのはあなたよ。わたしはジェーンと家で積もる話をしてるわ」

「それはそうだが」ジョーはバックで車を道路に向けた。「とにかく、気をつけて」

「わかってるわ」イヴは車が角を曲がるまで見送った。ジョーを行かせたくなかった。いつになくやけに心配する彼をからかったものの、ふたりとも今の生活が永遠に続くとは思っていない。ジョーは何か――ふたりの絆《きずな》を危うくするような何かを感じるところがあったのだろう。悪い予感がするからといって心配していたらきりがない。合理的に考えたほうがいいのはわかっている。それでも、漠然とした不安をぬぐい去ることはできなかった。

急に寒気がして、家に入ることにした。ジョーの心配性が伝染したらしい。それとも、わたしも心のどこかで心配しているのかしら。

くよくよするのはやめよう。それより仕事だ。

復顔制作中の頭蓋骨をのせた台に近づいた。

「急がなくちゃね、ライアン。ジェーンが帰ってくるから」小声で話しかけた。復顔に取りかかるときはいつも名前をつけることにしている。そのほうが身近に感じられて作業がしやすくなるからだ。いたわるようにそっと扱いながら、復顔像を制作していく。身元のわからない子どもたちをこの世に連れ戻すときに感じる穏やかな気持ちになった。子どもたちの魂の声が語りかけてきて、作業を手伝ってくれるような気がする。「こんなことをしてごめんね。ゆうべでだいたいできたから、あとはちょっと整えるだけ。それがすんだら、目を入れて……」

ブルーミントン署から送られてきたこの男の子のことは何もわからない。九歳くらいだろう。建設現場に埋められていたのを発見されたが、身元を示す手がかりはなかった。でも、復顔像の写真が撮れたら、身元が判明する可能性がある。

そして、この子を殺した犯人も。

ライアンは家族のもとに帰れるかもしれない。

そして、うまくいけば、この子の命を奪った人間を地獄に送ることもできる。

「茶色にしておくわね」目の色は茶色にすることが多い。薄い色より一般的だからだ。慎重にガラスの義眼を埋め込んだ。「まあ、ライアン、あなたってこんなにハンサムな男の子だったのね」

アラバマ州　バーミングハム

「近づいたぞ、ケヴィン」ドーンはつぶやくと、ライトをつけて車を高速道路に入れた。「あの女がいる州の隣まで来た。州境を越えたら、どこかで止まってナンバープレートをつけ替えないとな。今ごろはコロラドを出たのがベナブルにばれているだろう。どこに向かっているか知らせてやることなんかない。もっと早くつけ替えておくんだったよ。あの湖畔のコテージに着いたら、車も替えないと。トラックにしたほうがよさそうだな」助手席に置いたノートパソコンを立ち上げた。「こういう機械はおまえのほうがずっと得意だったね、ケヴィン。だが、わたしもがんばったよ。万事手抜かりない。がっかりさせるようなまねはしないからね」ごく短いメールをブリックに出した。〝準備ＯＫ？〟

返信がない。

一瞬、ぎくりとした。「だいじょうぶだ、ケヴィン。そんなにすぐ返事は来ない。ブリックが裏切ったりするわけがない。何カ月も前から計画を練ってきたんだ。あいつにはちゃんと指示してある」

そのとき着信音がした。ブリックからだ。

〝準備ＯＫ〟

ドーンは胸を撫《な》でおろした。「ほら、言ったとおりだろ。あいつは信用できる。ちゃんとやってくれるはずだ」高速道路を飛ばしながらつぶやいた。「ただ、あの女を殺させないようにしないと」

湖畔のコテージ

イヴは壁の時計に目を向けた。午後六時十分。

シャワーを浴びて空港に向かわなくては。

手についた粘土を、作業台にのせた復顔像のそばに置いてある布でぬぐった。「さあ、ライアン。わたしにできるかぎりのことはしたわ。いいえ、〝わたしたち〟と言わなくちゃね。あなたが助けてくれたからやれたのよ」まずコーヒーを飲もう。昼食をとったきりだし、ジェーンが通関手続きをすませるまでどれだけ待つことになるかわからない。

〈キューリグ〉のコーヒーメーカーにサザンペカンのカプセルをセットした。あまり濃いコーヒーはほしくなかったし、この豆の香りが気に入っていた。一杯分のコーヒーが簡単に淹《い》れられるのは、わたしみたいな人間にとってとても便利で——

携帯電話が鳴った。ジェーンからだ。

「まさか飛行機が早く着いたんじゃないでしょうね。まだ家にいるのよ」

「そうじゃないの。今、サンファン」

イヴはぎょっとした。「どういうこと？」

「驚かせてごめん。もっと早く知らせればよかったんだけど。急に事情ができて飛行機に乗れなくなって。自家用機で来たの」

「ロンドンの獣医に診てもらっても効果がない。あげくのはてに安楽死を勧めるから、いっそあんたが安楽死したらって捨て台詞《ぜりふ》を残して帰ってきた」

「目に見えるようだわ」トビーはジェーンの愛犬だ。半分オオカミの血が混じっているけれど、とても人懐こい。ジェーンが世話できないときはイヴが面倒を見ていたから、ジェーンに劣らずトビーのことは心配だった。「別の獣医さんに診てもらったら？」

「エルドリッジ先生ほど優秀な獣医はいないわ。ただ、諦めがよすぎる。わたしはぜったいに諦めない。それで、面倒な手続きをすっ飛ばして、トビーをロンドンからこっそり連れ出したの」

「トビーももう若くないから、いつまでも元気というわけにはいかないわ」イヴはなだめようとした。「あなたが子どものころからいっしょだもの」

「だからって見殺しにできないわ」ジェーンは一呼吸おいた。「サマーアイランドに行く。サラ・ローガンに診てもらうの。島に着くまで持ちこたえてくれるのを祈るばかりよ」

「トビーを島に？　サラには連絡したの？」

「ええ。〝奇跡を起こすと約束はできないけど、とても優秀な獣医とコンサルタントが何

「急な事情って？」

「トビーの具合が悪いの」ジェーンは声を震わせた。「ロンドンの獣医に診てもらっても埒《らち》が明かなくて。どんどん衰弱してるのに、病名もわからないし、何をしてもいろいろ検査してくれたけど、よくわからないの一点張り。

人もいるから、役に立てるかもしれない〟と言ってくれた」ジェーンはまた一拍おいた。

「奇跡だなんて、わたしらしくないでしょ、イヴ。わたしは奇跡なんか信じないし、正直なところ、サラがご主人と島につくった実験研究所が、彼女の言うほど画期的な施設なのかよくわからない」

「サラは根拠のないことを口にする人じゃないわ」

「でも、犬を治療して、寿命をかなり延ばせるっていうのよ。信じられない」

「サラ自身が苦労した末にゴールデンレトリーバーのモンティで効果を実証したんだもの。今は五歳犬並みに元気だそうよ。トビーはモンティの子だし」

「若返ってほしいわけじゃないの。トビーにもう少しいっしょにいてもらいたいだけ。サラが島でクリニックを開業したら、きっと大変な評判になるわ」

「不自然なことに目をつぶってでもトビーを生かしておきたいわけね」

「かけがえのない存在だもの。トビーも愛情に応えてくれるし。トビーみたいな犬は永遠の命を授かっていいの」ジェーンは咳払《せきばら》いした。「知ってる？　サラは島にいる犬を〝サマードッグ〟と呼んでるの。どの犬も人生の夏を生きるべきだと言って。トビーは冬に向かっているけど、まだ望みがないわけじゃない。食い止められるかもしれない」

「そうね。わたしにできることはない？　飛行機に乗れば明日にはそっちに着けるけど」

「サンファンには燃料補給とフライトプランの確認のために着陸しただけだから。できるだけ早くトビーを島に連れていきたい。それに、サマーアイランドはカリブ海の真ん中の点みたいな島だから、自家用機じゃないと行けないわ」

「何が言いたいの？」

「だから、わたしだけでなんとかできるって。運がよければ、近いうちにトビーを連れて帰れる」

「それを祈ってるわ」そう言ってからイヴははっと気づいた。「自家用機で行くからにはひとりじゃないのね。誰といっしょなの？」

一瞬沈黙があった。「セス・ケイレブ」

電話を持つイヴの手に力が入った。「どういうこと？」

「心配しないで。見返りを要求されたわけじゃない。獣医から最後通牒《つうちょう》を突きつけられたとき、偶然現れて力を貸してくれたの」

「偶然？　なぜ絶妙のタイミングでトビーのことがわかったのかしら？　相手がセス・ケイレブだと、なんだかうさんくさいわね」

「ケイレブに不安を感じてるんでしょ。昔会って以来ずっと」

「だって彼は……普通の人間じゃないもの。話したわよね、ジェーン、あの男が相手の血の流れを操って人を殺すのを見たことがあるって」

「でも、監察医には確認できなかったはずよ。それに、ケイレブはジョーを助けてくれたことがあるわ」

「それはそうだけれど……あなたのそばにいてほしい人間じゃない」

「まるで吸血鬼扱いね。そんな人じゃないわ。変わった才能の持ち主だというだけ」

「彼に魅力を感じてるのね」

「人のことが言える？」

「まあね」イヴは否定しなかった。「でも、わたしの場合は怖いもの見たさ。ついコブラに見入ってしまうのと同じ」

ジェーンは笑い出した。「ひどいこと言うのね。セスはコブラなんかに似ていない。動物にたとえるならヒョウよ。彼を描くとしたら、黒ヒョウにする」

「黒ヒョウにトビーの命を託そうというわけね」これ以上何を言ってもだめだろう。セス・ケイレブがジェーンに影響力を持っているのは確かだが、ふたりの関係は必ずしも安定したものではなかった。ジェーンは彼が危険な相手と知っているから、基本的に距離をおいているはずだ。それでも、せっぱつまったときの強力な味方として彼に頼ることにしたらしい。

もし何かあったら、わたしが出ていこう。イヴは心の中で思った。そして、ケイレブと対決してジェーンを守ろう。

「島に着いてサラに会ったらすぐ電話してね。トビーのことが心配だから」

「だいじょうぶよ」ジェーンは不安そうな口調になった。「そうでないと困る。一刻も早く島に連れていくわ。じゃあね」電話が切れた。

イヴはゆっくり終話ボタンを押した。できることなら、ジェーンのそばにいたかった。ジェーンが言うとおり、トビーはかけがえのない存在だ。幼いころ路上生活をしたり里親の家を転々としたりした経験のあるジェーンは、イヴとジョー以外の人間を信用しようとしなかった。そんな彼女が初めて心を開いたのが、あのゴールデンレトリーバーとオオカミの血を引くトビーだ。それ以来、ジェーンとトビーはいつもいっしょだった。

今日までずっと。

トビーは治る可能性もある。ジェーンと違ってイヴは奇跡を信じていた。奇跡はそうそう起こるものではないが、この世には災いだけでなく驚異的な出来事もある。災難と同様、奇跡は起こるものなのだ。ライアンのような小さな男の子の身に起こった悲劇を目撃すると、この世に奇跡などあるものかと思いたくなるけれど、イヴはボニーのおかげで奇跡を信じていた。

ボニーはイヴの娘で、七歳のとき誘拐されて命を奪われた。それでも、イヴを励ますために時折帰ってきてくれて、そのおかげでイヴは死を選ばないでいることができた。最初は夢を見ていると思った。でも、何年か経つうちにボニーの霊が来てくれるのだと信じるようになった。

そして、喜びと感謝の念を抱きながらボニーを迎えられるようになった。

だから、この世に奇跡は存在する。

ライアンも誰かに奇跡をもたらすかもしれない。「そうなるといいわね、ライアン」イヴはコーヒーカップを取った。「急いで飲まなくてもよくなったわ。ジェーンが来るのは早くても二、三日後ね。ポーチに出て、夕日を眺めながら味わうことにしようかしら」

だが、ポーチに出ると、太陽はもう沈んでいた。夕闇が迫り、湖面は銀色で冷たそうだ。身震いしながらコーヒーを一口飲んだ。

体は温まらない。

急に寂しくなった。ジョーはいない。ジェーンも帰ってこない。

馬鹿みたいだ、ひとりで過ごした経験がないわけでもないのに。さしあたり話しかける相手は、亡くなった子どもの頭蓋骨だけだとしても、それがどうしたの？

踵《きびす》を返して家に戻ると、ドアを閉めてロックした。「熱いシャワーをゆっくり浴びてくるわ、ライアン。シャワーから出たら、あなたを〈フェデックス〉の箱に入れて、明日集荷してもらおうね。ジョーが夜に電話してくるだろうから、トビーのことを伝えなくちゃ。ジェーンがあなたに会えたらよかったのにね。あの子は画家だから、みごとなスケッチを描いてくれたはずよ。そうすれば、あなたが誰なのかみんなにわかったかもしれない。でも、どっちにしても、もうすぐそうなるから」

2

プエルトリコ　サンフアン

「いつでも離陸できるよ」

ジェーンが振り向くと、セス・ケイレブが滑走路を横切って近づいてきた。銀髪まじりの黒髪が風になびいている。革のフライトジャケットにジーンズというカジュアルな服装だが、ケイレブは何を着ても目立つ男だ。一目見ただけで、印象に強く残る。彫りの深い顔立ちで、黒い瞳を一目見たら視線をそらすのは難しい。強烈な魅力のとりこになってしまうのだ。「よかった。トビーの様子を見てくれた？」

「ああ、おとなしく横になっていた」ちらりとジェーンの携帯電話を眺めた。「それで、イヴはなんて？　トビーのことを心配していただろう？」

「それはもう。できるだけ早い飛行機でこっちに来ると言っていたわ。近いうちにトビーを連れて帰るからって、なんとかなだめたけど」ジェーンは両手でこぶしを握った。「必ずそうする。早く島に連れていって」

「あと一時間の辛抱だよ」ケイレブは答えた。「島のセキュリティがきみの言うほど厳重なら、あらかじめサラ・ローガンに着くことを知らせておいたほうがいい」

「そのつもりよ」ジェーンはガルフストリームのタラップをのぼった。「サラには行くことは知らせたけど、誰に連れていってもらうかは言ってないから」

ケイレブは眉を上げた。「イヴには教えたんだろう？　なんと言ってた？　あれこれ訊《き》かれたんじゃないか？　やきもきしているだろうね、おれの手中に落ちたとわかって」

「何を言うの？　あなたの手中に落ちたわけじゃないわ」

「それを決めるのはきみだよ」ケイレブは穏やかな口調で言った。「前に約束しただろう。きみは警戒しているようだが、おれは約束を守るつもりだ。もっとも、たまに自制がきかなくなるときがあるが」

実際、ジェーンはそんな彼を見たことが何度かあった。恐怖を感じると同時に、心臓が高鳴ったのを覚えている。このままつき合うのは危険だと気づいて、彼とは距離をおくことにした。実際、昨日彼が突然訪ねてくるまで、一年近く会っていなかった。「今はそんな話、聞きたくない。トビーのことで頭がいっぱい」

ケイレブの顔から笑みが消えた。「悪かった。今の言葉は撤回するよ。たまに自制がきかなくなると言っただろう。イヴはおれの真意を疑っているようだが、おれはきみとトビーの力になりたいだけだ。トビーはいい犬だからね」

嘘《うそ》ではないとジェーンは思った。でも、それだけではないだろう。セス・ケイレブは一筋縄ではいかない相手で、誠実なのか口先だけの男なのか、いまだに判断がつかない。

「ええ、ほんとにいい犬よ」内心の動揺を見抜かれないように精いっぱい落ち着いた声を出した。「でも、突然、タイミングよく来てくれるなんて、どう考えたって話がうますぎる。イヴが警戒するのも無理はないわ」

「あのときさみは何も訊かなかったじゃないか」

「トビーのために協力してくれるなら、理由なんかどうだってよかったのよ。あなたはお金持ちだし、その気になったら法を犯すのも厭《いと》わない人よ。わたしがしっかりしていれば、危険なことにはならないと思ったの。わたしには自家用機を借りるお金なんてないし。あなたに助けてもらうしかなかった」

「必ずしも喜べないがね」ケイレブは淡々とした口調で言った。「さしあたりはそれで満足しておくことにしよう」

「イヴに言われたから急に心配になったわけじゃないけど、やっぱり教えて。なぜトビーの具合が悪いとわかったの？　もう何カ月も会ってないのに」

「気になる相手とそれっきりになるのはいやだからね」

「わたしを監視してたの？」

「監視というと言葉は悪いが、遠巻きに見守っていたのは事実だ。あのまま縁が切れるなんて耐えられなかった。きみのような女性はほかにはいないからね、ジェーン。おれとの関係に逃げ腰になっているのは知ってるよ」

「あなたとの関係？　うぬぼれないでちょうだい」

ケイレブはかすかな笑みを浮かべた。「きみを見ると、その気にならずにいられない。不安そうな顔を見ると、ますます興味をそそられる。でも、心配しなくていいよ。暗闇で待ち伏せなんかしないから。きみがその気になるまでおとなしく待ち続ける」そう言うと、トビーを寝かせたストレッチャーのそばで足を止めて、白っぽい金色の鼻づらを撫《な》でた。トビーは尻尾を振ったが、目は開けない。「意識はしっかりしているね。きっと持ちこたえてくれるよ。必ず間に合うように島に連れていく」

「そうしてちょうだい」ジェーンは膝をついてトビーを撫でた。「ずっとそばにいるからね」小声で話しかけた。「モンティとマギーに会えるのよ。ほかにも仲間がいっぱいいるところへ連れていってあげる。だから、がんばってね」

トビーは甘えた声を出して、お腹を撫でてもらえるように体勢を変えようとした。

「シートベルトを締めて」ケイレブはそう言うと、コックピットに向かった。

ジェーンはもう一度トビーに頬を寄せてから、座席についてシートベルトを締めた。

「だいじょうぶよ。きっとよくなる」

「まずいことになったな」イヴから電話で事情を聞くと、ジョーは苦い口調になった。

「ジェーンはいつ島に着くんだ?」

「聞いてないわ。トビーはどこが悪いか、治る病気なのかどうかもわからないってせっぱつまっていて。島に着いたら電話をくれるはずよ」

沈黙があった。「明日、証言をすませたら帰ってもいい。夜行バスに間に合うだろう」

「そこまでしてくれなくてもだいじょうぶ。それに、裁判が長引くかもしれないし、ちゃんと反対尋問まで残っていなくちゃ」

「きみをひとりにしたくない」

「わたしのことは心配しないで」

「ベッドのそばに電話を置いて、ナイトテーブルに銃を用意しておくんだよ。警報機の設定も忘れずに」

「もうしてあるわ。それぐらい自分でできる。わたしのことを心配するより、明日は早いんだから、あなたも眠ったほうがいいわ」

また沈黙があった。「そうだね。きみは冷静な人間だから、こっちが神経質になりすぎることもないか」

「そういうこと」

「いや、やっぱり用心に越したことはない。署に電話して、今夜と明日、コテージの周辺をパトカーに巡回させることにする」

「署長になんて思われるかしら？　それって公私混同じゃないの？」

「非番のやつにアルバイトを頼むよ。いちいち反論しないでくれ」

イヴは笑い出した。「わかったわ。あなたは言い出したら聞かないんだから」

「どうしても気になるんだ。ぼくが帰るまで散歩にも出るんじゃないぞ。相手が誰か確認するまでドアは開けないこと」

「〈フェデックス〉に電話して、ライアンをブルーミントンに発送する予定だけど」

「パトロールの警官に頼むといい。誰が行くかわかったら、警官の名前と携帯電話番号を知らせるよ。明日朝いちばんにまた電話するからね」

「あなたの言うことを聞いていると、だんだん不安になってきたわ。だいじょうぶよ、気をつけるから。戻ってきたら、きっと笑い話になってるわ」

「だといいが、今は笑う気にはなれない」ジョーは言葉を切った。「トビーのことがわかったら電話してほしい。ぼくもトビーが大好きだ」

「ジェーンは奇跡を信じているわけじゃないけど、今度だけは奇跡が起こることを祈ってると言ってた。電話があったら、すぐ知らせる。じゃあね」イヴは電話を切った。

ジョーは心配しすぎだ。わたしは大の大人なんだから、あまり過保護にされると、馬鹿にされているような気がする。

もちろん、ジョーはわたしを馬鹿にしているわけではない。よくわかっている。人間は愛する人を守るためなら、どんなに困難な状況でも戦おうとする。それは理屈ではない。それに、ジョーが言うとおり、用心に越したことはないだろう。海軍の特殊部隊にいたぐらいだから、彼の危機管理能力は超一流だ。彼の言うとおりにしておけば間違いない。今夜はナイトテーブルに銃を用意しておこう。

サマーアイランド
午後十時五分

「お出迎えだ」コックピットを出ながら、ケイレブが窓の外を見た。「怖そうな連中だ。きみが言っていた親切な獣医には見えないよ」

「セキュリティが厳重だと言ったでしょ。あら、バンが止まった」黒髪の魅力的な若い女性がバンからおりてくるのを見て、ジェーンは眉をひそめた。「サラ・ローガンじゃないわ」

「責任者だと話が早いが」ケイレブがドアを開けると、タラップが現れた。「トビーと待っていて。様子を見てくる」

ジェーンが何か言おうとしたときには、ケイレブはタラップをおりて滑走路に向かっていた。

黒髪の女性が、ジープで来ていたふたりの武装した警備員に近づいた。何か指示しているらしい。

そして、ケイレブを押しのけると、タラップをのぼってきた。「あなたがジェーン・マグワイアね。ドクター・デボン・ブレイディよ。サラはあなたと電話で話したあとすぐ、カリフォルニアにいるご主人に呼び戻されたの。急用ができたそうよ。サラからトビーの面倒を見るように言われているわ」振り向いて、ふたりの警備員を呼んだ。「上がってきて。ストレッチャーを運び出してちょうだい」

「ちょっと待って」サラが来ると思い込んでいたから、話の展開についていけなかった。ジェーンはトビーをかばうようにストレッチャーの前に立った。「あなたのことを教えて。ロンドンの獣医より優秀だという保証はあるのかしら?」

「わたしはここの研究所の責任者。ロンドンの獣医より優秀かどうかは、あなたにはわからないでしょうね。わたしにもわからないもの。でも、わたしは優秀な獣医で熱意もある」そう言うと、ジェーンの目を見つめた。「それに、ここにはとっておきの秘策がいくつかあるの。トビーのために使えるかもしれない。任せて。わたしはあなたの友人のサラからとても信頼されている。これは大きな決め手になるんじゃないかしら」

「もちろんよ」ジェーンはブリーフケースからファイルを取り出して、デボン・ブレイディに差し出した。「トビーのカルテ」そっとトビーの前から離れた。「ロンドンを発《た》ったときより呼吸が浅くなっているの。すごく心配よ、ドクター・ブレイディ」

「デボンと呼んで。気持ちはわかるわ」乗り込んできたふたりの警備員に合図した。「研究所に運んで。検査の用意をしてあるから」ジェーンに車のキーを渡した。「トビーはバンに乗せて、車内で診察するわ。あなたはパイロットといっしょにジープでついてきて」

そう言うと、またケイレブを押しのけてタラップを駆けおりていった。「じゃあ、向こうで」

「徹底的に無視されたな。おれの魅力もまったく通用しなかった」ジェーンと並んでジープに向かいながら、ケイレブがぼやいた。「いいんだよ、慰めてくれなくても。あの女性を信頼しているんだろう?」

「たぶん。この期に及んで選択肢はあまりないし。サラが信頼しているなら優秀な人だと思うわ」

「頭から信用していいのかな。この研究所のことをどこまで知っているんだ?」

「画期的な実験を行っている研究所だって、説明したはずよ。犬にある種の治癒力があることはいくつかの研究で確認されているわ。病院では重症患者に犬を付き添わせることもあるくらい。心理的な効果にすぎないと言う人もいるけれど、その方面の際立った能力を持つ犬がいるのを発見した人たちがいて、サラはその研究に参加することにしたの」

「きっかけは?」

ジェーンは肩をすくめた。「わからない。ここで実験研究所を立ち上げたとしか聞いていないの。サラの話では、すでにいくつか確立した説があるそうだけど、立証するには盤石の証拠が必要だとか」

「どんな説だろう？」

「さあ。訊かなかったし、訊いたとしても教えてくれたかどうか。サラは犬たちを守ることを何より優先するから」

「サラとは長いつき合いなんだろう？」

「だから、わたしの性格をよく知ってるのよ」ジェーンはジープを発進させた。「簡単に信じるような人間じゃないって」

「それでも、藁《わら》にもすがる思いでここに来たわけか」ケイレブは薄い笑みを浮かべた。

「そこまで追いつめられていたんだね」

「自分ではそこまで意識していなかったけど」ジェーンはまばたきして目に入りそうになった汗を払うと、前方のテールライトを見つめた。「モンティのことは話したかしら？トビーの父親で、捜索救助犬。地震や土砂崩れのあった場所で行方不明者を捜すのが仕事だった。子どものとき、モンティに命を救われたことがあるの。生まれて初めて愛情を感じた犬がモンティ。サラはわたしがモンティをほしがっているのを知っていたけど、モンティがサラのそばを離れなかった。それで、最初に生まれた子犬をくれたの。それがトビーよ」

「オオカミ犬だろう？　小さな女の子が飼えるような犬じゃないだろうに」

「トビーは性格が穏やかで。でも、ちょっと不器用で集中力が続かないところがあるから、救助犬には向かなかったの」ジェーンは咳払《せきばら》いした。「でも、情が深くて。こんなに愛情に応えてくれる犬はほかにいないと思う。治癒力という点でも引けをとらない。トビーがいてくれるだけで、わたしは悲しみもつらさも忘れられた」ジェーンは息をついて呼吸を整えた。「建物が見えてきた。あれが研究所ね」

ケイレブはハンドルを握るジェーンの手に手を重ねた。「きっとうまくやれるよ」

「わたしたちにできることはもうないわ」ジェーンは平屋の大きな建物の前にジープを止めた。「あとはあの獣医さんと神さまにすがるしかなさそう」

ジョージア州　アトランタ
湖畔のコテージ

雷が鳴っている。

イヴは寝返りを打って枕元の時計を見た。大雨だ。

午前一時四十分。

日付が変わるころやっと眠りについたが、うつらうつらしていたのだろう、雷の音で目が覚めてしまった。

眠らなくちゃ。

十分ほど横になっていたが、寝つけないので起き上がった。

水を飲んでから、寝直そう。

窓際に立ってガラス窓を鳴らす激しい雨を眺めながら、水を飲んだ。昔から、屋根や湖面を打つ雨音を聞くのが好きだった。荒々しい音なのに、妙に気持ちが落ち着く。ふだんならポーチに出て、雨のベールに包まれながら座っているところだ。

でも、今夜はだめ。

窓から眺めるだけで満足しておこう。

突然、ヘッドライトが闇を切り裂いた。

ぎくりとした。

湖畔の道路を車が近づいてくる。

コップを置いて窓に近づいた。

稲妻が走った。

イヴは押し殺していた息をふっと吐き出した。

まったく。ジョーが巡回を頼んだパトカーじゃないの。

気の毒に、まさかこんな大雨の中を走るはめになるなんて。ジョーから警官の名前を聞いて、何かの形でお礼をしなくちゃ。そこまで警戒する必要はないにしても、パトカーを見ると心強かった。

ベッドにもぐり込んだ。ジェーンはもう島に着いたはずだけれど、何も言ってこない。電話がないということは、トビーの容体が急変したわけではないだろう。そういえば、トビーは子犬のころ、雷が鳴るといつもジェーンのベッドにもぐり込んでいた。ジェーンの様子を見に行くと、いっしょに丸くなって眠っているのを何度も見つけたが、いつも気づかないふりをした。やっとジェーンが健全な愛着を抱ける相手を見つけたことがうれしかったからだ。あの子はずっとひとりぼっちだったのだから。

がんばって生きてね、トビー。神さま、あの子からトビーを奪わないで。

ベッドに戻ったらしい。ドーンはイヤホンをはずした。コテージの気配から察すると、どうやらイヴ・ダンカンは神経過敏になっているようだ。

不思議はない。死者を相手に仕事をしているのだから、もともと神経は繊細なはずだ。それとも、ジェーンのことが心配なのか？　数時間前にジェーン・マグワイアと電話で話していたが、あのふたりは強い愛情で結ばれている。ジェーン・マグワイアを近づけないように工作しておいたのは正解だった。

それにしても、巡回中のパトカーに見つからないようにするのには一苦労した。最初はベナブルの仕業かと思ったが、ジョー・クインがイヴにかけた電話を盗聴して納得した。といっても、クインがそこまで警戒するなんて。ベナブルがなんらかの行動をとった可能性が高い。

「思ったよりも大変そうだよ、ケヴィン」ドーンは息子に呼びかけた。イヴ・ダンカンは孤軍奮闘している弱い女ではない。もっと簡単にいくと思っていた。計画に抜かりはないはずだ。息子が生きていたころのように準備には万全を期した。

ドーンは寝室の窓を見上げた。雨がガラス窓に打ちつけている。あの女は何も知らずに寝ているだろう。

今夜は見逃してやろう。

ゆっくり眠るといい。だが、必ず戻ってくる。

その前にしなければならないことがあった。

デボン・ブレイディが研究所の狭い待合室に入ってくるのを見て、ジェーンは姿勢を正した。トビーが診察室に連れていかれてから一時間以上経《た》っていた。何かわかり次第知らせると言っていたのに。「どう？　治療法は見つかった？」

「予断を許さない容体だとわかっているはずよ」デボンは穏やかな口調で応じた。「衰弱する一方。それは認めるわね？」

「あなたからそんなこと言われたくない。何ができるか教えて。苦労してここまで連れてきたのは死の宣告を受けるためじゃないわ。トビーはどこが悪いの？　こんな立派な装置も研究資料もあるんだから、ロンドンのドクターと違って診断がつけられるはずよ」

「可能性はいくつか考えられるけど、どれも決め手がないの。呼吸不全に陥っているのは確かだけど、原因がわからない。肺機能に問題はないようだし――」デボンは言葉を切った。「こんなことばかり聞かせてもしかたないわね」

「ええ、それよりどうやれば治せるか教えて。治療法はあるんでしょう？」

「おそらく。でも、その前に何を治療すればいいか突き止めなくては」

「だったら、突き止めて」

「最善を尽くすわ。相談できる人を呼び寄せたけど、あなたの許可をもらっておかないとね」デボンは腕時計に目をやった。「あと五分ほどで着くはずよ。寝ているところを電話で叩《たた》き起こしたから」

「おれたちが島に着いた時点で呼んでくれればよかったのに」ケイレブが言った。

「あの時点では呼ぶことになるかどうかまだわからなかった。ロンドンの獣医のカルテももらったし、たいていの症例なら診断をつける自信があったから」デボンは肩をすくめた。

「とにかく、ぐずぐずしている余裕はないの。ほかに方法があれば、あなたをやきもきさせることもなかったんだけど」

「どういう意味？　これ以上やきもきさせられるの？」

「あなたはわたしを信用していないし、マーガレットは研究者には見えないから。でも、実際には——」

「飛んできたわ。どこなの、デボン？」

　ジェーンはその声に振り返った。若い女性が待合室に入ってくるところだった。まだ十九か二十歳くらいにしか見えない。細い体に白いゆったりしたシャツとジーンズ姿。肩まで伸ばした金髪が電灯の下で輝いていたが、髪だけでなく、全身から輝きを放っている。鼻のまわりにそばかすの浮いた顔も、革のサンダルを履いた素足も黄金色に日焼けしていた。

「診察室よ」デボンが答えた。「診察台から床におろさせておいたわ」

「じゃあ、すぐ行く」ドアに向かった。「もっと早く知らせてくれたらよかったのに」

「待って、マーガレット」デボンが身振りでジェーンを指した。「その前に許可をもらっておかなくちゃ。こちらはジェーン・マグワイア。ジェーン、マーガレット・ダグラスよ。マーガレットならトビーを助けられるかもしれない」

「どういうこと？」ジェーンはとまどった。「相談できる人というのは彼女？　その方面のエキスパートだと思ってた」

「わたしが若く見えるせいかしら？」マーガレットが鼻に皺《しわ》を寄せる。「これでももうじき二十歳よ」

「立派な大人だね」ケイレブがからかった。

マーガレットはケイレブに輝くような笑顔を向けた。「そういうこと」ジェーンを振り返る。「わたしがなぜトビーを助けられるか、説明している暇はないの。デボンの話では、容体は悪化する一方だというから」急に深刻な顔になった。「だから、わたしを信じてもらうしかない。それでどう？」

「信じろと言われても、あなたのことを何も知らないのに」

「トビーのためにわたしにできるかぎりのことをすると約束するわ。あなたに劣らないほど愛情を注ぐ」マーガレットはジェーンの視線をとらえた。「これまで何度か役に立ったことがあるわ」

「それだけでは信用できない」

「わたしを信じて」マーガレットは穏やかな声で繰り返した。

生き生きした青い瞳から優しさと生気が伝わってくる。ジェーンは目をそらすことができなかった。マーガレットが発散する光に優しく包まれているような気がする。不安といらだちがやわらいでいくのを感じた。

いったいどうしたというの？

「いいわ、トビーをお願い」ぎこちない口調で言った。「でも、トビーに何かするなら、獣医さんの許可をもらってからにしてちょうだい」

「わかった」マーガレットはまた輝くような笑顔になると、ドアに向かった。「モンティを連れていっていいでしょ？　きっと力を貸してくれるから」そう言うと、返事を待たずに声を張り上げた。「モンティ、行くわよ」

ジェーンは唖然《あぜん》とした。マーガレットに呼ばれて入ってきたゴールデンレトリーバーは、よく知っているはずの犬だった。でも、どこか違和感がある。モンティは五歳犬と変わらないぐらい元気だとサラから聞いてはいたけれど。

それでも、自分の目で確かめるまで信じられなかった。モンティは息子のトビーより若く見える。関節炎をわずらって動作が鈍くなり、昔の元気を失ってしまったトビーにくらべると、親子だなんて信じられない。ジェーンが十歳のときに出会ったモンティとほとんど変わっていなかった。

「モンティに協力してもらっていいでしょ？」マーガレットはジェーンを見つめたまま訊いた。「ひとりでやれるときもあるんだけど」

「何ができるというの？」ジェーンは思わずモンティに近づいた。「モンティ、わたしを覚えてる？」

ゴールデンレトリーバーは低いうなり声をあげて尻尾を振った。それでも、近づこうとはせず、マーガレットのほうに向かった。

「ちゃんと覚えてるわ」マーガレットが言った。「でも、再会を喜ぶのはあとにして。モンティにはしてもらうことがあるから」

マーガレットはモンティを従えて待合室を出ていった。

「どうなってるの？」ジェーンはデボンを問いつめずにいられなかった。「あんな若い子にトビーを任せてだいじょうぶなの？」

「マーガレットはこれまでも何度か力を発揮してくれたことがある。とにかく、原因を突き止めないと、治療ができない」

「彼女には原因を突き止められるの？」

「たぶん。トビーが教えてくれたら」

「トビーが教えるって……。まさか本気で言ってるんじゃないでしょうね？」

「驚いたな」ケイレブが言った。「ジェーン、信じられないだろうがね、マーガレットは犬と交信ができるとドクター・ブレイディは言ってるんだ。そういうことでしょう？」

「犬と話ができる人間は珍しくないわ」デボンは顔をしかめた。「彼女なら原因を突き止めてくれる。犬だけじゃなくて、たいていの動物と交信できるから」

「トビーに近づけないで」ジェーンはきっぱり言った。「トビーを怪しげな呪術師に任せるわけにいかない」

「怪しげな人間に見えた？」デボンが言い返した。

「いいえ、どこにでもいるような気のいい女の子のようだけど。だからといって、トビーを助けられるとはかぎらないでしょ」

「あなたの言いたいことはわかるわ。わたしだって最初は半信半疑だった。マーガレットが島に流れついたときは、一刻も早く追い払おうと思った。こういう研究をしていると、しょっちゅう頭のおかしな人間に悩まされるけど、あの子はその典型に思えたから」

「これほど警備の厳重な島によく流れつけたな」ケイレブが言った。「おれたちは着陸するかしないかのうちに警備員に取り囲まれたのに」

「飛行機で来たわけじゃないの。高速艇で島にたどり着いて、海岸に倒れているところを見つけられたから。すぐ病院に運んだわ」

「その高速艇はどこから？　近くに島はないはずだが」

「知り合いの帆船で近くまで送ってもらったそうよ」

「知り合い？」

「正体を明かさないという条件で送ってもらったと言ってた」

「密輸業者だな。どうせそんなことだろうと――」

「その話はどうだっていいわ」ジェーンがさえぎった。「でも、島に滞在させずにすむ方法もあったでしょ」

「たしかに」デボンは肩をすくめた。「でも、犬の世話が得意だと粘られて。実際、犬の扱いはうまかったから、結局、犬舎で働くことになったの。特技があるなんてこれっぽっちも口にしなかった」

「だんだんわかってきたわけか？」ケイレブが言った。

デボンはうなずいた。「いずれ話すけれど、マーガレットは並はずれた能力の持ち主よ。今でも犬舎で働いていて、いざというときには力を借りることにしてるの」

「あんな若い子を当てにするなんて」ジェーンはまだ信じられなかった。

「あの子は特別よ。誰からも信頼される。あなただってトビーを託したじゃないの」

「でも、それは――」ジェーンは診察室に向かった。「見張っていなくちゃ、トビーが何をされるかわからない」

「お好きに。マーガレットは気にしないだろうから。でも、邪魔はしないで」

「どう思われようとかまわないけど――」ジェーンは診察室の戸口で足を止めた。

マーガレットが床に座って、膝にのせたトビーを抱いていた。モンティがそのそばに、トビーに触れるほどすぐそばにおとなしくうずくまっている。

マーガレットは顔を上げると、ジェーンに向かって首を振った。「まだよ。もうちょっと」トビーの首をそっと撫でながら言った。「もうちょっとで……」

ジェーンはぎくりとした。どういう意味？　トビーはあと少ししかもたないというの？

「心配しないで」後ろにいたデボンがなだめた。「だいじょうぶ。危なければそう言うから」

トビーは目を開けていた。しきりにマーガレットの手を舐《な》めている。

「いいのよ、じっとしてて」マーガレットがトビーを抱き寄せた。「言わなくてもわかるから」

ジェーンの胸は震えた。マーガレットとトビーはそばから見てもはっきりわかるほど強い絆《きずな》で結ばれている。

「気がすんだ?」デボンがささやいた。

ジェーンはぎこちなくうなずくと、あとずさりした。「どれぐらいかかるかしら?」

「もうちょっとと言ってたから」待合室に戻ると、デボンは隅の戸棚に向かった。「コーヒーはいかが?」

ジェーンは首を振った。「何もほしくない。それより、どういうことか知りたい。なんだか自分がすごく無力な人間になった気がする」

「わたしもそうだったわ」デボンは発泡スチロールのカップにコーヒーを注《つ》いだ。「もう打つ手がなくなって途方にくれていた。それで、マーガレットが島に来たとき、わたしのグレーハウンドの病気の原因が突き止められると言った彼女の力を借りる気になったの」

「原因がわかったの?」

「ええ」デボンはコーヒーを一口飲んだ。「その後も同じようなことが二度あって、ようやく偶然や幸運のせいじゃないと信じられるようになったの」そう言うと、唇をゆがめた。

「もちろん、まず科学的な方法をとるわ。それでだめなら、なんだって試してみる」

「マーガレット・ダグラスはその期待に応えてくれるわけか」ケイレブは疑わしげにデボンの顔を見つめた。「必ずしも納得しているようには見えないが」

デボンは肩をすくめた。「理論的に納得できないと不安なの。でも、マーガレットに関するかぎり、理屈で説明がつかないことが多くて。本人にもよくわからないらしい。そういう生まれつきなんだと言っていたことがあるわ。でも、結果さえよければ――」

「四時間ほどしかない」マーガレットが戸口に立っていた。「胃洗浄をして、血を入れ替えるのよ」

デボンは眉をひそめた。「胃洗浄?」

「毒物よ」マーガレットは断言した。「即効性じゃないから、今すぐ危険なわけじゃないけど、たぶんもう内臓の一部をやられている。早く毒を体外に出さないと」

「毒物?」ジェーンは問い返した。「そんなはずないわ。ロンドンで毒物検査を受けた」

「こっちに着いてから、わたしも二度検査したし」デボンも言った。

「胃には異常はないはずよ」ジェーンはまた言った。「食べさせるものには細心の注意を払っているから」

「毒物よ」マーガレットは繰り返した。「首筋に注射された。調べれば証拠が見つかるはずよ、デボン。でも、そんな時間はない。急がなくちゃ。助手のジェフに電話して、すぐ来てもらうように頼んでおいた。胃洗浄して、解毒剤と抗生物質を投与して」

「毒物に間違いないのね？」デボンが念を押した。

「トビーがそう言ってる。ちゃんと覚えていた」マーガレットは口元を引き締めた。「誰かかがかがんで首を撫でてから注射したって」

「あり得ない」ジェーンは叫んだ。「もしそうなら、わたしが気づかないはずが――」はっとして口をつぐんだ。今こんなことを言ってもしかたがない。「彼女の言うとおりだとしても、胃洗浄をして血を入れ替えるなんて大変なことでしょ？」

「大変と言えば大変だけど」

「危険はないの？」

「今のトビーの容体では、どんな治療も危険を伴うことぐらいわかるわよね」デボンはカップを置いて診察室に向かった。「でも、いちばん危険なのは何もしないことよ」

「毒物の種類は？」

「普通の毒物じゃないのは確か。それなら、検査で検出されたはずよ」

「間違いないわ」マーガレットが繰り返した。「早く出してあげて、デボン」そう言うと、ジェーンに顔を向けた。「あなたも行って。いざというとき、トビーはそばについていてほしいだろうから」

「まだそんな治療を受けさせると決めたわけじゃ――」ジェーンはマーガレットと目を合わせた。その瞬間、マーガレットがいとおしむようにトビーを抱き締めていた光景が浮かんできた。あのときと同じ慈愛に満ちたまなざしがまっすぐ向けられている。「まさか、覚悟しておけと言うんじゃないでしょうね？」答えは聞きたくなかった。ジェーンは視線をそらすと、デボンのあとを追った。「トビーはぜったい助かる。あなたがなんらかの根拠があって言っているのはわかるような気がしてきたわ、マーガレット。でも、もしでたらめで、トビーに万一のことがあったら、ただじゃすまさない」デボンに追いつくと、その顔を見つめた。「どうしたら助けられるか教えて。マーガレットは四時間しかないと言ってたけど」

3

湖畔のコテージ

尾行されてる。ドーンは足跡を見おろした。車を処分するところを物陰に潜んで見ていたにちがいない。それを見届けてから、姿を消したのだろう。

愚かなやつだ、わたしが気づかないと思っているのか？　この種の駆け引きはケヴィンがちゃんと教えてくれた。

ベナブルが捜査官を送ってきた可能性もある。

そうだとしたら、どちらかに決めなければ。無視するか、それとも追跡するか。

当然ながら、ケヴィンならこうしたと思うほうに決めた。

ドーンは足音を忍ばせて森に入っていった。

サマーアイランド

三時間後、ジェーンは診察室を出て、待合室のソファにぐったりと腰をおろした。「どうだった?」ケイレブがコーヒーのカップを差し出した。「おれにできることがあったら――」

ジェーンは首を振った。「今のところ、できるかぎりの手を尽くしてくれている。まだ六時間から八時間はかかるそうよ」そう言うと、目をこすった。「追い出されたの。今はいなくていいって。あとでトビーの意識が戻ったら知らせてくれるって」

「それなら、少し休んだほうがいいよ。きみはずっと気を張りつめていたから」ケイレブはジェーンを見つめた。「そうは言っても、トビーのことを考えてしまうんだろうね」

「気分転換したほうがいいのはわかってるんだけど」

「頭の中でくよくよ考えているより、いっそトビーのことを話すといいんじゃないかな」ケイレブはソファの前の椅子に腰をおろした。「おれに話してごらん。トビーはきみにとって本当に大切な存在なんだね」

「ええ」ジェーンはコーヒーを飲んだ。「きっと、犬が好きな人にしかわからないわね。世の中には動物が大好きな人もいるけど、特に関心のない人や、なぜ動物に手間暇かけるのか理解できないと思う人もいるから」

「おれは三番目のタイプだと思ってるんだろう?」ケイレブはにやりとした。「自分でもよくわかってるよ」

「あら、そうだったの?」

ケイレブはしばらく答えなかった。「おれはペットに愛情を感じたことがない。そもそも、対象がなんだろうが、愛情を抱くことが苦手なんだ。情熱なら話は簡単だが。おれ自身が動物に近いから、動物との間に関係が築きにくいのかもしれないな」そう言うと、苦笑した。「おれが野蛮なふるまいをするのをきみも目撃したことがあるだろう?」

たしかに、そんなこともあった。ケイレブといっしょにいると、ぞっとするような出来事に巻き込まれてばかりだったような気がする。襲いかかってきた男をジェーンの足元に投げ倒したこともあった。そのときの彼の目は獰猛《どうもう》そのものだった。それでも、そんな彼を怖いとは思わなかった。荒々しさを補うだけの魅力と知性があったからだろう。それとも、得体の知れない彼の謎を解いてみたかったのだろうか。

ジェーンの内心を悟ったかのようにケイレブが口をゆがめた。「思い出したようだね。おれたちには共通するものがないが、必ずしもそうである必要はないんじゃないかな。違うからこそ面白いとも言える」診察室に目を向けた。「おれはきみほど心の優しい人間じゃないが、無力な動物を狙う人間には心底腹が立つよ。トビーは誰にも危害を加えたりしないのに、どうして毒殺しようとしたんだろう?」

「そんなまねをする人がいるなんて信じられない」ジェーンはちょっと間をおいた。「でも、デボン・ブレイディが点滴するためにトビーの首の皮膚を調べたら、本当に注射針の跡があったの」ジェーンは眉をひそめた。「いつ注射されたんだろうって、さっきからずっと考えてるんだけど。わたしが家にいるときはいつもいっしょだし、一日留守にするときはネドラ・カーライルのデイケアに預けるし。トビーはあそこに行くのが大好きなの。滑り台やプールがあって仲間と遊べるし、訓練士が相手をしてくれるから」

ケイレブは眉を上げた。「犬がデイケアに行くのか?」

ジェーンは冷ややかな目を向けた。「何か言いたそうね?」

「いや、そんなサービスがあるなんて初めて知ったよ。最後にデイケアに行ったのはいつ?」

「一週間前」

「トビーの具合が悪くなったのは?」

「五日前」

「マーガレットは即効性の毒物ではないと言っていたね。デイケアで注射された可能性がある」

「ネドラもスタッフも信頼できる人ばかりよ。そうじゃなかったら、トビーを預けたりしないわ」

「だが、ほかにも犬を預けに来る人がいるだろう。どんな人たちだ?」

そこまで考えていなかった。運営側がしっかりしていればそれで充分だと思っていた。

でも、言われてみれば、預けに来た人がトビーに触れたとしても不自然ではない。隙を見て毒物を注射するのは難しいことではないだろう。

「でも、どうしてそんなひどいことを?」

「最近、誰かに恨まれるようなことした覚えはないか?」

ジェーンは首を振った。「職業柄、人と接する機会はそんなに多くないし」

「それでも、何かの拍子にトラブルに巻き込まれる可能性はあるだろう」ケイレブは少し考えていた。「最後にイヴとジョーに会ったのはいつ?」

「数カ月前だけど」ジェーンは顔をしかめた。「イヴやジョーに復讐《ふくしゅう》するためにトビーを毒殺しようとしたというの?　それは考えすぎじゃない?」

「かもしれないが、それなら筋が通る」

「筋の通った動機なんてないのかもしれない。こんなことをするなんて、まともな神経の持ち主じゃないもの」

「いずれにしろ、普通では手に入りにくい毒物を使って、きみがトビーを預けに行くのを狙っていた。ということは、犯人はきみのスケジュールを把握している」

「なぜわたしじゃなくてトビーを狙ったの?」

「それはわからない。考えてみよう」ケイレブはにやりとした。「きみがトビーを救おうと必死になっている間におれにもすることができてうれしいよ」

「トビーを救えるのはわたしじゃない。デボン・ブレイディと、犬と交信できるあの彼女。わたしは必要になった場合に備えてそばにいるだけ」ジェーンはこめかみをこすった。「わたしにもできることがあればいいんだけど」

「イヴに電話した?」

「まだ。明るいニュースができてからにしようと思って」

「おれの力を借りるなどという無謀なまねをしたのは間違いじゃなかったと納得させるために?」

「そんな」ジェーンは肩をすくめた。「でも、少しはそれもあるかも」

ケイレブはあたりを見回した。「それにしてもすごい研究所だな。ここのことはいつ知ったんだ?」

「一年ほど前。ここに研究所をつくることにしたと、サラがイヴとわたしに知らせてくれたの。トビーを連れてきて、ほかの犬といっしょに研究したいと言われたわ。並はずれた治癒力が遺伝する可能性を調べたいって。トビーはモンティの子だから」

「断ったんだね」

「わたしは筋金入りの現実主義者だから。その種の話にはついていけなかった。たとえサラが言うことでも、頭から信じる気になれなかったの」ジェーンは眉をひそめた。「でも、心のどこかで信じていたんでしょうね。こうしてトビーを連れてきたんだから」顔を上げてケイレブを見た。「そういえば、あなたにまだお礼を言っていなかったわ」

「おれのような利己的な人間が、見返りを期待せずに力を貸すわけがないと思っていたからじゃないかな?」ケイレブはジェーンのブリーフケースを引き寄せてノートパソコンを取り出した。「お返しを楽しみにしてるよ。きみに会った瞬間から、ずっとベッドに招待してくれないかと期待してる」ノートパソコンを渡した。「そのデイケアセンターにメールして、トビーを預けた日にスタッフ以外の誰かがトビーに触れなかったか問い合わせてみるといい。センターには監視カメラがあるんだろう?」

「ええ」

「監視カメラを調べて、容疑者の写真を送ってくれるかもしれない」

「今はそんなことをする気になれないわ」

「気持ちはわかるよ。だが、何かしていたほうが気がまぎれる。おれが問い合わせてもいいが、きみがしたほうがいい」ケイレブは立ち上がると、正面玄関に向かった。「おれも友人に電話して調べてもらいたいことがあるから」

ジェーンはノートパソコンを開いた。たしかに、ケイレブの言うとおりだ。何かすることがあったほうが気がまぎれる。メールを送ったら、診察室に戻ってトビーの様子を見に行こう。

問い合わせても時間の無駄かもしれない。ケイレブの推測にすぎないのだから。

それでも、まったく根拠のない推測ではないし、今のわたしにできるのはこれぐらい。メールに気持ちを集中しよう。生きようと懸命に闘っているトビーのことはしばらく考えないようにして。

そして、トビーを毒殺しようとした犯人をどんな目に遭わせたいかも考えないようにしよう。

湖畔のコテージ

闇がどんどん迫ってくる！　息が苦しい……苦しくて、窒息しそう。

イヴは跳ね起きた。ぜいぜいと荒い息をしていた。

またあの夢を見た。

でも、今夜は現実の世界に連れ戻してくれる人はそばにいない。

ジョー。

頭から悪夢を追い出そうとしきりに首を振った。小さな子どもじゃないんだから、夢にうなされるたびに抱き締めてもらわなくてもいい。きっと、嵐のせいでこんな夢を見たのだろう。それとも、ジョーがやけに神経質になっていたからかしら。

夢を見た原因を考えてもしかたがない。それよりも気分転換したほうがいい。ほかのことを考えていれば、そのうちに気がまぎれるだろう。

ジェーンのことを考えよう。

とたんにいとおしさが込み上げてきて、悪夢が遠のいた。ほっと息をついたが、また不安になった。

ジェーンからはまだ電話がない。

イヴは枕元の時計を見てから寝返りを打った。心配してもしかたがない。きっと、トビーのことで精いっぱいで電話する余裕がないのだろう。そう頭でわかっていても、気持ちがついていかなかった。トビーを喪《うしな》うようなことがあったら、ジェーンはどんなに悲しむだろう。

あの子にはしたたかなところもあるのに、なぜか犬には一途《いちず》にのめり込む。人間に対してはあんなに警戒心が強いのに。路上で暮らしたり里親の家を転々としたりしてきたのだから、無理もないけれど。ジェーンに出会ったのは、娘のボニーを殺した犯人ではないかと疑っていた男がジェーンを狙ったのがきっかけだった。当時ジェーンは十歳、頭の切れる生意気な子どもだった。幼女連続殺人犯からジェーンを守ろうと奮闘するうちに、いつしか心を寄せ合うようになった。

それには、サラ・ローガンの捜索救助犬のモンティ——トビーの父親のゴールデンレトリーバーの存在が大きかった。モンティのおかげでジェーンと固い絆《きずな》で結ばれたことに、イヴは今でも感謝している。モンティが病気になったとき、ジェーンは献身的に看病した。

あの夜の出来事が昨日のことのようによみがえってきた。

「イヴ」

驚いて顔を上げると、ジェーンが書斎の戸口に立っていた。十歳の小さな女の子なのに大人の女性のような存在感がある。「あら。モンティの具合はどう？」

「さあ」ジェーンは肩をすくめた。「たぶん、だいじょうぶだと思うけど。お腹がすいたわ。サンドイッチをつくるけど、あなたの分もつくってほしい？」

どこか変だ。あまりにもそっけなさすぎる。どうしてモンティのそばを離れたんだろう。「ええ、助かるわ」

「いっしょに来なくていい。ここに持ってきてあげるわ」そう言うと、ジェーンは廊下に出た。

きっとモンティのことが心配でたまらないのだろう。ジェーンが何を考えているかは、よくわからなかった。それでも、ジェーンが自分から手を差し伸べてきたのだから、受け止めてあげなくては。

イヴはソファに寄りかかって目をこすると、しばらく目を閉じていた。次から次へと考えなくてはいけないことが出てくる。

「寝ちゃった？」

ジェーンがトレイを持ってそばに立っていた。

「いいえ、目を休ませていただけ。ゆうべはあまり眠れなかったから」

ジェーンはコーヒーテーブルにトレイを置いた。「いっしょに食べようと思ってわたしの分も持ってきたけど、ひとりになりたいみたいね」

いつもひとりになりたがっていたのはジェーンのほうなのに。「ちょっと寂しくなったところよ。座ったら」

ジェーンはソファの反対側の端に腰かけて膝を抱いた。

「お腹がすいていたんじゃなかったの?」イヴは言った。

「そうだけど」ジェーンはサンドイッチを手に取って少し食べた。「あなたでも寂しくなることがあるの?」

「たまには」

「あなたにはお母さんもジョーもミスター・ローガンもいるのに」

「それはそうだけど」イヴもサンドイッチを食べた。「あなただって寂しくなることがあるでしょ、ジェーン」

ジェーンはつんと顎を上げた。「まさか」

「そうじゃないかと思っただけ。思いがけないときにそんな気持ちになることがあるから」

「わたしはないわ」

話題を変えたほうがよさそうだ。「モンティのそばについていなくていいの？　モンティはいてほしいと思ってるわ」

すぐには返事がなかった。「思ってない。サラに言われたもの。わたしは役に立つけど、モンティはサラさえいればいいんだって。わたしがついててもわからないだろうって」

悲しみが伝わってくる。「ちゃんとわかってるわ」

ジェーンは首を振った。「モンティはサラの犬よ。サラのもの」イヴと視線を合わせずに続けた。「わたしの犬にしたかった。わたしがほんとに好きになったら、モンティもサラよりわたしを好きになってくれると思った」挑むような口調で言った。

「サラから横取りしたかった」

「わかるわ」

「そんなこと考えちゃいけないと言わないの？」

「言わない」

「だって……悪いことでしょ。サラは好き。でも、モンティはうんと好き。わたしだけのものにしたかった」両手でこぶしを握った。「わたしだけのものがほしかった」

「モンティはあなたのものよ。それ以上にサラのものというだけ。しかたないわ。モンティにはサラが何よりも大切なの」

「ボニーがあなたにとって何よりも大切なように？」

イヴはぎくりとした。「モンティのことを話していたのに。どうしてボニーの話になるの？」

「ボニーが何よりも大切なのよ。だから、わたしを助けてくれたんでしょ。わたしを狙った男がボニーを殺した犯人かもしれないから。ボニーのためで、わたしのためじゃない」

「ボニーはもう死んだのよ、ジェーン」

「あなたの心の中で生きてるわ。今でも何よりも大切なのよ」ジェーンはサンドイッチをかじった。「わたしにはどうだっていいことだけど。関係ないもの。なんか変だと思っただけ」

かわいそうに。涙を浮かべている。「ジェーン」

「平気、どうだっていいの」

「どうだってよくないわ」イヴは座ったままジェーンに近づいて抱き締めた。「あなたを助けようとしてるのは、あなたが特別な子だから。理由はそれだけよ」

ジェーンは体をこわばらせた。「わたしのことが好きなの？」

「もちろん」子どもの体がこんなに小さくていとおしいものだということを忘れてい

た。ずっとこうしていたかった。「大好きよ」

「わたしも……あなたのことは好き」ジェーンの体からゆっくりと力が抜けていった。「いいの、あなたのいちばん大切な存在になれなくても。友達にならなれるかもしれない。あなたはモンティみたいに誰かのものじゃないから。友達になるんだったら――」

「きっとなれるわ」ジェーンがかわいそうでならなかった。精いっぱい強がっていても、心の中では誰かとつながっていたいのだ。「なれないわけがないでしょ」

「そうね」ジェーンはおとなしく抱かれていたが、やがてイヴを押しのけた。「じゃあ、決まり」跳ね起きてドアに向かった。「モンティに食べ物を持っていくわ。それからベッドに入る」気を取り直したようだ。感傷的な雰囲気は苦手なのだろう。

わたしだって同じだとイヴは思った。ぎこちない思いをしていたのはジェーンだけではない。ボニーを喪ってからまた誰かを愛せるようになるとは思えなかったのに、この誰にも心を開かない扱いにくい子どもに、いつのまにか心を寄せている。わたしたちは似た者同士なのだ。「モンティにはサラがいれば充分だと言ってなかった？」

「そうだけど、何か食べさせないと。食べ物を用意するためにサラがそばを離れたら、モンティは寂しがるわ」そう言うと、部屋を出る前にまた言った。「わたしを誰より好きになれなくてもモンティのせいじゃない」

気持ちを立て直して、ないものねだりはせず、現実を受け入れる。その連続で生きてきたのだろう。ジェーンはそれ以上のものを求めようとしない。それでも、今夜のジェーンは違った。誰かにそばにいてほしいと素直に認めようとしている。そして、心の隙間を埋めるためにわたしを選んでくれた。

喜ぶべきことだ。

でも、ないものねだりをしないのはジェーンだけじゃない。イヴはそれに気づいておかしくなった。わたしだって、ジェーンにとって、あのゴールデンレトリーバーほど大切な存在にはなれないんだから。

それでもいい。この先どうなるかわからないけれど、明るい未来が広がっているような気がする――

モンティに初めて子どもができたとき、サラが子犬を一頭ジェーンにくれて、ジェーンはトビーと名づけた。そのころにはジェーンはイヴとジョーの養女になっていた。最初はおっかなびっくり育てていたが、いつのまにかトビーのいない生活は考えられなくなった。トビーは一家の一員になったが、ジョーが望んでいたような番犬にはなれなかった。愛想がよすぎて誰にでもなつくからだ。

今夜みたいなときは番犬がいればよかったのに。イヴは窓の外を眺めながら思った。せめて隣に寝ている温かい体が寒さをやわらげてくれたら。なつかしい思い出にふけっていたせいで、現実の味気なさが身にしみた。

外の嵐は見ないようにしよう。

悪夢を心から締め出そう。

お願い、ジェーン、早く電話して。


「ここにいることにするわ」一時間後に診察室に戻ると、ジェーンはデボンに宣言した。

「邪魔するつもりはないけど、そばを離れたくないの」

「お好きに」デボンは点滴装置を調べながら言った。「どうせ長くは引き離しておけないと思っていた。さっきは予断を許さない状況だったから」振り向いて笑顔を向けた。「もうだいじょうぶよ。持ち直せるわ」

ジェーンは急に膝から力が抜けるのを感じた。「助かるの?」

「点滴をするたびに体力を取り戻してきた」デボンはトビーの頭を撫《な》でた。「よくがんばったわ。マーガレットの言うとおりだった。毒が体中に回っていた」

「毒物は特定できた?」

デボンは首を振った。「血液のサンプルをサンフアンの専門機関に送るから、結果が出るまでに数日はかかる。でも、数日でわかればいいほうよ。通常の毒物検査では何も出てこないだろうから。マーガレットがいてくれて助かった」

　ジェーンは診察台に近づいてトビーを見おろした。助かるのよ、トビー。どうなることか、ほんとに心配した。「よかった」声がかすれた。「マーガレットは？　彼女も追い出したの？」

「そうじゃないわ。トビーが持ち直すとわかって、奥のドアからモンティを連れて帰ったの。助手も帰らせたわ。もう峠は越したから。マーガレットはモンティを本館に連れ戻したら、ここに戻ってくると言ってた」

「お礼を言わなくちゃ」

「すぐ会えるわ。彼女もあなたに会いたがっているから」デボンはトビーに目を向けた。「マーガレットはトビーがこんな目に遭わされたと知って動揺してるの」

「わたしだって」ジェーンはデボンに教えられた奥のドアに向かった。「本館はどこにあるの？」

「一キロほど先。本館にも入り口に警備員がいるわ。入れてくれなかったら、わたしに電話するように言って」

「そうする」ジェーンはドアを開けて中庭に出た。その先に照明灯に照らされた砂利道が続いている。いくらも歩かないうちに、戻ってくるマーガレットに出くわした。

「あなたに会いに行くところだったの」ジェーンは立ち止まった。「お礼が言いたくて」

「もっと早く連れてくればよかったのに。危ないところだったのよ」マーガレットはジェーンの目を見つめた。「トビーがあんな目に遭わされるなんて、いったい何をしたの？」

「思いもつかない」出し抜けに追及されてジェーンはうろたえた。マーガレットは情愛の深い穏やかな女性に見えたのに。「今、調べているところよ。まず犯人を突き止めないと」

「だったら、早く突き止めて」マーガレットは深刻な表情で言った。「また同じことが起こらないとはかぎらないわ。卑怯者《ひきょうもの》は狙いたい人間の代わりに無力なペットを襲うのよ。犠牲になるのはいつも小さな動物」

「わたしは人に恨まれるような人間じゃないから、それは当てはまらないわ」

マーガレットはジェーンを見つめた。「自分ではそのつもりでも、相手から見ればそうじゃないかもしれない。トビーを何よりも大事にしているし」ちょっと間をおいて続けた。

「あなたといっしょにいる男が誰かに恨まれているんじゃないかしら。原因はあの人かも」

「セス・ケイレブに後ろ暗いところがないとは言わないわ。でも、あの人に来てもらったのはトビーの具合が悪くなってからよ」

「そうだったの。でも、なんだか――」マーガレットは肩をすくめた。「あの人を見てると、なんとなく不安になる」

「どうして？」

マーガレットはためらった。「血のせいかな」

「え？」ジェーンは唖然《あぜん》とした。

「あの人を見ると血を連想するの。はっきり感じるのよ、血の匂いを」

今度こそ開いた口がふさがらなかった。マーガレットがまさか、初対面に近いケイレブの秘密を嗅ぎつけるとは思っていなかった。たいていの人はケイレブの力と圧倒的な魅力には気づくだろうが、それを彼の暗い一面につなげたりしない。彼はふだん自分の力を慎重に隠しているから。「あなたは犬と話ができるそうだけど、人の心も読めるの？」

「まさか」マーガレットは顔をしかめた。「動物たちだけで手いっぱいなのに、人間の面倒まで見られないわ。でも、勘はいいほうかもしれない。そばに寄ると感じることがあるの、特に、その人が本能的に――」

「動物に近い場合？」

「そう言ってもいいかな」マーガレットはうなずいた。「とにかく、ケイレブのそばにいると怖くなるの。本人と話したほうがよさそうね」

「だめよ」ジェーンは即座に止めた。マーガレットがケイレブと対決することを想像すると、興味深くもあったが、それ以上にぞっとした。「彼に近づかないで。あなたには関係のないことでしょ」

「そうはいかないわ。今夜こんなことがあったんだから、トビーはわたしの友達よ。友達が傷つけられるのを黙って見ていられない」マーガレットは歩き出した。「血のことも気になるし。あんなにぞっとしたのは――」

「トビーに毒を盛ったのは彼じゃないわ」

「すぐわかることよ」マーガレットは肩越しに笑いかけた。「ケイレブに二、三質問をすれば――」

「待って」ジェーンはマーガレットの頑《かたく》なさに腹が立ってきた。「そんなに気になるなら、わたしが説明してもいいわ。彼に訊《き》かないで。いい結果になるとは思えない」

マーガレットは立ち止まってジェーンを振り返った。「わたしに危害を加えるとでも？」

「そうじゃないけど、不愉快な思いをするかもしれないわ」

「危害を加える可能性がまったくないとは思ってないんでしょ」マーガレットは興味深そうにジェーンを見つめた。「ケイレブのこと、本当はわかってないんじゃないの？」

「トビーに危害を加えたりしないのは確かよ」

マーガレットは無言だった。

「こんなことを言うと気にさわるかもしれないけど、彼はあなたにちょっと似ている」それでもマーガレットが疑わしそうに見つめているだけなので、ジェーンは説明を加えることにした。「彼もある種の才能の持ち主なの。彼の場合は、周囲の人の血流をコントロールできる」

「どうやって？」

「さあ。とにかく、できるのよ。一族に代々伝わっている才能らしいの。あなただってそうでしょ？」

マーガレットは首を振った。「わたしの家族は誰もわたしみたいなことはできない。やってみようとしたこともないんじゃないかしら」そう言うと、考え込んだ。「血流か……よくも悪くも利用できる」

「そうね」

「でも、悪用するところしか見てないんでしょ」

鋭い。ジェーンは感心した。この若さでこんなに勘が働くなんて。

「彼が危害を加えるのは、そうされて当然の人だけよ」

「あなたが知らないだけかも。一族に代々伝わっている才能と言ったわね。家族に教えられたのかしら。どんな家か聞いてる？」

「いいえ」ケイレブから家族のことを聞いたことはなかった。「彼は一年の大半をスコットランドで暮らしているの。イタリアにも家がある。これだけじゃだめ？」

「何か隠してるとしか思えないわね。やっぱり直接訊いたほうがよさそう」

「詮索されるのは好きじゃないから――」ジェーンはため息をついた。これでは埒《らち》が明かない。話すしかなさそうだ。「あの人はイタリアの村にあった旧家の出なの。中世までさかのぼれるほどで、当時はリドンド一族と呼ばれていたそうよ。その一族には魔力があって、さまざまな伝説が村に残っているらしいわ。ぞっとするような伝説ばかり」

マーガレットは笑い出した。「吸血鬼伝説？」

「やめてよ。ケイレブは吸血鬼なんかじゃないわ」

「でも、イタリアの村なら吸血鬼がいそうじゃない」マーガレットは興味を惹《ひ》かれたようだ。「すごいわね」

「何が？」

「だってすごいじゃない。どうやって他人の血流を変えるのかしら」

「彼に訊かないほうがいいわ。やってみせるかもしれないから」

「危険な人じゃないと言ったくせに」

「そんなこと言った？　トビーに危害を加えたりしないと断言はしたけど」

マーガレットは顔を輝かせた。「ずっと吸血コウモリに興味を持ってるの。吸血コウモリには頑ななところがあって、まだ心を通わせたことはないけど」

「心を通わせるって？　動物と心を通わせることができるの？」

「まあね」マーガレットは曖昧な言い方をした。「うまく説明できないけど」

「セス・ケイレブのこともうまく説明できない。彼はトビーに何もしていないというわたしの話を信じて、本人を問いつめないで」

マーガレットはしばらく考えていた。「いいわ、あなたを信じる。彼には質問しないことにする――少なくとも今すぐには」そう言うと、ぶっきらぼうな口調で断言した。「だけど、彼が関係ないとしたら、原因はあなたということになる。犯人を突き止めて、二度とあんなまねをトビーやほかの犬たちにさせないで」ジェーンが何か言いかけると、手を上げて制した。「今はこれだけにしておくわ。トビーのところに戻らなくちゃ」建物に向かって歩き出した。「でも、わたしに感謝してるなら、それを行動で示して。トビーにあの卑劣な男を二度と近づけないで」

「卑劣な男?」ジェーンは眉を上げた。「トビーがそう言ったの?」

「いいえ、トビーは人間をみんな善人だと信じてるわ」マーガレットは入り口で立ち止まって振り返った。「約束して、わたしのために」

「約束するけど、あなたのためじゃないわ」ジェーンは言い返した。「わたしとトビーのためよ」

「それでいいのよ」マーガレットは顔を輝かせた。「そうでなくちゃ」照明灯の強い光の下では、人の顔は硬直した不自然な感じがするものなのに、最初に受けた若々しくて情愛の深そうな印象は変わらなかった。「いっしょに来ない?　まだ鎮静剤が効いているけど、あなたがそばにいるのはわかると思う」

「思うって、確信はないわけ?」

「だって、まだ意識が戻らないんだもの」マーガレットはまた笑った。笑顔になると、十六歳ぐらいにしか見えない。

「ひょっとして、わたしをからかってるの？」

ドアを開けると、ジェーンを通すために脇に寄った。「得体が知れない女にどう接していいかわからないのね。わたしがトビーを救ったと頭で理解できても、まだ半信半疑なんでしょ。無理もないわ。デボンもずっとそうだった」

言われてみれば、そのとおりだった。ジーンズに革サンダルを履いた子どもを〝得体の知れない女〟と呼ぶのは変だし、相手は疑われようがからかわれようが気にならないようだけれど。「どう接したらいいの？」

「友達になって」マーガレットは真剣な口調で言った。「友達になれたらうれしいわ。このスタッフも訓練士もみんな親切にしてくれるけど、わたしを変人扱いするの」

「実際、そうだもの」ジェーンは苦笑した。「でも、わたしのまわりにも変人はたくさんいるし、別につき合いにくいわけじゃない。あなたとはうまくやっていけると思うわ。ねえ、少し質問していい？　あなたのことが知りたくてたまらないの」

「いいけど、どんな質問にでも答えるとはかぎらないわ。誰にだってプライバシーを守る権利があるもの」そう言ってにやりとした。「セス・ケイレブにだってね」診察室に入ると、デボンに顔を向けた。「休憩をとってコーヒーでも飲んできて。ジェーンとふたりで付き添っているから。急変があったら呼びに行く。わたしなら信頼できるでしょ」

「じゃあ、そうさせてもらうわ」デボンは疲れた顔でうなじを揉《も》んだ。「三十分で戻ってくる」そう言うと、待合室に通じるドアに向かった。「たしかに、あなたなら信頼できるわ」

「ほらね」デボンがドアを閉めると、マーガレットが言った。「デボンはわたしが変わっているのを誰よりもよく知ってるけど、基本的に信頼してくれてる」トビーに近づいて頭を撫でた。「それに、この子もわたしを信頼してくれてるわ」

不思議な娘だとジェーンはつくづく思った。頑なな一面があるくせに、とても傷つきやすいナイーブなところがある。これまでにどんな経験をしてきたのだろう。「ええ、トビーはあなたを信頼してるわ」笑顔になって人差し指で自分の胸を指した。「それにわたしも」

湖畔のコテージ

誰かが玄関のドアを叩《たた》いている。

イヴははっと目を覚ました。

こんな時間にいったい誰が？

ベッドの上で起き上がって時計を見た。

〝ドアを開けるんじゃないぞ〟

ジョーの言葉を思い出しながら、ベッドを出た。

パトカーで巡回してくれている警官が様子を見に来たのかしら？

ノックの音が激しくなった。

確かめる方法がある。携帯電話を調べて、ジョーから聞いた警察官の携帯番号を捜した。ロン・ヒューズ巡査。急いでダイヤルした。

すぐ応答があった。「ヒューズです。変わりありませんか、ミズ・ダンカン？」

「訊きたいことがあるの。玄関のドアを叩いてるのはあなた？」

「まさか。お宅から七キロほど離れたところを巡回してますよ。すぐ行きます。ドアを開けないで」そう言うと、電話を切った。

もちろん、ドアを開ける気なんかない。といって、寝室でびくびくしているのもいやだった。ドアを叩く音からは、せっぱつまった暴力的なものが伝わってくる。もしかしたら、この豪雨の中で自動車事故を起こした人が助けを求めに来たのかもしれない。暴力的なものの正体も突き止めてみたい。どっちにしても、もうすぐパトカーが到着する。ドアを叩いている人間が誰か確かめてみたくなった。

いい方法がある。玄関ドアの両側には大きな窓があってカーテンが引いてあるが、隙間からのぞけばポーチにいる人間が見える。スリッパを履き、ガウンを引っかけると、ナイトテーブルに置いてあった銃を取って寝室を出た。まっすぐ玄関に向かった。

ノックはまだ続いていた。

右側の窓に近づいて、赤いカーテンをほんの少し開いた。

ショックのあまりその場に凍りついた。

次の瞬間、玄関の警報装置を解除した。

そして、銃をガウンのポケットに突っ込むと、ドアを大きく開けた。

「もう叩かなくていいわ。いったい、どうしたの？」

「ぼくに来てほしいと思っていたでしょ？」ベン・ハドソンは言った。「だから、来たんだよ、イヴ。入っていい？　ずぶ濡《ぬ》れになった」

「さあ、早く入って」腕をつかんで家の中に入れる。「なんてかっこうなの？」キッチンの戸棚から布巾をつかんで渡した。「湖を泳いできたみたいよ」

「ほんとに？」ベンは人懐こい笑みを浮かべながら顔を拭いた。「すごい水の量だった」

砂色の髪をぬぐうと、髪が植物の蔓《つる》みたいに突っ立った。「でも、湖を泳いできたんじゃないよ」

イヴは首を振りながらベンを眺めた。ちょっと挨拶に寄ったみたいに無邪気な笑顔を向けている。ツンツンと突っ立った髪の下から、間隔の開いた青い目でイヴを見つめながら、湖の水と雨水の違いを考えているらしい。ベンと知り合ったのは数カ月前で、ジョーとふたりでボニーの遺体を捜していたときに手伝ってもらったのがきっかけだった。穏やかで人懐こくて、ちょっとのんびり屋の青年だ。働いている支援施設の相談員の話では、ベンは二十歳だが、十歳くらいの知力しかないという。本当にそうだろうかとイヴはひそかに疑っていた。たしかに、人と違ったところはあるけれど、ベンの個性は簡単に枠にはおさまらないような気がする。初めてベンに会ったとき、天真爛漫《てんしんらんまん》な笑顔を見て、イヴはボニーにそっくりだと思った。今もそうだ。彼を抱き締め、世話を焼いて、どうしてこんな嵐の中をうろついていたのか問いつめたかった。

「そこに座って。ホットチョコレートをつくってくるから」

ベンは首を振った。「もう行くよ。無事か確かめに来ただけだから」

チョコレートのカプセルをすでにコーヒーサーバーにセットしてあった。「そのためにあんなにドアを叩いたの？」

ベンは真剣な顔でうなずいた。「そうだよ。ちゃんと確かめなきゃいけないから。あの子からジョーがいないと聞いてたし」

イヴはホットチョコレートのカップを持ったまま体をこわばらせた。「あの子？」

「ゆうべ夢に出てきた。助けてあげてと言ってた」

あの子とはボニーのことだ。ボニーはこれまでにも何度かベンの夢に現れたことがあった。ボニーは純粋なベンが、亡くなったときの自分に通ずるところがあると思ったのかもしれない。ボニーに選ばれたとわかると、イヴはいっそうベンに親しみを感じるようになった。

近づいてカップを渡すと、慎重に切り出した。「ねえ、ゆっくり話しましょう。ボニーの夢を見たのね？」

「うん」ベンは顔をしかめた。「あなたのことばっかり言ってた。たどり着けないって。闇が濃すぎてたどり着けないって」

「闇？」

「悪い闇だよ。それがあなたに近づいてるから、ぼくが助けに行かないとだめだって」

「ジョーがいないからと言ったのね」急に背筋が寒くなった。「施設でその夢を見たの？」

ベンはうなずいた。「寝たとたんにあの子が出てきた。だから、すぐ出発した」

「ジョージア州の南にある施設からこんなところまで？　あなたは車の運転はしないでしょ？」

「相談員のケニーを起こして連れてきてもらった。ケニーとは同じ部屋で暮らしてるんだ。だけど、高速をおりたところで、ホンダが泥に埋まっちゃうって言うから、そこからは歩いてきた」ベンはまた顔をしかめた。「ケニーは寝てるところを起こされて怒ってたみたい。でも、いい人なんだよ、連れてきてくれたんだから」

「うちの前まで連れてきてくれたらもっとよかったけど」イヴは皮肉な口調で言った。しかし、そのケニーという相談員がベンにせがまれて百キロ以上車を走らせてきたと聞いても驚かなかった。ベンのひたむきさに触れると、たいていの人はいやと言えなくなってしまうのだ。「早く濡れた服を脱がなくちゃ。着替えは持ってないんでしょ？」

ベンはうなずいた。

「ジョーの服を何か探してくる」寝室に向かいかけたとき、窓の外にまぶしいヘッドライトが見えた。「パトカーだわ。忘れるところだった」玄関に急いだ。「ここにいて、ベン。警官に説明してくるから」

だが、ベンはイヴより先にドアに近づいた。「だめ、そばについてる」

イヴはあきれて見つめた。「だいじょうぶだったら……」

ベンは首を振った。こういうときのベンは言い出したら聞かない。

カーテンの隙間からのぞくと、制服警官がポーチの階段をのぼってくるところだった。ノックされる前にドアを開けた。「ごめんなさい、ヒューズ巡査、電話する暇がなくて。わたしの勘違いだった。知り合いが訪ねてきただけだったの」

「こんな時間に？」イヴの後ろにいるベンを見た。「ちょっと入っていいですか？」

ベンを調べて、イヴを脅して言わせているのではないか確かめたいのだろう。調べてもらえばいい。事情を説明するよりそのほうが手っ取り早い。ベンと少しでも話したら、危害を加えるような人間でないのはすぐわかる。イヴはドアを大きく開いた。「どうぞ」

「手間はとらせません」ヒューズ巡査はＩＤカードを示すと、家に入ってきた。「万事決まりどおりやらないと、あとでクイン刑事に叱られますからね」そう言うと、ベンに目を向けた。「名前は?」

「ベン。ベン・ハドソン」

「ここに来た目的は?」

「イヴを助けに来たんだよ」ベンはにっこりした。「お巡りさんもそうだね」

「ああ」ヒューズ巡査はつられて笑い返した。ベンの笑顔を見ると、たいていの人が笑顔になる。「だが、次からは来る前に電話したほうがいいよ。そうすれば、みんなが助かる。怖がらせたくないだろう?」巡査はイヴに顔を向けた。「これで帰りますが、また何かあったら電話してください。あと二時間ほど巡回してますから。そのあとはたしかピート・ドラネリが引き継ぐはずです」

「駆けつけてくださって助かったわ」イヴは巡査を玄関まで見送った。「もう呼び出さずにすむといいけれど」

「そう願いますよ」巡査は笑った。「だが、いい気晴らしになった。何も起こらないのがベストですが、退屈してしまって」階段をおりながら、振り返って声を潜めた。「気を悪くしないでほしいんですが、ぼくかドラネリに任せたほうがいいですよ。ミスター・ハドソンはいい人だが、なんというか……頼りにならない」

「ええ。でも、精いっぱいやってくれているから。もちろん、何かあったらすぐ電話します」中に入ってドアをロックすると、ベンを振り向いた。「これでわかったでしょう。優秀な警察官が守ってくれているから、わたしはだいじょうぶ。もう施設に戻るといいわ」

ベンは首を振った。「そばについていないと」

イヴはうなずいた。ベンはいったん思い込んだら、誰がなんと言おうと決心を変えない。「ジョーの服を取ってくる。バスルームは左側の最初のドアよ。熱いシャワーを浴びるといいわ」

ベンは首を振った。「いいよ。どうせ外に立ってたら、またずぶ濡れになるから」

「外に立ってるって？　わたしを守るために来てくれたんでしょ？　居間のソファに座っていてもわたしを守ることはできるわ」

「この家が安全か確かめておかないと。ヒューズ巡査は車で見張ってるけど、ぼくなら歩いて見回るから、もっとよく見える」

「わたしに危険が迫っているという証拠は何もないのよ、ベン。そんな予感がするだけ」

イヴはベンと目を合わせた。「あなたも夢を見ただけでしょ」

「闇のせいだよ」ベンは深刻な顔で言った。「ボニーから頼まれた。ここに来るようにって」

「そして、雨の中に突っ立って見張るようにって？」

「雨がやむかもしれないし」

「やまないかもしれない」イヴはもう一度ベンを見つめてから、寝室に向かった。あんなに固く心に誓っているのに、水を差すのはかわいそうな気がした。「服を取ってくるわ。携帯電話は持ってる？」

「うん。だけど、ぼくがしょっちゅういじるから、すぐつながらなくなるんだ」

「今夜はいじっちゃだめよ。一時間ごとにわたしに電話して。連絡がつくようにしておいてね」

ベンはにっこりした。「わかったよ、イヴ」

「ジョーのレインコートを持ってくるから、それを着て木陰にいるのよ。できるだけ雨に濡れないようにね」

「わかったよ、イヴ」

「おかしなものを見かけたら、わたしに電話してね。すぐヒューズ巡査に電話するから。ひとりでやっつけようなんて思っちゃだめよ」

ベンは満面の笑みを浮かべた。「わかったよ、イヴ」

「同じことばかり言わないで。それに、どうして笑うの？　わたしは真剣よ」

「わかってるよ。でも、つい笑っちゃうんだ。ぼくのこと心配してくれてるってことは、ぼくが好きなんだ。そう思うと、うれしくて」

イヴは胸をつかれた。「好きに決まってるでしょ。会ったときからずっと好きよ。気づかなかった？」

「ボニーのことを手伝ったから優しくしてくれたんだと思ってた。それでもかまわないけど、ぼくを好きになってくれたらもっとうれしい」

イヴは引き返してベンを抱き締めた。「ボニーがきっかけだったかもしれないけど、あなたが好きなのは特別な子だからよ。ジョーもわたしもよくわかってるわ。あなたはあなただからね」そう言うと、また寝室に向かった。「だから、自分を大切にして、馬鹿なまねはしないで」

「ぼくのこと、馬鹿だと思ってる人もいるよ」ベンは静かな声で言った。

「その人たちのほうが馬鹿なのよ。たしかに、あなたは人と違うけど、人間はみんな違うんだから、違いを受け入れるしかないわ。チョコレートを飲んだら、髪を乾かして」

「わかったよ、イヴ」

「ほら、また言った。わたしをからかってるの？」

「かもしれない」ベンは考えていた。「だめ？」

「だめじゃないけど、からかう癖はよくないわ」そう言うと、イヴは居間のドアを閉めた。できることなら、ベンを雨の中に出したくなかった。

でも、ベンはボニーに頼まれてここに来たと主張している。ボニーが彼を来させたのはわたしに危険が迫っていると思ったからだろう。ボニーはいつもわたしを守ろうとしてくれる。わたしがボニーを愛しているように、心からわたしを愛してくれる。ボニーにとってはいつもわたしがいちばんなのだ。ボニーが生まれたときから、特別な子だと気づいていた。永遠に強い絆で結ばれると信じていた。だが、その絆はたった七年で断ち切られてしまった。ボニーが誘拐され、この世からいなくなったからだ。ボニーを喪った悲しみに耐えきれず、精神的にどんどん追いつめられて、ついにあとを追おうとしたとき、ボニーが夢に現れるようになった。夢を見たのではなく、ボニーの魂が帰ってきて、〝諦めずに決まりさえ守れば、絆は断ち切られていない〟と教えようとしているのだと思えたのは何年も経《た》ってからだ。イヴは現実的で頑固な人間だから、幽霊の存在など信じられなかったし、死後の世界も受け入れられなかった。それでもボニーは絶妙なタイミングでイヴの前に姿を現し続け、やがて誰がなんと言おうと、自分にとってボニーは生きているのだと信じられるようになった。

そして、家に連れて帰るためにボニーの遺体を捜していたとき、ベンとめぐりあった。ボニーのように、ベンもある意味で特別な子だった。そのせいか、ベンもボニーの夢を見たとわかってもそれほど驚かなかった。ベンもイヴと同じようにボニーを愛していると気づいたときも。

いいえ、それはあり得ない。わたしほどボニーを愛している人間はいない。

ひょっとしたら、これは嫉妬？　ボニーがわたしではなくベンの前に現れたことに複雑な思いを抱いているのかもしれない。

〝闇が濃すぎてたどり着けないって〟

やっぱりボニーはわたしを守るためにベンを送ってきたのだ。

それなら、今度はわたしがベンを守らなくては。


雨が小降りになってきた。ドーンはあたりを見回した。あいにくだな。今夜は雨が味方になってくれていたのに。

「だいじょうぶだよ、ケヴィン、なんとか計画どおりやれそうだ」助手席にのせた工具箱におさまった頭蓋骨を見おろしながら、イヤホンをはずした。「予定外の仕事が増えたがね。湖畔で見張ってる男に気づいたときは、てっきりベナブルが送った捜査官だと思った。まさか、ここでベン・ハドソンに会うとは思ってもいなかった。どんなに緻密に計画しても、どこかで邪魔が入るというのは本当だな。だが、おまえはよく言ってたじゃないか、苦労の末に手にした勝利の味は格別だって」ドーンはノートパソコンを開いた。「実行に移す前に準備万端整えておかないとな。まずはブリックに確認しておこう」

メールにするか、それとも、スカイプがいいか？

ブリックの顔が見えたほうがいい。迷っていないか、嘘《うそ》をついていないか確かめられる。

ドーンはブリックを信用していた。あいつはケヴィンの友達で、ケヴィンを崇拝していた。

それに、金に弱い。まさか裏切るようなまねはしないだろう。早まった行動をして、イヴ・ダンカンに関する計画を邪魔するようなまねもしないはずだ。だが、ブリックはケヴィンほど肝っ玉が据わっていないから、何かあるとすぐパニックに陥る。目を光らせておかないと。

ボタンを押して、サマーアイランドにいるブリックが画面に現れるのを待った。

「そっちはどうだ?」ブリックがこわばった顔で訊いた。「もう実行したのか?」

「まだだ。いくつか想定外の問題が出てきたから、そっちを片づけてからだ。マグワイアはまだ犬のことで頭がいっぱいになっているんだろうな?」

「くわしいことはわからないが、島のドクターたちが躍起になっている」

「わからなくていい。マグワイアを島に引き止めておいてくれさえすればいいんだ。それがおまえの仕事だ。わかってるな?」

「ああ、わかってる」

「じゃあ、早く実行しろ」ドーンは通信を切った。

4

「どう、容体は？」ケイレブが診察室から出てきたジェーンに訊《き》いた。

「もう安心」ジェーンは晴れやかな笑みを浮かべた。「内臓に損傷はなさそうだって。だから、毒を出してしまったら、すっかりよくなるだろうとデボンが言ってくれた」そう言うと、ケイレブが膝にのせているノートパソコンに目を向けた。「それ、わたしのパソコンでしょ。何してるの？」

「法に触れるまねはしてないよ。もっとも、その気になったら、サイバー攻撃を仕掛けるぐらい朝飯前だが。実際、拍子抜けするほどあっさり見たいものを見ることができた」ケイレブは眉を上げた。「パスワードは〝イヴ／ジョー〟だね？　三分で突き止めたよ」

「突き止めたって何を？」ジェーンは眉をひそめた。「極秘情報は入ってないわ。わたしはITに強いほうじゃないの。そんなことより、わたしのパソコンに勝手に侵入した理由を説明して」

「言い訳にしかならないが、許可を得る暇がなかった。きみはそばにいなかったし、おれは気が短いほうだからね。きみのフェイスブックアカウントに不正アクセスしたわけじゃない。メールをチェックしたかっただけだよ、あの高級デイケアセンターのネドラという女性から返信が届いていないか」

「それで？」

「届いていたよ」ノートパソコンをジェーンに向けた。「最初はきみの問い合わせに対して、不審な出来事などなかったと返信してきたが、すぐに謝罪のメールが届いていた。念のために監視カメラを調べてみたら、男がトビーに近づくところが写っていたそうだ」ケイレブは一呼吸置いた。「注射器を持って」

「なんですって？」ジェーンはノートパソコンを奪い返した。ケイレブの言うとおりだった。戸外の運動場に設置された監視カメラが、縮れた赤毛のずんぐりした男の姿をとらえていた。背を向けているので、顔は見えない。トビーのそばに立っている。上着のポケットに注射器を戻すところが写っていた。それを見たとたん、抑えきれない怒りが込み上げた。「なんてひどいことを！　誰？　ネドラは知っているはずよ。フロントでチェックインしないと入れないから」

「ハーバート・コナーズという男だそうだ。センターに来たのはこの日が四回目で、いつも同じボクサー犬を預けていた。マンションの隣人に頼まれたと言って。ネドラの話では、感じのいい男で、犬の扱いも心得ていたそうだ。まさか、こんなまねをするとは思わなかったと驚いていた」

「でも、現にトビーに毒を注射したんだから」ジェーンはノートパソコンを持つ手に力を込めた。「あの日センターに来ていたほかの犬も調べたほうがいいわ」

「ネドラも真っ先にそれを考えたらしい。ほかに具合が悪くなった犬がいないか問い合わせると言っていた」ケイレブは小首を傾《かし》げた。「だが、おそらく、いないだろう。トビーだけを狙ったんだと思う」

ジェーンはケイレブを見つめた。「その根拠は？」

「あの日以来、ハーバート・コナーズと名乗った男はセンターに来ていないそうだ。その前に三回来たのは下見だったんじゃないかな。きみがトビーを預けに来るのを待っていたんだろう」

「ペットを狙ったたちの悪いいたずらというより、もっと悪意のある陰湿な計画だって言い方ね」

「きみはどう思う？」ケイレブはかすかな笑みを浮かべた。「認めたくないだけじゃないか？」

「たしかに。どういうことだと思う？」

「ずばり、ターゲットはきみだ。ハーバート・コナーズはトビーを利用して、きみを移動させようとした」そう言うと、一呼吸おいた。「ロンドンからこのサマーアイランドへ」

「まさか。どうしてサマーアイランドのことを？」

「きみのパソコンにはサラ・ローガンからのメールが複数残っていた。それを読んで考えついたんだろう、トビーにもしものことがあったら、サマーアイランドに連れていくと」

ジェーンはぎくりとした。「わたしのパソコンに侵入したというの？」

「あっさり侵入できたはずだよ。きみはまったく気づかなかったんだろう」ケイレブは額に皺《しわ》を寄せて考えていた。「それから、おれの勘では、きみのマンションに盗聴器を仕掛けていたと思う」

「次から次へと、とんでもないことばかり言うのね。盗聴器を仕掛けに忍び込んだのなら、そのときトビーに毒を注射すればすむんじゃないの？」

「その時点では、情報を入手してきみにロンドンを離れさせる方法を見つけるのが目的だった。トビーを衰弱させるのはそのあとだ」

「ロンドンを離れることは前から決まっていたわ。イヴとジョーに会いに行く予定を立てたのは一カ月以上前。だから、あなたの推理には無理がある」

「それは認めるよ。だから、おれの推理を裏づけるためにいくつか手を打っておいた。今、ハーバート・コナーズのことを調べていたところだ。本名とは思えないがね」ケイレブは立ち上がって正面玄関に向かった。「じっくり考えてみたい。外の空気を吸いに行こう」

「こんな時間に？」そう言ったときには、ケイレブはもう外に出ていた。ジェーンはパソコンを閉じてあとを追った。

　空気は爽やかで、かすかに潮の匂いがした。そろそろ夜明けが近かったが、あたりはまだ闇に包まれている。

「あの丘を越えると海に出るんだ」ケイレブが言った。「さっきちょっと偵察してきた」

「運がよかったわね、警備員に射殺されずにすんで」

　ケイレブはにやりとしただけだった。

　警備員など歯牙にもかけていないのだろう。行動を起こすと決めたら、ケイレブは何にも屈しない。しかも、野生動物のような独特の勘が働く。ジェーンはそんな彼を見たことがあった。「偵察なんて軍隊みたいね」

　ケイレブはうなずいた。「だが、ここは軍事施設じゃない。現に、マーガレット・ダグラスは難なく島にたどり着いている。空域の警備は厳重でも、海岸線は常にパトロールしているわけじゃないらしい」

　ジェーンはいぶかしげにケイレブを見た。「敵が大挙して上陸してくると言うの？」

「大挙して来なくても、たったひとりでも目的は達成できる」

「目的って？」

　ケイレブは肩をすくめた。「どう言えばいいかな。おれは猜疑心《さいぎしん》の強いほうでね。どうもこの展開は気に入らない。トビーに毒を盛った犯人は、計画を練ったうえで周到な準備をしているはずだ」

「あなたの推理が当たっているとすれば」

ケイレブはにっこりした。「おれの推理はたいてい当たる」

「たいした自信ね」ジェーンも釣り込まれてほほ笑んだ。ケイレブの笑顔を見ると、つい警戒心をゆるめてしまう。「それで、ほかにはどんな手を打ったの？」

「知人に、きみのマンションに押し入って盗聴器がないか調べてもらうことにした」

「押し入らなくても、わたしが大家さんに電話すればすむのに」

「たいした違いはないし、おれは自分で状況をコントロールしたい人間なんだ」

「知ってる」ジェーンは皮肉な口調で言った。「自分の思いどおりに動かないと気がすまないんでしょ」

ケイレブは顔を上げて木立の間から周囲を見回した。「状況を把握できるかできないかで生死が分かれる場合もあるからね。といっても、自分をコントロールすることにかけてはあまり自信がない。それも知ってる？」

「ええ」

ケイレブは視線をジェーンに向けた。「それにしては、きみに対してよく自制してると思わないか？　きみにこんなに夢中なのに、なんとか文明人らしくふるまっている」

「まあね」

「だが、そろそろ限界かもしれないよ」そう言うと、意味ありげな笑みを浮かべた。「そのうちきみにもわかるだろうが、おれはよくも悪くもなれる。それはきみ次第だ」

ジェーンは目をそむけた。「今はトビーのことしか考えられない」

「当然だ。悪かったね、ついよけいなことまでしゃべって」ケイレブは苦笑した。「利己的な人間だから、なんでも自分のことに引き寄せて行動してしまうんだ。困ったものだよ」また肩をすくめた。「だいじょうぶ、おれは待つこともできる人間だから」

「何を待つの？　わたしがいそいそとあなたのベッドに入るのを？」ジェーンはまっすぐケイレブの目を見た。「そんな関係にはぜったいならない」

ケイレブはほほ笑んだ。「いや、そうなる。たしかにおれにはハンディがあるが、なんとかしてみせる」

「ハンディって？」

「いくつかあるよ。最大のハンディは、おれがおれで、きみがきみだということだ。きみは簡単に人を信用しないのに、おれは必ずしも安定した人間とは言いがたい」

「すぐ消えてしまう彗星《すいせい》みたいな人だものね」

「彗星は普通、決まった方向に進むんだ。ときとして大きな力に影響されて、軌道を変えることがある。おれは自分の進む方向は決めている」

「軌道修正する場合だってあるでしょう？」ケイレブが動じないので、ジェーンはいらだたしげに続けた。「どうしてわたしなの？　わたしたちが相性のいいカップルにはなれないのはあなたにもわかっているはずよ」

「いや、いいカップルになれるかもしれないよ、世間一般の基準とは違うだろうが。どうしてと言われても返事に困るな」ケイレブは小首を傾げてしげしげとジェーンを見つめた。「きみが美人で知的で、見ているだけで血が騒ぐからという以外には」

「わたしにそんな魅力はないわ。わたしぐらいの女性はいくらでもいる」

「おれは欲望の強いほうだが、どんな女性にも惹《ひ》かれるわけじゃないんだ」ケイレブは穏やかな口調でつけ加えた。「だが、きみには狙い撃ちにされたも同然だ」

熱い欲望が伝わってきて、息苦しくなった。

ジェーンは目をそらした。「そのうちわたしのことなんか忘れるわ」

「どうかな。きみに惹かれるのはそれだけじゃないんだ。よくわからないが、気になってしかたがない。わかりかけてきたと思うと、次の瞬間に消えてしまう。その正体を突き止めるまできみを離すことはできない」

「あなたとは関わりたくないの」

「きみの気持ちはわかるよ。おれを危険な男だと思っているんだろう？」ケイレブは不敵な笑みを浮かべた。「たしかにそのとおりだ。だが、きみはおれから逃れられない。心のどこかでおれを怖がっていても、その分面白いことが味わえるよ」

「面白いことに飢えているわけじゃないから」

「目から鱗《うろこ》が落ちる経験ができる。スリル満点だ」そう言うと、ジェーンの顔を見つめた。「だが、さっきも言ったが、おれは待つことができる。きみには時間をかけて慎重に接するつもりだ。親密な関係になるのをきみほど恐れる人は見たことがないからね。単なる体だけの関係ですら警戒する。トレヴァーともそんな関係にならなかったんだろう？」

ジェーンは体をこわばらせた。「トレヴァー？　どうして彼の話になるの？」

ケイレブはゆがんだ笑みを浮かべた。「マーク・トレヴァーのことが気になってしかたがないからかな。きみに惹かれているのを自覚したときに、少し調べさせてもらったよ。彼と渡り合えるだけの材料を手に入れておきたかった。きみにとって大切な人はマーク・トレヴァーだけだった。長年にわたって唯一の恋人だった。きみが彼を人生から締め出したとわかってうれしかったよ」

「締め出したわけじゃないわ。互いに向いていないという結論に達しただけ」

「その結論に達したのはきみだけだったんじゃないかな」

「あなたに関係のないことを詮索しないで。トレヴァーのことは話したくない」

「わかったよ」ケイレブは手を上げて制した。「おれも話したいわけじゃない。きみの反応が見たかっただけだ」

「それで、安心した？」

「ああ、きみは弱みを見せないが、過度に感情的でもない。これならなんとかできそうだ」そう言うと、少し間をおいた。「さてと、争いの火種を避けて、きみの犬ときみがおかれた状況に注意を集中しよう。さしあたりおれが期待されているのはそれだけだろうから。どうやらきみを動揺させてしまったようだね。おれのことはしばらく忘れて、トビーの様子を見に戻ったらどうだ？　おれはもう少しここで自然と触れ合っているから」

「あなたに指図されたくない」ジェーンは言い返した。動揺させられたのは事実だった。ケイレブといっしょにいて動揺させられなかったためしがない。常になんとなく不安がつきまとっていて、いつのまにかそれが普通になっていた。それでも、彼がいくらか譲歩してくれてほっとした。「わたしのマンションに誰かを押し入らせるのが得策だと確信した理由を説明してくれるまで、ここを離れない。頭の中で作戦を練っているんでしょ？　中途半端に終わらせないで、ちゃんと説明して。いったい、誰がなんのためにそんな手間をかけて、わたしをサマーアイランドに来させたの？」

ケイレブはしばらく無言だったが、やがてゆっくり話し出した。「おそらく、サマーアイランドに来させるのが目的だったわけじゃないだろう。イヴのいる家に帰らせたくなかったんだ」

ジェーンはぎくりとした。「どういうこと？」

「このタイミングで島に来ることになったのを偶然だと思うか？　イヴとジョーを訪ねる

ことにした矢先に愛犬が重体になって、計画を変更せざるを得なくなった。偶然だとは思えない」

「なぜイヴに会わせたくないの？」

「邪魔だからだ」

「邪魔って、なんの？」

「おれにもわからない。そもそも、すべておれの猜疑心の産物だからね」

そう言われても、聞けば聞くほど空恐ろしくなってきた。「そんな回りくどい方法でわたしをイヴから引き離すなんて。狙いはなんなの？」

「それをいっしょに突き止めよう」

「あなたの力は借りない」ジェーンはかすれた声で突っぱねた。「猜疑心の産物だと自分で言ったでしょ。今度のことはイヴとは関係ないわ」

「怯《おび》えさせてしまったようだね。きみが訊きたがったから答えただけだよ」

そのとおりだ。でも、イヴのことを持ち出すなんて思っていなかった。「ただの憶測よ」

「そうじゃないと言った覚えはない」

ジェーンはふっと息をついた。「たしかに」携帯電話を取り出した。「とにかく、電話してみる。トビーのことを知らせると約束したし」

ケイレブはほほ笑んだ。「そうしたほうがいい」

すばやくダイヤルした。

電話に出て、イヴ。

呼び出し音が響く。

三度目の呼び出し音でイヴが出た。「ジェーン？」

安堵《あんど》のあまり頭がくらくらした。「そう。起こしてしまった？」

「だいじょうぶよ、まだ寝ていなかったから。なんだか寝つけなくて。トビーはどう？」

「快方に向かってる。助かるって」

「よかった。原因はなんだったの？」

「毒物」

「なんですって？」

「わたしだって信じられない、毒殺されるところだったなんて」

「誰に？」

「まだわからない。今、調べているところ」ジェーンは一呼吸おいた。「そっちはどう？　変わったことはない？」

「ええ。わたしのことは心配しないで。それよりトビーをよく見てあげて」

「変わったことはないのに寝つけないの？」

「気づかれてしまった？　実は、ベン・ハドソンが来たの」

「ベンが？　どうして？　彼とはボニーを見つけて以来会ってないんでしょ？」

「ええ」イヴは急に話題を変えた。「どれぐらいでトビーをこっちに連れてこられそう？」

「うまくいけば二日ほどで。手厚い看護を受けているから、きっと回復も早いと思う」

「日にちが決まったら知らせて。これからジョーに電話して、トビーのいいニュースを伝えるわ。でも、やめておいたほうがいいかしら。明け方だし、ジョーは今日出廷しなければいけないから。もう少ししてからかけることにする」そう言うと、急に調子を変えた。

「そうだわ、こっちで待っているより、わたしがあなたとトビーに会いに島に行けばいいのよ。じゃあ、待っててね」そう言うと、イヴは電話を切った。

ジェーンはゆっくり終話ボタンを押した。

「無事だった？」ケイレブが訊いた。

ジェーンはうなずいた。「何も変わったことはないと言ってたけど」

「信じられない？」

「信じてるけど」ジェーンは眉を曇らせた。「突然、トビーとわたしに会いに島に来ると言い出して。そう言うなり電話を切ってしまった」

「変だね」

「きっとわたしに何も訊かれたくなかったのよ。気になるわ。それに、ベン・ハドソンは何をしに来たのかしら？」

「ベン・ハドソンが何者か知っていれば、おれにも答えられるかもしれないが。危険な男なのか？」

ジェーンは首を振った。「ただ、突然訪ねてくるなんて変だと思って」そう言うと、建物に向かった。「デボンにいつごろトビーを連れて帰れるか訊いてみるわ」

「望ましい回答がもらえなかったら？」

そのことは考えていなかった。「でも、早くイヴのところに行かなくちゃ。悪い予感がするの。とにかく、トビーの容体が安定するまでは待つわ。あと一息だと思うから」ジェーンは早口で続けた。「安定したのを見届けたら、わたしが戻るまでマーガレットにトビーを預かってもらうのもいいかもしれない。彼女なら安心よ」

ケイレブは驚いた顔をした。「会ったばかりの人間に大切なトビーを預けるのか？」

「彼女は信用できる」ジェーンはケイレブと目を合わせた。「イヴのところに連れていってくれる？」

「あたりまえじゃないか」ケイレブはふざけて一礼した。「仰せのままに。そのためにいっしょに来たんだ」

「ほんとかしら？　あなたの考えていることはわからないもの」

「それでも、おれを当てにする気になったんだろう。たぶん、少しは信頼してくれているわけだ。ちょっと面白いことになってきたぞ」何も言うなというジェスチャーをした。

「急いでトビーのことを頼んでおいで。いや、おれに指図されたくないんだったね」

「そのとおりよ」

「飛行機の燃料を補給しておこう。きみの決心がついたら、いつでも発《た》てるようにしておくからね」

「助かるわ、ケイレブ」ジェーンはどこかうわの空だった。「トビー次第だけど……」

「いや、きみ次第だ」笑いながらそう言うと、ケイレブは離れていった。「決心はついているはずだよ。何があろうと、トビーをマーガレットに託してイヴを助けに行くと」

「ええ」ジェーンはドアを開けた。「イヴは心配しなくていいと言ってたけど」

「嘘《うそ》をついていると？」

「イヴは嘘をつくような人じゃない。でも、気になるの。何者かがトビーをこんな目に遭わせてまで、わたしがイヴの家に行くのを阻止しようとした可能性があると思うと。イヴがそそくさと電話を切ったのも引っかかる」ジェーンは振り返った。「だから、直接その理由を訊きたいの」

「いい子にしててね、すぐ戻ってくるから」ジェーンはトビーの頭をそっと撫《な》でた。まだ鎮静剤が効いていて反応はない。それでも、聞こえていると思いたかった。「よくがんばったわね、トビー。わたしたち、ずっといっしょだったから、神さまがもうちょっといっしょにいられるようにしてくれたのよ」声が震えた。「ほんとによかった」トビーの首に頬を寄せた。すべすべして柔らかい。「そばを離れたくないけど。危機を脱したから、あとは時間の問題だとデボンが保証してくれたし。イヴのことが心配なの。わかってくれるわね、トビー。あなたもイヴが大好きだもの」

「島を離れるってデボンから聞いたわ」

立ち上がって振り向くと、マーガレットが戸口に立っていた。「よかったわ、間に合って。あなたに頼んでおきたかったの。トビーはまだ二、三日は動かせないとデボンに言われて」ジェーンはもう一度トビーを撫でた。「それまでに戻ってくるから、その間トビーの世話をしてもらえる？」

マーガレットはうなずいた。「この子はわたしに懐いているから」そう言うと、トビーを見おろした。「それに、もう心配ないわ。この子は心臓が強いの。モンティとマギーのところに連れていくわ。きっと喜ぶと思う」マーガレットはにっこりした。「この子の両親だものね。家族はいっしょにいるほうがいい」笑みが消えた。「トビーを置いていくぐらいだから、よっぽどのことなのね。この子を殺そうとした犯人はわかった？」

「まだ」ジェーンは首を振った。「それもあって養母のイヴに会いに行くの。今度のことはイヴと関わりがあるような気がして」

「どういうこと？」

ジェーンは肩をすくめた。「わからない。断片をつなぎ合わせているところよ。もともとイヴに会いに行く予定だったの。でも、トビーがあんなふうになって、急にこの島に来た。今度のことで鍵を握っているのはイヴかもしれない」

「イヴという人のことが心配なのね？」

「わたしにとって誰より大切な人だから」

「いいわね、そういう人がいるって。でも、危険なことでもあるわ」

「どういう意味？」

「ひとりの人に心を寄せすぎると、失うものが大きすぎない？　分散したほうが安全よ」

マーガレットは首を傾げた。「あなたは失うことを極度に恐れる人だと思ってた。人間関係に用心深い人だって」

ジェーンは驚いて見つめた。マーガレットとはろくろく話したこともないのに、どうしてわたしが簡単に心を開かないとわかったのだろう。「自分でもどうしようもないときもあるわ。心を開いたら傷つくことになるかもしれないとわかっていても、その人から離れられないことが。あなただって経験があるでしょ？」

「なくはないけど、わたしは相手と距離をおこうとしているから。あなたと同じよ」

ジェーンは首を振った。「あなたみたいに相手に心を開く人は見たことがないけど」

マーガレットは笑い出した。「距離をおこうとしてると言ったけど、それが実行できて

ると は言ってないわ。思い込んだら後先見ずに突っ走ってしまうの」そう言うと、トビーを軽く叩《たた》いた。「トビーがここに来るはめになったのもそのせいよ。愛情を示してくれる人がいたら、傷つけられるかもしれないなんて考えもしない。だから、みんなでこの子を守ってあげなくちゃ」

「あなたは誰が守ってくれるの？」

「守ってくれる相手は山ほどいるわ」マーガレットはにっこりした。「これからはトビーもその一員よ。この子とは心が通じ合うし、性格も似ているの。わたしに何かあったら、放っておかないわ」

「トビーを信頼してくれるのはありがたいけど」ジェーンは皮肉な声で続けた。「番犬には向いてないの。もうわかってるわよね」

「大切な人は命がけで守るわ」マーガレットはジェーンの視線をとらえた。「トビーはあなたのためなら喜んで命を投げ出す」

「もうちょっとでそうなるところだった。トビーがこんな目に遭ったのはわたしのせい。犯人の狙いはわたしよ」

「あなたじゃなかったらイヴというわけ？」

ジェーンはぎこちなくうなずいた。「そういうこと。助かったわ、わたしがいない間トビーの世話を引き受けてくれて」

「任せて」マーガレットは真剣な顔でうなずいた。「といっても、することはあまりなさそうよ。心配しなくていいから。体力がどんどん回復しているのが目に見えてわかる。二、三日もすればすっかりよくなるわ」

「ありがとう」ジェーンは思わずマーガレットを抱き締めてから、あわてて体を離した。

「電話で様子を聞かせてもらってもいいかしら」

「デボンに電話したほうがちゃんとした説明が聞けるわ」

「それはそうだけど、あなたと話したいから」

「だったら、電話して」マーガレットはにっこりした。「心配性ね。ときには運を天に任せないと、退屈な人生を送ることになるわよ。あとでわたしの携帯電話番号を教えておくわ」そう言うと、トビーのそばを離れた。「さあ、もういいでしょう。あなたを飛行場まで送るとデボンに言ってきたの。ケイレブはいつでも出発できるそうよ」

「いいわ。デボンにはもう挨拶したし」ジェーンはかがんで、もう一度トビーを抱き締めた。「早くよくなってね、トビー。約束よ」そう言うと、マーガレットのあとを追って外に出た。

マーガレットはバンのそばに立って森を見つめていた。

ジェーンは立ち止まった。「どうしたの?」

「早く乗って」

ジェーンはバンの助手席に乗り込んだ。「どうかしたの？」

「誰かいる」マーガレットは運転席についた。「森からわたしたちを見張ってる」

ジェーンはぎくりとした。「誰が？」

「わからない。ひょっとしたら島の人かもしれないけど、島の人は研究所に近づかないから。最初は警戒していたみたいだけど、もう関心がなくなったらしくて」

「誰か潜んでいるのがどうしてわかるの？」

マーガレットは一瞬黙り込んでから、ためらいがちに言った。「鳥よ」

ジェーンは眉を上げた。「鳥が教えてくれたってこと？」

「そうじゃない。わたしが感じただけ。そんな顔で見ないで。だから、答えたくなかったのよ。馬鹿にされるに決まってるから」ヘッドライトで闇を照らしながら砂利道を進む。

「言っておくけど、わたしは動物の言葉が話せるドリトル先生じゃない。自然や動物から何か感じとれることがあるだけ。どうしてだか、自分でもわからない。いつのまにかこうなってたの。イメージや記憶が伝わってくることもあるけど、たいていは相手が知能の高い動物のときだけ」そう言うと、眉をひそめた。「鳥はとっても難しい」

「なるほど」

「調子を合わせなくていいの。あなたにはわからないわ」

「それはそうだけど、説明してもらえばわかるかもしれない。感じるって、何を感じるの？」

　マーガレットは肩をすくめた。「ざわざわした感じ。いつもと違う何か。たいていの鳥はすぐ忘れてしまうから、瞬間的な印象が伝わってくるだけだけど」また眉をひそめた。「誰かいて、鳥たちがそれを気にしているのは確か。早く飛行機に乗ったほうがいい」

　ジェーンは苦笑した。「鳥たちがわたしを気にしてるから？」すぐ笑いを引っ込めた。「ごめんなさい。からかうつもりはなかったのよ。ただわたしにはやっぱり理解できない。でも、あなたのおかげでトビーは助かったんだから、ほんとに感謝してるわ」

「だったら、毒殺しようとした犯人を見つけて。わたしのことが理解できなくてもいいから」数分で飛行場に着くと、マーガレットは三棟並んだ格納庫のそばに車をとめた。「いい飛行機ね。スマートでパワフル」タラップをおりてくるセス・ケイレブに目を向けた。「ちょっと彼に似てるわ」

　ジェーンはバンから飛び降りると、ケイレブに近づいた。「すぐ離陸できる？」

　ケイレブはうなずいた。「電話しようと思っていたところだ」マーガレットに目を向ける。「どうしたんだ、彼女は？」

　ジェーンは振り返って、近づいてくるマーガレットを見つめた。顔を引きつらせている。

　ジェーンは笑みを浮かべようとした。「また鳥？」

　マーガレットは首を振ると、いちばん端の格納庫に目を向けた。「早く乗って」

「今度は何？」

マーガレットはケイレブに顔を向けた。「早く彼女を乗せて」

ケイレブがジェーンの肘を取った。「言われたとおりにしよう。早く島から出ていかせたいらしい。おれの勘では、素直に従ったほうがよさそうだ」引きずるようにしてジェーンを飛行機に向かわせた。「世話になったね、マーガレット」

「さよなら」そう言ったが、マーガレットはふたりのすぐあとをついてくる。「勘がいいわね、ケイレブ」視線は端の格納庫に向けたままだ。「最初に会ったときからそんな感じがしてた。だけど、いくら勘のいいあなたでも――伏せて！　ライフル！」

「え？」ジェーンは格納庫に目を向けた。格納庫の闇の中から、長い金属の銃身が見えた。銃口をこちらに向けたライフル銃だ。

「伏せて！」マーガレットがまた叫びながらジェーンに駆け寄った。

すぐ後ろにいる。ジェーンはぞっとした。わたしを狙っているとしたら、飛んでくる銃弾はマーガレットを貫通してしまう。

「あなたこそ伏せて！」ジェーンは振り向くと、ケイレブを振りほどいて、マーガレットに組みついて地面に押し倒した。

銃声は聞こえなかった。

激痛が走っただけだ。

その痛みもやがて闇に沈んでいった。

湖畔のコテージ　午前五時四十分

夜明けだ。

雨はほとんどやんでいたが、空に黒い雲が垂れ込めているので、あたりはまだ暗い。

それでも、夜が明けたのだ。イヴはほっとした。ベンが出ていってからは時間がとても長く感じられた。着替えたらベンに電話しよう。朝食に間に合うように帰っていらっしゃいと言おう。それから、〈フェデックス〉に電話して、復顔像の集荷を頼もう。早く送ってしまいたい。トビーがあんなことになったのに、家でじっとなどしていられない。サマーアイランドに行って、ジェーンとトビーの顔を見るまで安心できない。

携帯電話が鳴った。

ジョーからだ。

「早起きね。電話しようと思っていたところよ。実は、サマーアイランドに――」

「ジェーンが撃たれた」

一瞬、息が止まった。「え？」

「今、セス・ケイレブがサマーアイランドから知らせてきた。きみにはぼくから伝えたほうがいいと思ったそうだ」

「死んだの？」

「いや」ジョーがあわてて言った。「先にそれを言うべきだった。動転してそこまで気が回らなかった。ケイレブに見込まれたのに、このざまだ。ジェーンは生きている。だが、容体はわからない。ついさっきの出来事で、とりあえずジェーンを――」

「誰がジェーンを撃ったの？」

「ケイレブはわからないと言っていた。飛行場の格納庫から狙ったそうだ。ジェーンのそばを離れられないから、あとを追うわけにいかなかったそうだ」そう言うと、苦い口調でつけ加えた。「あの男のことだ。ジェーンの容体を見届けたら、犯人を追うだろう」

この際、犯人はどうだっていい。それよりも、ジェーンが死ぬようなことがないかどうかさえわかれば。「傷はどうなの？」

「背中を撃たれて銃弾が肩の上部まで貫通した」そこで一拍おいた。「かなり出血があった。とりあえず研究所に運んだそうだ」

「どうして病院に運ばなかったのよ」

「小さな診療所があるだけで、島に病院はないんだ。ケイレブの話では、マーガレットが研究所に運んで応急処置を施したほうがいいと主張したそうだ」

「誰よ、マーガレットって？」

「わからない。地元の診療所を信頼していない人物なのは確かだ」

「それなら、帰国させなくちゃ」

「容体が安定したらすぐケイレブはそうする気でいる。言っただろ、出血がひどいって」

「どうしたらいいの？」イヴは無力感に打ちひしがれた。「少し前にジェーンと電話で話したばかりなのに、どうしてこんなことに？」

「それを突き止めよう。ケイレブがジェーンを連れて帰るのを待つつもりはない。今、空港に向かっているところだ。サマーアイランドに行くチャーター機を確保した」

「そうだったの」イヴはふっと息を吐いた。「マイアミからだとアトランタから行くよりずっと早いわね。わたしを待たなくていいから先に行って。とにかく、わたしたちのどっちかが早く島に行かなくちゃ。わたしも電話を切ったらすぐ空港に行くわ。島に直行できるかどうかわからないけれど。いずれにしても、空港から電話するから」

「わかった。島に向かう前に何本か電話する。署にかけて、きみをこちらに連れてきてもらえないか頼んでみる。署長はぼくが裁判を途中で投げ出したことに腹を立てるかもしれないが、知ったことじゃない。あのドラッグディーラーが無罪放免になるようなことがあったら、また捕まえてやる」ジョーは一呼吸おいた。「きっとなんとかなる」

「ええ」イヴは目を閉じた。「トビーは毒殺されるところだったとジェーンは言ってた。誰がそんなひどいことを？　誰がジェーンを撃ったりしたの？」

「必ず突き止める」声の調子が急に変わった。「それよりもきみのことが——きみのそばについていたい」

「ジェーンのところに行ってあげて」イヴは咳払《せきばら》いした。「わたしもすぐ行くから。ベンを呼んで、急に留守にすることになったから、復顔像を集荷に来た〈フェデックス〉のスタッフに渡すように頼むわ」

「ベン？」

「ベン・ハドソン。ゆうべ遅く、急に訪ねてきたの」

「どうして？」

「ベンは夢を見たと言ってた。それで、わたしのそばにいなくてはいけないと思ったそうよ」イヴはどぎまぎしながら説明しようとした。「なんだかおかしくない？　あなたもいやな予感がしたようだし。みんなわたしのことを心配していたのに、わたしじゃなかったのよ。ジェーンだった。ジェーンの心配をしなきゃいけなかったのに」これ以上取り乱さないうちに電話を切ることにした。「空港に着いたら電話する」そう言うと、電話を切った。

深呼吸して寝室に向かった。

しっかりしなくては。旅行鞄《かばん》に着替えを詰めて空港に向かおう。ベンに電話した。

二度目の呼び出し音でベンが出た。「何かあった？」

「そうじゃないけど、ジェーンが大変なことになったの。しばらく留守にするわ。今どこにいるの？」

「一キロほど離れたところ。森の入り口」

「戻ってきて。頼みたいことがあるの」

「すぐ行くよ、イヴ」ベンは電話を切った。

これで少なくともベンに雨に濡《ぬ》れたまま暗い森で見張りをさせなくてすむ。急いで着替えを詰めて、〈フェデックス〉の箱を玄関脇に置いた。

時計を見た。ベンに電話してから十五分近く経《た》っている。若くて体力のあるベンが大急ぎで駆けつけたら、とっくに着いているはずなのに。

だいじょうぶ。きっと、もうすぐ来てくれる。

でも、一刻も早く空港に行きたいし、ただ待っていてもしかたがない。途中で会えるだろうから、〈フェデックス〉のことはそのとき頼めばいい。二分後には車に乗ってコテージを出た。

あいにく、また雨が降り出した。ワイパーを作動させ、ヘッドライトをつけて、目を凝らしてベンを捜した。ジョーの黄色いレインコートを着ているから、こちらに向かって歩いていたらすぐ目につくはずだ。

だが、もう少しで見落としてしまうところだった。

こちらに向かって歩いていたのではなかったからだ。道路際の地面にうずくまっていた。

「ベン！」

急ブレーキを踏んで車から飛び出した。

ベンのそばに膝をついて抱き起こそうとした。泥水の中に膝をついて前かがみになっている。黄色いレインコートも泥だらけだ。

レインコートのフードを上げて顔を見た。

血がついていた。夜明けの淡い光の中で青ざめた顔が見えた。そして、左の目の上にぱっくりあいた傷が。

「ベン」イヴは小声で呼びかけた。

「心配しなくていい。命に別状はなさそうだ。わたしがなんとかしよう」

はっとして振り向くと、迷彩柄のレインコートを着た白髪まじりの髪の男が立っていた。古びた赤いピックアップトラックが、ヘッドライトをつけたまま少し先にとまっている。男は心配そうにベンを眺めながら近づいてきた。

とっさにイヴはポケットに手を入れて銃を握った。近所の農場の人が高速道路に出るためにこの道を通りかかったのだろうか。危険な人物には見えなかった。近づいてきた男を見て、イヴは少し警戒を解いた。

日焼けした皺だらけの顔。青い目のまわりにも放射状に小皺が寄っている。

こんな優しそうな顔をした人も珍しい。

「やれやれ、まだ子どもじゃないか。かわいそうに。あんたの弟かね？」男もイヴのそばに膝をついた。「傷は深そうだな。病院に運んだほうがいい」そう言うと、携帯電話を取り出した。「救急車を呼ぼう」番号を打ち込みながら、手を伸ばして慰めるようにイヴの肩をつかんだ。「すぐ来るからね」

反射的にイヴは体を引いた。「あなたは？」

「怪しい者じゃない。うちの農場はあんたのところから少し離れたところにある。困ったときはお互いさまだ。隣人は助け合わないと」そう言うと、穏やかな笑みを浮かべた。

「わたしの名はドーンだ」そう言って手を差し出した。「あんたは？」

「イヴ・ダンカンよ」イヴはベンに顔を向けた。「早く電話して。息が苦しそう」

「どれどれ」男はベンのほうにかがみながら、イヴの肩に手を置いて引き寄せた。「この感じじゃ――」

イヴには最後まで聞こえなかった。

背中に刺された針の痛みも感じなかった。

だが、次の瞬間、崩れるようにベンの上に倒れた。

5

「肩の力を抜いて」サマーアイランドまでチャーターしたリアジェットが滑走路から飛び立つと、パイロットのレックス・ネルカーが声をかけてきた。「ゆったり構えて。最速で島に着くようにしますよ。天候が良好だから、一時間というところかな」

「島に着いたら、ゆったり構えるよ」ジョーは言い返した。だが、ネルカーの言うとおりだ。土壇場で手配したにしては何もかも迅速に進んでいる。マイアミ国際空港に着いた数分後には飛行機に乗っていた。なのに、ずっとキリキリしているのはなぜだろう？　セス・ケイレブからはあれきり連絡がない。聞いたかぎりでは、ジェーンは命が危ぶまれる状態だというのに。

悪いほうに考えるのはよそう。精神的に消耗してしまっていいことは何もない。はっきりするまでは最良の事態を期待すればいい。そうでないと、心が折れてしまう。

きっと、イヴも前向きに考えて自分を励ましているだろう。イヴにとってジェーンは養女というだけでなく無二の親友だ。ふたりが出会ったのはジェーンが路上生活をしながら里親の家を転々としていたころで、それ以来、ふたりはさまざまな意味で絆《きずな》を深めてきた。もしジェーンの身に何かあったら、イヴがこうむる打撃ははかり知れない。

だから、ぼくも取り越し苦労をしている暇があったら、少しでもイヴの負担を減らすためにできることをしなければ。飛行機に乗る前、イヴをアトランタからサマーアイランドに運んでくれるチャーター機を手配しておいた。うまくいけば、ぼくが島に到着した一時間後には着けるはずだ。

何かの手違いで遅れたりしないといいが。

〝みんなわたしのことを心配していたのに、わたしじゃなかったのよ。ジェーンだった。ジェーンの心配をしなきゃいけなかったのに〟

ジョーははっとした。

そうか、ターゲットはジェーンだったのか。

いや、ジェーンだけですむだろうか？

イヴはアトランタ国際空港に着いたら電話すると言っていた。

だが、まだかかってこない。

落ち着け。

電話したあと、四十分で荷造りして空港に駆けつけなければならなかったのだ。

携帯電話を取り出してイヴにかけた。

応答はない。

どうしたんだ？　せめて、伝言だけでも残したい。

電源を切っているのだろうか？

こんな緊急時に切るわけがない。いつジェーンのことで電話があるかわからないのに。

〝ジェーンの心配をしなきゃいけなかったのに〟

しかし、現実には、イヴの心配もしなくてはいけなかったのだ。バラバラだったパズルのピースがまとまりかけてきた。

マイアミに発《た》つ前、なぜか胸騒ぎがして、イヴのそばを離れたくなかった。だが、ジェーンがもうすぐ着く予定だったから、イヴをひとりにするわけではないと自分に言い聞かせて思い切って出てきた。

だが、ジェーンは来なかった。

〝ベンは夢を見たと言ってた〟

ベンの夢はいつもボニーのことだ。

ボニーの霊も何か不吉なことが起こると察知したのだろうか？　ボニーがイヴの想像の産物ではなく、実在すると信じられるようになったのはつい最近のことだった。ジョーは徹底した現実主義者だが、ボニーに関しては、天地がひっくり返るほどの経験をして考えが変わった。ボニーがイヴの幻覚なら、自分の幻覚でもあると思うしかなかった。どうやら、今回のことはなんらかの形でボニーと関わっているらしい。ジェーンが撃たれたと知ったら、イヴは何もかも投げ捨てて駆けつけるはずだ。つまり、非常に弱い立場に立たされることになる。

「何か気がかりなことでもあるんですか?」ネルカーがまた声をかけてきた。

「気がかりなことばかりだよ」ジョーはつぶやいた。ネルカーにマイアミに引き返せと言おうか、それとも、このままサマーアイランドに向かうおか? ひょっとしたら、イヴの携帯電話の調子が悪いのかもしれない。もしそうなら、こんなことで引き返したりしたら、イヴは許してくれないだろう。

だが、故障する確率はきわめて低い。何があったかわからないが、なんとなく悪い予感がする。いや、これは予感なんかじゃない。事態はすでに最悪だ。最悪の場合、島に着いてもジェーンはもう生きていないかもしれない。

もしそんなことになったら、イヴは……。

いけない。また悪いほうにばかり考えている。今はイヴのことを心配するのはよそう。冷静な判断ができなくなる。

イヴはこれまでも、これからも、ぼくにとって最優先事項だ。

だが、今すぐ引き返したとしても、湖畔のコテージに着くまでに少なくとも二時間はかかる。

それなら、この状況でできることを考えるべきだ。

そうだ。ベナブルがいる。

ジョーは急いでベナブルの番号を呼び出した。

留守電になっていた。

「おい、よく聞けよ。昨日から何度もかけているのに出ない。もう忍耐の限界だ。折り返し電話しろ。かけないとただじゃすまないぞ」

電話を切って待った。

かかってきたのは三分後だった。

「言っておくが、脅しを真に受けたわけじゃないからな、クイン」開口一番、ベナブルは不機嫌な声で言った。「無視してやろうと思ったんだが」

「昨日からずっと無視しているが、得策とは思えないな。ぼくは少々いらだっている」

短い沈黙があった。「言わなくてもわかる」

「観察力は衰えていないようだな。だが、きみには狡猾《こうかつ》で冷酷な一面もある。いったい、何をたくらんでいるんだ？」

「なんの話だ？」

「昨日電話してきたとき、それとなくぼくやイヴやジェーンのことで探りを入れていた。どうも引っかかる」

「考えすぎだ」

「なぜ電話してきた？」

「ずいぶん声を聞いていなかったからな。特段、変わったことじゃないだろ。わたしたちは友達だったと思い出すこともあるんでね」

「それはおれも同じだ。だが、個人的なことで電話したとは思えない。ＣＩＡ捜査官として何か探ろうとしていたはずだ」

　ベナブルは答えなかった。

「答えろ」ジョーは凄《すご》みのある声で促した。「ぼくが今どこにいると思う？　カリブ海にあるサマーアイランドに向かう飛行機の中だ。ジェーンが島で何者かに撃たれた。昨日、きみがジェーンは元気かと訊《き》いてきたばかりだ。偶然にしてはできすぎだ。何か知っているんだろう？」

「ジェーンが撃たれたって？　それで、イヴは？」

「変じゃないか、ベナブル。撃たれたのはジェーンなのに、イヴのことを訊くなんて」

「イヴは無事なのか？」

「わからない。連絡がつかない」

　ベナブルは小声で悪態をついた。

「ぼくも悪態をつきたい気分だよ」ジョーは言った。「電話してもつながらない。アトランタ国際空港から電話してくると言っていたのに、かかってこない。だから、きみの力を借りたい。警察官にイヴの身辺警護を依頼してあるが、ＣＩＡにも協力を要請したい」

「あの区域にＣＩＡ捜査官がいるかどうかわからない」

「いないなら、誰か派遣しろ。今すぐ」

「そんなに心配しなくても、イヴの身に何かあったとはかぎらない。連絡がとれない理由なら、いくらでも考えられる」

「そんなこと考えている暇があったら、早くイヴを見つけてぼくに電話させてくれ」

「わかった。調べてみる」

「親切なことだ」

「引き受ける義理はないんだからな。きみは疑っているようだが、一連の出来事にわたしが関与している証拠はない。勘ぐるのはやめろ」

「そういうわけにいかない。まず、イヴを見つけて安全を確保したうえで、島に向かう飛行機に乗せること。そのあとぼくに電話して、ジェーンが撃たれることになった理由ときみが事件にどう関与しているのかを説明してもらいたい」

沈黙があった。「ジェーンには気の毒なことをした。回復を祈っている。何かできることがあったら知らせてくれ」

「今知らせたじゃないか。イヴを飛行機に乗せてジェーンのところに送り届けてほしい」

「わかった。イヴと連絡がついたらすぐ電話する」ベナブルは電話を切った。

ベナブルは本気で悔やんでいるようだった。ジェーンが負傷し、イヴが――だめだ、イヴの身に何があったか、今は考えないことに決めたのだ。それに、何かあったと決まったわけではない。落ち着け。そうだ、コテージの一帯を巡回しているロンに電話してみよう。あとは、ベナブルとロンから報告があるまで腰を据えて待つしかない。その間にジェーンの容体を確かめて、島で何が起こっているか突き止めよう。

やることはいくらでもあるのだとジョーは自分に言い聞かせた。忙しくしていれば気もまぎれる。今はそうするのが正しいことだ。

いや、本当にそうだろうか？　イヴから離れたのは正しい行動ではなかった。たとえ、イヴがそうすることを望んだとしても、離れるべきではなかった。イヴ以外のことはこの際忘れていい。パイロットにマイアミに引き返すように言おう。

だが、ジェーンはどうなる？

命の保証もないのだ。見放すわけにいかない。

ジョーは深く荒い息をつくと、ロンの携帯電話の番号を呼び出した。ロンはイヴが家を出るところを見かけたかもしれないし、無事を保証してくれるかもしれない。

何か目撃してくれていればいいが。

ぼくの杞憂《きゆう》にすぎなかったとわかれば。

ロン、なんでもいいから情報をくれ。

黒い目がじっと見おろしている。

ふとかすかな感情が浮かんだ。安堵《あんど》？

なんだか不思議な気持ちがする。

あの目を知っている。あの目を見ていると怖くなる。

それとも、わたしの思い過ごしかしら？　ケイレブ自身を怖いとは思わない。彼といると、恐怖というよりも警戒心が先立つ。彼は何もかもお見通しだ。気を許して心の中に入り込まれたりしたらどうなるか、考えただけで恐ろしい。

距離が近すぎる。彼はいつも近すぎて……。

「そんな怖い顔をしないで」ケイレブがなだめた。「それに、おれを押しのけるな。おれはいつもきみの力になろうとしてるんだよ。傷が痛む？　デボンが鎮静剤を投与してくれたから、痛みはそれほど感じないはずだ」

傷が痛む？　そういえば、右肩の上部に鈍い痛みを感じる。

ジェーンは思い出した。そう、激痛が走って、次の瞬間、何もわからなくなった。

「わたしは……撃たれたのね」

ケイレブはうなずいた。「格納庫にスナイパーが潜んでいた。三時間ほど前のことだ」

スナイパーなんて戦争映画にしか出てこないと思っていた。それに、なぜわたしを？ジェーンはわけがわからなかった。「どうしてわたしを狙ったの？」

「わからない」ケイレブは口元を引き締めた。「その場で追跡しようと思ったが、きみのそばを離れられなかった」ケイレブはスナイパーを取り逃がしたことに腹を立てているようだった。

「わたしは死ぬの？」

「快方に向かっているとデボンは言っている。銃弾は肩を貫通したが、内臓に損傷はなかった。デボンは島の診療所の医者では心もとないと言って、サンファンから救急ヘリを手配したんだが、まだ動かせる状態じゃなかった。出血が止まらなかったんだ。それで、デボンはとにかく輸血が先だと言って」ケイレブはゆがんだ笑みを浮かべた。「マーガレットが献血を申し出たが、幸い、おれは誰にでも適合する血液型でね。デボンはおれの血を使った」

「マーガレットのほうがよかったのに」

ケイレブはうなずいた。「そう言うと思ったよ。この際、しかたがないだろう。おれのほうが適合性が高かったんだから」そう言うと、立ち上がった。「きみが目を覚ましたとデボンとマーガレットに知らせてくるよ。ふたりともそばについていると言ってくれたが、目を覚ましたとき最初に見る相手はよく知ってる人間のほうがいいと言って、ふたりには遠慮してもらったんだ」ケイレブは黒い目を輝かせた。「おれなら安心するからって」

「よく言うわ」

「すんなり納得してくれたよ。ふたりとも、おれたちの複雑な関係に気づいていないからね。おれはきみをここに連れてきたから、きみに信頼されていると思い込んでいる」

「それは誤解よ」

「ああ、わかってるよ、きみがおれを信頼していないのは。きみはどんな男も信頼しない」ケイレブはほっとしたように指を鳴らした。「いや、ひとり例外がいた。その男がもうすぐ島に到着すると聞いたら、安心するだろうね」

「ジョーのこと？」

ケイレブはほほ笑んだ。「ほら、やっぱり。クインに伝えてほしい、おれが戻ってきたら話したがっていると」

「戻ってくるって？」ジェーンは唇を舐《な》めた。「これからわたしを撃った男を捜しに行くつもり？」

「まだ島にいたら、数時間以内に捕まる」ケイレブは冷ややかな口調でつけ加えた。「犯人が島から逃げる方法を見つけていたら、もう少しかかるだろうが」

「そこまでしてもらわなくても――」

「きみは心配しなくていいんだ」ケイレブは穏やかな声で言った。「ここに座って頼りになる強い友人を演じながら、ずっときみからもらえる見返りのことを考えていた。これはきみのためというよりも、おれがどんな人間か証明するチャンスなんだ。必ず犯人を捕まえてみせる」

そう言うと、ケイレブはジェーンが何も口にしないうちに部屋を出た。

その気になったら、ケイレブは無慈悲なハンターになれる。ジェーンはそれを思い出さずにいられなかった。

でも、止めたくても、今のわたしは起き上がることすらできない。ケイレブに生まれながらの激しい復讐心《ふくしゅうしん》があるのは確かだが、今回のことは、もとはといえばわたしの責任だ。わたしが頼まなかったら、彼は島に来ることもなかったのだから。

「何かあったみたいね」マーガレットが戸口に立ってジェーンを見つめていた。「彼に付き添わせてだいじょうぶなのってデボンにも言ったんだけど。何をしでかすかわからない人だからって。悪気はないんだろうけど、大胆不敵というか」近づいてきて、ベッドのそばの椅子に腰かけた。「わたしにどうしてほしい？　追いかけて連れ戻す？」

「いくらあなたでも無理よ。なぜケイレブのことがわかるの？　会ったばかりで」

「なんとなく」マーガレットは肩をすくめた。「似たようなタイプの人を相手にしたことがあるから。連れ戻してほしいなら、引っ張ってくるわ」

「ケイレブをよく知らないくせに」ジェーンは言い返した。「あんな人はほかにはいない

「連れ戻せる」マーガレットはジェーンの目を見つめた。「あなたがそうしてほしいなら」

「いいの、心配しなければいけない人間がひとり増えるだけだから」ジェーンは冷ややかに言った。

「わたしもあなたを怒らせてしまったみたい」マーガレットは急に笑顔になった。「さあ、もう何も考えないで、あとはわたしたちに任せて。病人なんだから、よくなることに専念しなくちゃ」

「撃たれただけよ。勝手に病人にしないで」

「撃たれたのなら病人よ」

「とにかく、撃たれたのはわたしで、犯人を捕まえるのはこの島の法執行機関の仕事よ。セス・ケイレブやあなたが出る幕じゃないわ」

「島には巡査がひとりと助手がいるだけよ。デボンが通報したはずだけど、あなたを撃った犯人が島の住人に危害を加えないともかぎらないから。でも、犯人の関心はあなただけじゃないかしら？」

「さあ」ジェーンはいらだたしげに言った。「でも、なぜわたしが狙われるの？」

「その答えはケイレブが見つけてくれるわ。犯人をその場で殺さなければだけど。わたしにわかるのは、犯人がずっとあなたを尾行していたことだけ。森に潜んで見張っていたし、飛行場で待ち伏せしていた」

「ケイレブが犯人を殺すような人だと気づいているのに、批判めいたことを言わないのね」

「彼がそういう人なのは変えられないわ。それに、正義のためよ。あなたを殺そうとした犯人には報いを受けさせなきゃ。言ったことはあったっけ？　わたしは復讐が悪いことだとは思ってないわ」

「でも、わたしを撃った犯人が、トビーを毒殺しようとしたのと同一人物かどうか、まだわからないわ」

「だとしても正義のために変わりはない」

「でも、さっきはケイレブを連れ戻してくると言ったでしょ」

「あなたがそれを望んでいるのなら」マーガレットはいたずらっぽい笑みを浮かべた。

「ケイレブを連れ戻したら、今度はわたしが犯人を追跡するつもりだったけど」

「何を言い出すの？」

マーガレットは笑い出した。「恩返しよ。わたしの身代わりになってくれたんだもの。命の恩人だわ。あなたには借りがある」

「そんなふうに考えないで。あっというまの出来事で、自分でも何をしたかよく覚えていない。わたしに借りなんかないわ、マーガレット」

「あなたがなんと言おうと、わたしの命を救ってくれたのは確か。方法はまだわからないけど、必ずこの恩返しはするわ」そう言うと、マーガレットは立ち上がった。「この話はまた今度。ケイレブが戻ってきたら、何かわかるだろうから。さあ、少し休んで。ジョー・クインが着いたら、すぐ連れてくるわ。ケイレブから聞いたでしょ？」

「ええ。でも、イヴのことは何も言わなかった。いっしょじゃないの？」

「アトランタから直接来るそうよ。ジョーより少し遅れて」

「そうだったの」ジェーンはほっとした。イヴが来てくれたら、どんなに安心できるだろう。ジェーンは最後に電話で話したときの、イヴのそわそわした様子を思い出した。「わたしの携帯電話はどこ？　イヴにかけたいの」

マーガレットは首を振った。「デボンが預かっているわ。今は絶対安静だと言って。出血がひどかったのよ」

「輸血用の血液の提供を申し出てくれたって聞いたわ。ありがとう」

「でも、ケイレブに負けた」マーガレットはドアに向かった。「あの人、血にすごくこだわっていて。わたしには理解できない」

「無理ないわ。たいていの人はケイレブを理解できない。育った環境のせいでしょうね、あれほど個性的なのは」

「そんなこと言ったら、誰だってそう」マーガレットは振り向いてほほ笑んだ。「あなたも、わたしも、トビーも、デボンも。自然ってすばらしいと思わない？　同じ模様を二度と見せない万華鏡みたい」ドアを開けた。「ゆっくり休んでね、ジェーン。ジョー・クインを連れてくるとき、あなたの携帯電話を持ってくる」

ジェーンはとまどいながらマーガレットを見つめた。自然がどれほどすばらしいかはぴんとこなかったが、マーガレット自身がきらめく万華鏡のような性格の持ち主なのは間違いない。わたしが頼んだら、本当にケイレブのあとを追って連れ戻してきただろう。それがどんなに危険なことか承知したうえで。本当に不思議な人。

でも、今はマーガレットの性格分析を続ける気力はなかった。急にぐったり疲れを感じた。一時的にどっと出たアドレナリンが急激に引いていったようだ。

今は考えないようにしよう。ケイレブのことも、マーガレットのことも。ジョーが来たら、相談してみればいい。

イヴも来てくれるし。三人そろったら、きっとこの悪夢も乗り越えられる。

家族がいっしょなら。

ベナブル。

送信者ＩＤを確かめると、ザンダーはすぐ応答ボタンを押した。「ドーンに関する報告書は出たのか？」

「家宅捜索させたが、ディスクは発見できなかった。パソコンを押収した。データは削除されているが、今、復元中だ。明日には何かわかるだろう」

「わかったところでどうなる？　あの男は行方をくらましたままだ」ザンダーは一呼吸おいた。「あいつの狙いはわたしか？　それとも、イヴ・ダンカンなのか？」

ベナブルは答えなかった。

いい兆候ではない。「なんとか言えよ、ベナブル。なんのために電話してきた？」

「実は、あれから状況に進展があって、いくぶん動揺している。知らせておいたほうがいいと思って」

「動揺？」

「いや、実は、かなり怯《おび》えている」ベナブルはそっけない口調で続けた。「ジェーン・マグワイアが撃たれた。助かるかどうかわからない」

「ジェーン・マグワイアが撃たれたって？　イヴ・ダンカンではなく？　どこで？　湖畔のコテージか？」

「いや、ジェーンはカリブ海の島にいた。イヴを訪ねる予定だったが、緊急事態が起こって。ジョー・クインが今、島に向かっている。マイアミで証人として裁判に出廷していたが、急遽《きゅうきょ》、島に向かった」

「イヴといっしょじゃなかったのか？　珍しいな」

「いや、必ずしもそうとは言えない。あのふたりはそれぞれ自立した生活をしている」

「ジェーン・マグワイアも含めてだろう。だが、クインとマグワイアは、イヴ・ダンカンを中心にして結束している。わたしが調査しなかったとでも思ってるのか？　マグワイアはイヴのアキレス腱《けん》だ。少なくとも、ドーンはそう思っている」ザンダーはベナブルから聞いた断片的な情報をつなぎ合わせようとした。「どうしてジェーン・マグワイアが撃たれたんだ？　彼女を撃つ必要などないし、ドーンだってそれがわからないぐらい馬鹿じゃないだろうに——」はっとして言葉を切った。「クインが島に向かっていると言ったな？　イヴ・ダンカンは？　今どこにいるんだ？」

「どこかで無事でいる可能性もある。アトランタ国際空港から電話するとクインに言ったきり連絡がとれないんだ。クインはアトランタ市警に要請して湖畔を捜索させている」ベナブルは少し間をおいてから続けた。「こちらからも捜査官を送った。昨夜、タッド・デュークス捜査官を捜索のために派遣したんだ。その後の様子を訊くためにデュークスに電話しているんだが、電話に出ない」

「どうも腑《ふ》に落ちないな。この前の電話では、ドーンはイヴ・ダンカンに関心はないはずだと言っていたくせに、わざわざ捜索のために捜査官を派遣したわけか」

「念のためだ。わたしもこれから現地に向かう」

「手遅れかもしれんぞ。イヴ・ダンカンはもうこの世にいないかもしれない。もしあの男が欲望を即座に満足させていたら」

「そんなことは気にもとめていないくせに」

「いや、わたしに累が及ぶ可能性もある。場合によっては、すべての運用システムを移管しなくてはならないからな。きみがしくじったせいで厄介なことになったものだ」

「知ったことか。わたしはジェーン・マグワイアにもイヴにも好意を持っている。そのふたりのうちひとりは死に瀕《ひん》していて、もうひとりは行方不明だ。厄介だなんて言っている場合じゃないんだ」

「仕事に私情を持ち込むのは禁物だ」

「あんたはそんな愚行とは無縁だと言いたいのか」

「痛い目に遭いながら学んできたんだ。わたしは物覚えのいいほうでね」

「なるほど」ベナブルは皮肉な口調で応じた。「あんたのことだ、生まれ落ちた翌日には生き延びる術《すべ》を身につけていたんだろう」

「学習した結果だ。論理的に考えたほうが生き延びる確率が高くなると気づいてからは、積極的に学習するようにしてきた。教えてやろうか。きみが今度の一連の出来事を理路整然と考えられないのは私情に引きずられているからだ。きみのような経歴の持ち主が、そんなことでよくこれまでやってこられたものだ」

「そこまで言うなら、推理はできているんだろうな」

「だいたいの見当はついた。ドーンはイヴ・ダンカンがひとりでいるときを狙いたかったが、そう簡単にはいかなかった。あの家族はきみが言うほどそれぞれが自立した生活を送っているわけではない。クインが家にいないときは、たいていジェーン・マグワイアがイヴといっしょにいる。そういう取り決めにしているのではないだろうが、クインもマグワイアも常にイヴの安全を気遣っているから、自然にそうなるんだろう。ドーンはクインがアトランタを離れるのを待っていた。そして、いよいよ決行のときがめぐってきたと思ったら、ジェーン・マグワイアが帰ってくるという。帰ってこられては困る。その結果、カリブ海で緊急事態が起こった」ザンダーは少し考えて言った。「それにしても、なぜドーンはスナイパーまで雇ってマグワイアを始末しようとしたんだろう？　イヴを狙う計画を実行する時間と自分の身の安全を確保したかったんだろうが、そこまでする必要があったということは、計画がうまく進んでいないんだ。どんなに緻密な計画を立てても、どこかに落とし穴が……」

「あんたの言葉とは思えないが」

「ドーンもその点では慎重な男だ。それでも、ジェーン・マグワイアをアトランタに来させないようにするために、誰かの力を借りるしかなかった。つまり、計画に不確定要素が加わったわけだ」

「マグワイアを撃たせるのも計画のうちだったのかもしれない。クインを国外に出して、イヴから遠ざけるために」

「その可能性も考えられるが、そうではないような気がする。わたしが調べたところによると、ドーンは緻密な計画を立て実行する能力にかけては絶大な自信を持っているようだ。息子の悪行にドーンも関与していたのなら、それも不思議なことではない」

「卑劣な男だ」

「いや、結果ではなく過程をほめてやるべきだ」

「ほめるところなんか何ひとつない、あいつにも……そして、あんたにも」

「ドーンといっしょにするな。わたしはあの男とは違う。悪魔と小物の悪党を同列に扱うようなものだ」これ以上ベナブルと話したくなかった。ドーンの標的がイヴ・ダンカンとわかって、なぜか心穏やかでいられなくなった。と言っても、予想していなかったわけではない。

その可能性は常に頭にあった。だが、自分がそんなことで心を乱されるとは思ってもいなかった。「いずれ思い知らせてやろう、ベナブル。わたしがドーンと違うことを」

「それは脅しか、ザンダー？」

「いや、脅しには意味がない。わたしは意味のないことは言わない。とっくの昔にそんな無駄なことはやめたんだ。イヴ・ダンカンの生死が判明したら電話してくれ」そう言うと、ザンダーは電話を切った。

ゲームは始まったばかりだ。少なくとも、ドーンがどう出てくるかわかった。

いや、わかりかけてきたと言うべきか。

ドーンはイヴ・ダンカンを利用する気でいる。直接わたしを狙う勇気がないのだろう。といっても、ドーンのことだ。いつ気を変えるかわからない。復讐心に燃えているうえ、この種の駆け引きにはめっぽう強い男だ。

面白い追跡劇になりそうだが、ザンダーはとっくの昔にその種のゲームには興味を失っていた。それでも、ドーンがイヴ・ダンカンを狙っていると知って動揺したのは確かだ。

「立ち聞きするつもりはなかったんですが」スタングが部屋の奥にある机の向こう側から、静かな声で話しかけてきた。「書斎を出ていくきっかけがなくて」

「いいんだ」ザンダーは鷹揚《おうよう》に笑ってみせた。「きみには何も隠さないことに決めたから」

スタングは目を丸くした。「ご冗談でしょう」

「それはないだろう。せっかく言ってやっているのに。わたしに対して武器になるものを手に入れられるかもしれないぞ」

「わたしは今のままで満足です。あなたほど徹底した秘密主義者はいない。今はそう言っていても、いずれ気が変わるでしょう。そうなったらわたしはどうすればいいですか？」

「気が変わる可能性がないとは言わない。きみに提供する情報を徐々に制限するかもしれない。だが、それはきみを生き延びさせるためだ」ザンダーは首を傾《かし》げた。「それで、何を聞いた？　ああ、イヴ・ダンカンのことだな。彼女は我々のシナリオの主役だ――生きているかぎりは。いや、死んでからも大きな役割を果たすことに変わりはない。彼女が何者か知りたくないか？　興味があるだろう？」

「いいえ」

「逃げ腰になるな」ザンダーは机に近づいて、革のファイルを取り出した。ファイルを開いてみせる。「読んでみろ。その写真がイヴだ。男はジョー・クイン、もうひとりの女はジェーン・マグワイアだ。チェスにたとえるなら、クイーンを守る二駒のナイトというところだな。ドーンがナイトを両方とも取り上げたから、クイーンは孤軍奮闘している」

スタングは三枚の写真を眺めた。「もう死んでいるかもしれないんでしょう？」

「ああ、ドーンのやり方によっては。ドーンのことを話してやろうか？」

「けっこうです」

「いずれ、教えてやる。今のところ、きみと同じ野心を抱いている男だとだけ言っておこう。あいつはわたしの命を狙っている。わたしを殺すのが自分の使命だと信じているんだ」

「あなたを殺したいと言ったことはありません」

「そうだったな。ひょっとしたら、まだ決心がつかないのかな？」ザンダーは肩をすくめた。「まあ、いい。刺激があったほうが人生は楽しい。それを承知の上できみをそばに置いてきたんだ。兄のショーンを敬愛していたんだろう？」

「ええ」スタングはそう言ってから、つけ加えた。「兄が亡くなったあとで採用されたときは驚きましたよ。危険は承知していたでしょうに」

「きみはあえてリスクをとった。受けて立たないわけにいかないだろう。自分の行く末が時折垣間《かいま》見えるのも悪くない。それに、決行の時期を決めるまで、きみはわたしに大儲《おおもう》けさせたうえ、秩序正しい生活を送らせてくれているはずだ」ザンダーはにやりとした。

「しかし、このあたりでルールを変えて、きみの反応を見てみたくなった。面白いことになりそうだな。きみを危険にさらすわけだから、イヴのことも含めて状況を知らせておくべきだろう」

スタングはしばらく無言でザンダーの顔を見つめていた。「今日のあなたは普通じゃない」

「わたしが普通だったためしがあるか？」

「たしかに。そのイヴ・ダンカンという女性のことを話したいのでしょう？　何か気がかりな進展があったんですか？」

ザンダーは眉を上げた。「さすがに察しがいいな。だが、運用システムの移管を考慮していると言ったから、わたしが動揺しているという結論に達するのは難しいことではないだろう」

「考慮？　実際に移管の準備を進めろとおっしゃったじゃありませんか」

「気が変わった」ザンダーは自分の言葉に内心驚いた。口にするまではまだ決めかねていたのだ。「ドーンから逃げることなんかない。それより、向こうから罠《わな》にかかってくるのを待とう」窓の外に広がる山並みに目を向けた。「この美しい自然の中に仕掛けた罠に。これで決まりだ。もう何も心配することはない」

「心配していると言った覚えはありません。あなたも心配しているようには見えない。たなんというか……気持ちが揺れ動いているようで」スタングはいったん言葉を切った。「そうでなかったら、わたしにこんなことを打ち明けるはずがない。とにかく、普通じゃありませんよ」

「気持ちが揺れ動いている、か」ザンダーはスタングの言葉を繰り返した。「当たらずといえども遠からずだ。しかし、そんな言い方をされるとは心外だな。わたしが弱い人間のように聞こえる」

スタングは首を振った。「そんなつもりはありません。大地は地震でも火山の噴火でも揺れ動きます」

ザンダーは頭をのけぞらせて笑った。「自然災害にたとえられるほうがまだいいな」

スタングはイヴの写真に視線を戻した。「動揺してらっしゃるのは、この女性がすでにこの世にいない可能性があるからですか？」

「まさか。会ったこともない相手のことを心配するわけがないだろう。イヴ・ダンカンのことは知りたくないのかと思っていたよ」

「あなたが話したがっているからです。こうなったら、それはどうでもいい。わたしも引きずり込まれてしまったようだ」

「わたしがきみを引きずり込んだって？」ザンダーは首を振った。「気は確かなのか、スタング」

「ちょっと言ってみただけです。何者です、イヴ・ダンカンは？」

「その調査書に書いてある」

「いえ、あなたにとって何者なのかと訊いているんです」

わたしにとってイヴ・ダンカンは何者なのか？　ザンダーは心の中でつぶやいた。最近、そのことをずっと自問していた。考えないようにしようとしても、しつこい悪夢のように意識にのぼってくる。

「その答えは……」ザンダーはかすかな笑みを浮かべた。「わたしにもよくわからない。復讐の女神というところかな」

「なんだ、話が違うじゃないか。目を覚ましていると聞いたのに」

ジェーンが目を開くと、ジョーがベッドのそばの椅子に座っていた。「ジョー、来てくれたのね。うとうとしていた」

「それなら、無理やり起こしたわけじゃないな。いずれにしても、きみが危機を脱したのを確かめたら起こしただろうがね」ジョーは身を乗り出して額にすばやくキスした。「死ぬほど心配したぞ。いったい、何があったんだ？」

「デボンとマーガレットから聞かなかった？」

「ふたりは知っているかぎりのことを教えてくれた。トビーが毒殺されかけたこと、ケイレブがきみを撃った男を追っていることも」ジョーは口元を引き締めた。「しかし、いずれもきみが撃たれた理由にはならない」

「誰にもわからないの。最近、わけのわからないことばかり続いて。イヴと電話で話したときもそう言ったわ。突然、トビーが病気になってから、理解できないことばかり起こるって。しかも、雪崩が坂を滑り落ちるみたいにどんどん加速がついている感じ」ジェーンは首を振った。「あのときのイヴの様子も気にかかるの。ひょっとしたら――こんなこと考えたくないけど――イヴもこの雪崩に巻き込まれたんじゃないかしら。そう思ったから、いてもたってもいられなくなって。イヴに会いに行くために飛行機に乗ろうとしたところを襲われたの」ジェーンはジョーの手を握った。「それで、イヴはいつ来るの？」

ジョーは答えなかった。

ジェーンはいぶかしげに目を細めた。「ジョー？」

「実は……ちょっと困ったことになって」

「イヴに何かあったわけじゃないわよね」ジェーンは鼓動が速くなるのを感じた。「どういうこと？　あなたらしくないわ、隠そうとするなんて」

「まあ、落ち着け。何かあったと決まったわけじゃない。ただ、連絡がとれない。アトランタから飛行機に乗ることになっていたのに」

ジェーンは目を凝らしてジョーの表情を探った。「何かあったと思ってるんでしょう？　顔を見ればわかるわ」そう言うと、ベッドの上に起き上がろうとした。「落ち着いてなんかいられない。イヴを捜しに――」

「やめろ」ジョーはジェーンの肩を押さえて寝かせた。「撃たれたばかりなんだぞ。今きみに無理をさせたら、イヴは一生ぼくを許してくれないだろう」眉を曇らせてジェーンを見つめた。「そんな血の気のない顔をして。内臓に損傷を受けているかもしれないじゃないか」

そう言われてみると、たしかにまったく力が出ない。ジェーンは認めざるを得なかった。ちょっと動いただけで頭がくらくらする。

しかたがない。今のわたしには何もできない。

「とにかく、わかっていることだけでも教えて」ジェーンはぎこちなく言った。

「話すことはそれほどないよ。実は、マイアミに出発する前からなんとなくいやな予感がしていた。何かあったというわけじゃないが」

「そのあとでベンが夢を見たと言ってイヴを訪ねてきたのね。そのときも特に何かあったわけじゃなかった。ほかには？」

「ベナブルから電話があった」ジョーはベナブルとの電話でのやりとりを説明した。「イヴやきみになんらかの脅威が迫っているんじゃないかと問いつめたが、ベナブルは認めようとしなかった」ジョーは唇を噛《か》んだ。「とらえどころのない話ばかりだ」

「そんなことはないわ」ジェーンは言い返した。「トビーが毒殺されかけたのは事実だし、わたしが撃たれたのも事実。原因は最初からあったはずよ」そう言うと、目を閉じてつぶやいた。「怖いわ。これからどうなるの？」

「これからのことなら説明できる。きみをサンフアンの病院に運んで検査と治療を受けさせる。それから、イヴがまだ姿を見せず、ベナブルも手がかりをつかめなかったら、ぼくはきみを置いてイヴを捜しに行く」

「今すぐ行って」ジェーンはぱっと目を開けた。「わたしも動けるようになったら、すぐあとを追うわ。そうするのがいちばんいいとわかってるはずよ、ジョー。イヴはあなたにとって唯一無二の存在だもの」

「ちょっと待った」ジョーは手を上げてジェーンを制した。「ぼくは愛情表現が得意なほうじゃないが、きみのこともとても大切に思っている」

「それはよくわかってる。でも、わたしはイヴじゃない。あなたの目にイヴしか見えなくても責める気なんかないわ。わたしだって同じだもの」ジェーンは唇を舐めた。「ねえ、こういうことにしない？　わたしをサンフアンの病院まで送って、死ぬような愚かなまねをしないと確かめたら、すぐアトランタに戻って」

ジョーは苦笑した。「死ぬことを〝愚かなまね〟とは普通は言わないよ」

「わたしは死んだりしない」ジェーンは上掛けを握り締めた。「でも、思っているほどすぐには退院できないかもしれない。だから、イヴを捜して何があったか突き止めて。約束してくれるわね」

ジョーはしばらく無言だったが、やがて肩をすくめた。「わかったよ。なんだか自分が冷淡で自己中心的な男のような気がしてきたが」

「あなたは冷淡な人じゃない」ジェーンは静かに言った。「あなたにとってイヴが世界の中心なのは確かだけど。わたしを搬送してくれる救急ヘリがいつ来るか訊いてきて。ここでじっと寝てるしかないと思うと、頭が変になりそうよ」

「きみの気持ちはわかるよ。できることなら、今すぐイヴのところに飛んでいきたいだろうね」ジョーはかがんでジェーンの額に軽く唇をつけた。「できるだけ早くサンフアンに行けるように手配しよう。そのあとでケイレブを追いかけなくては」

「そうすると思ってたわ」ジェーンは目を閉じた。「あなたとケイレブはよく似ている。

ふたりとも闘士で……」

「似てなんかいない」ジョーはドアに向かった。「セス・ケイレブみたいな男はふたりといないよ。あの男には原始の匂いを感じる」

たしかに、ジェーンもケイレブに同じことを感じていた。「彼はハンターなのよ。あなただって、ハンター気質がなかったら、刑事になってないでしょう。それに、ケイレブとくらべてそれほど文明人だとも思えないわ」

返事がないので、ジョーが部屋を出ていったことに気づいた。

とにかく、心を落ち着かせよう。くよくよしていてもしかたがない。精神的に落ち込んだら、怪我《けが》の治りも遅くなるだろう。早くよくならなくちゃ。そして、イヴのところに行かなくちゃ。

イヴ……。


ちくしょう。逃げられた。

ケイレブは海を眺めた。腹の底から怒りが込み上げてきた。もっと早く追いかければよかったんだ。あのとき、すぐ追跡するか、ジェーンを助けるか選択を迫られた。

いや、選択の余地などなかった。ジェーンのそばを離れることなど考えられなかった。

それでも、腹立ちがおさまるわけではなかった。血が体中を駆けめぐり、こめかみが脈打っている。

このままでは危ない。

ジェーンを見舞う前に気持ちを静めなくては。それでなくても、彼女はおれの性格の野蛮な一面を警戒しているのだ。今回は彼女が襲撃されたことで凶暴さが刺激されたと釈明しても、言い訳にならない。

ケイレブは顔を上げた。南のほうからローター音が聞こえる。

救急ヘリだ。ケイレブは小さな入り江を離れた。戻ったほうがいい。ジェーンの病室を出てからまだ四十五分ほどだったが、もっとずっと長く感じた。

飛行場に向かって走り出した。研究所に戻ってもしかたがない。飛行場で待っていればいい。その間に頭を冷やせる。

走れ。

息があがるまで全力で走れ。

そして、血に飢えた欲望を抑えるんだ。

6

丘を越えると、地上におりた救急ヘリが格納庫に向かって移動していた。

車は一台も見えない。

まだ誰も来ていないのだ。

よかった。もう少し頭を冷やして……。

「どこに行ってたんだ？」

ケイレブは立ち止まって、ゆっくり振り返った。熱帯雨林から男が現れた。

クインだ。

反射的に体に力が入った。クインと出くわすと、いつもこうなる。クインが苦手なせいもあるが、ジェーンの養父という立場も微妙だった。ケイレブは深く息を吸い込んだ。

「ジェーンを撃った犯人を捜していた。それ以外にすることがあるとでも？」

「どうかな。それで、見つけたのか？」

「いや」ケイレブは救急ヘリに向かって歩き出した。「飛行場から三キロほど離れた入り江に高速モーターボートを用意していた。駆けつけたときはもう沖合に出ていて。ジェーンを撃ったあとすぐ入り江に向かったようだ」

「なぜ入り江に逃げたとわかった？」

ケイレブは肩をすくめた。「潜んでいた格納庫を調べて、あとを追った」

「砂利道を走り、熱帯雨林を抜けて？　たいしたものだ」

「追跡は得意なんでね」

「そうらしいな」ジョーは言った。

「嘘《うそ》じゃない」ケイレブはジョーと目を合わせた。「きみがここに来たのもおれと同じことを考えたからだろう？　格納庫を調べたら何か見つかるかもしれないと思って」

「いや、それよりあんたの特技を利用させてもらおうと思った。そのほうが手っ取り早いからね」

「おれを利用する気か？」

「言葉は悪いが、そのつもりだ。そもそも、あんたがジェーンのそばにいるのが気に入らない。何をしでかすかわからない男だからな。ジェーンがあんたを選んだのは今さらどうしようもないが、こうなった以上、せいぜい利用させてもらいたい」クインはにやりとした。「それで、入り江で何か真相を探る手がかりが見つかったのか？」

「いや」

「嘘じゃないだろうな」

ケイレブは肩越しにちらりと振り返った。「きみに嘘をつくつもりがないとは言わないが、これは本当のことだ」そう言うと、笑みを浮かべた。「だが、質問が限定的すぎる。だから、否定した」

「どういう意味だ？」

「入り江では何も見つからなかった。だが、格納庫でちょっとしたものを手に入れた。あそこに監視カメラがあるのは知っていたか？」

「なんだって？」

「興味を持つと思ったが」ケイレブは上着のポケットから監視カメラのビデオディスクを取り出した。「ほら」

ジョーは一歩前に出て手を差し出した。「それを渡せ」

ケイレブはしりぞいた。「強引だな。きみには情報を共有するという発想はないのか？」

「渡せと言ってるだろう」

「そんな圧力をかけていいのかな、クイン。きみだって、本当はそんなことはしたくないはずだ」

「そのとおりだ。だが、今のぼくは死ぬほど怯《おび》えている。愛するふたりの女性が、彼女たちのすばらしさをまったくわからない卑劣な人間に狙われているんだ。ふたりを取り戻すためならなんだってする」

ケイレブは驚いた。筋金入りのタフな男が、あっさり弱みを見せるとは思っていなかった。しかし、考えてみれば、誰にだって弱みはある。クインの場合は、それがイヴとジェーンというだけのことなのだろう。「物騒なまねはしないでくれ。協力できる方法があるかもしれない」

「あんたに協力する気はない。これは警察の仕事だ」

「それはそうだが、この島はきみの管轄じゃないだろう」ケイレブは不敵な笑みを浮かべた。「それに、おれは必ずしも法を守るとはかぎらない」

「そのディスクを渡すんだ」

「渡さないとは言っていない。きみならその筋に圧力をかけて、監視カメラに映っている男を特定できる。おれにもできなくはないが、きみより時間がかかるんでね」

ジョーはまた手を差し出した。

「先に約束してくれ。狙撃犯が特定できたら、すぐおれに知らせると」

「ぼくが約束を守ると信じているのか?」

「きみは約束を守る奇特な人間だ。そうじゃなかったら、ジェーンがあれほど信頼するはずがない」ケイレブはまっすぐジョーの目を見つめた。「そうだろう?」

ジョーはためらっていたが、やがて肩をすくめた。「わかった、知らせるよ。ただし、警察が捕まえる前に犯人を殺したりしないでくれ」

「それはどうかな」ケイレブはそう言いながらディスクを差し出した。「ジェーンをあんな目に遭わされて頭に血がのぼっているから、最終的に犯人をどうするかまでは考えていない。おれのものにあんなまねをするなんて」

「それは思い上がりだ。ジェーンは誰のものでもない」

「そうかもしれないし、そうじゃないかもしれない」ケイレブは考えるふりをした。「考え方によるな。いつまで欲望を抑えられるかは――」ケイレブは言葉を切って、角を曲がって近づいてきた研究所のバンに視線を向けた。「わかった、おれも約束する。狙撃犯から真相を探り出すまで殺したりしない。それでいいだろう?」ケイレブはジョーの答えを待たずに歩調を速めてバンに近づいた。「だが、これだけは言っておく。おれはきみが動き出すまで漫然と待っているつもりはない」

背後で悪態をつく声がしたが、ケイレブは振り返らなかった。バンが救急ヘリの前で止まった。

ドアが開くのを見て、ケイレブはまた走り出した。デボンがバンから飛び降りて救急ヘリに向かう。その直後に、ジェーンをのせたストレッチャーがバンから運び出された。

ストレッチャーに横たわるジェーンの姿を見たとたん、抑えていた怒りが込み上げてきた。あの狙撃犯はジェーンの命こそ奪わなかったが、たとえ一時的にしても、彼女から強さを奪った。初めてジェーンに会ったときから、ケイレブは彼女の強さと粘り強さを見抜いていた。それが女性としての魅力に劣らず心に響いた。この女性ならおれと互角に闘えると思うと、不思議な興奮を覚えた。しかし、そのことについてや、彼女を自分のものにしたいという欲望の先に何があるかは考えないようにしてきた。

これまでたくさんの女性とつき合ったが、ジェーンのように心を揺さぶられた女性は初めてだ。だから、何があっても、離れられなかった。だが、今の気持ちは自分でもよくわからない。ジェーンが死んでしまうのではないかと思ったとき、怒りだけでなくもっと深い、不思議な感情が湧き上がってきた。ケイレブは深く考えないことにした。これまで経験したことのない危険な感情だと本能的に悟ったからだ。

とりあえず怒りと所有欲だけを意識することにした。

怒りと所有欲だけなら、なんとか対処できる。ジェーンが自分のものだと思えば、当然守りたくなる。それに、怒りはケイレブにとってずっと人生の相棒だった。怒りが彼を動かし、命を救い、性格をつくり上げてきた。

そして、いつか怒りのせいで身を滅ぼすだろう。

だが、それはまだ先の話だ。今は怒りを糧《かて》にして、怒りに導かれて敵を見つければいい。ジェーンの敵、それはおれの敵だ。ケイレブの心の中では、ジェーンと固く結ばれていて、ふたりは一心同体だった。

そう考えていることに気づいて、ケイレブははっとした。だめだ、近づきすぎては。距離をおこう。境界を守らなくては。

「ジェーン」

目を開けると、セス・ケイレブがストレッチャーの上にかがみ込んでいた。「あら」ジェーンは眠そうな声を出した。「来てくれるかもしれないと思ってた」

「来るに決まってるじゃないか」ケイレブはほほ笑みかけた。「期待してたんだろう？」

「さあ、どうかしら。あなたには……何も……期待できないから」ジェーンは考えをまとめようとした。「頭がぼんやりしているの。デボンが鎮静剤を注射したから。サンファンに無事着けるようにって。そういえば――あなたはわたしを撃った男を捜しに行ったんだったわね。見つかった？」

「いや、この近くの入り江にモーターボートを隠していて逃げられてしまった」ケイレブは手を上げて制した。「心配しなくていいよ。必ず捕まえるからね」

「心配してないわ。鎮静剤のせいでなんだか……気分がいいの。あなたを怖いと思わなくなった」

「おれはきみに怖がられるような人間じゃないよ」

「あら、そう？」頭に靄《もや》がかかったような状態でも、セス・ケイレブが発散する危険な香りが伝わってきた。ジェーンの手を握っている彼の手は力強く、頼もしく感じていいはずなのに、なんとなく落ち着かない。圧倒的な魅力に引き込まれそうな気がする。ふだんなら警戒するところなのに、今は妙におおらかになっていて、彼を受け入れてもいいような気がしてくる。「だったら、そういうことにしておいてもいいわ」

「どうした？　妙に素直だね」ケイレブは親指でジェーンの手首をさすった。「鎮静剤のせいで気が大きくなっただけなら、手放しで喜ぶわけにはいかないが」

「ジョーは？」ジェーンははっとして訊《き》いた。「あなたを追いかけていったけど」

「すぐ後ろにいるよ。いっしょに救急ヘリに乗る気だろう」

「あなたは乗らないの？」

「おれは自家用機で行く。おれを追い払おうとしてもだめだからね、ジェーン」

「追い払おうなんて……。なんだか、頭が混乱してしまった」ジェーンはうっとりとケイレブを見つめた。「あなたはほんとにハンサムね、ケイレブ。自分でそのことを知ってる？　あなたを描いてみたいわ」

「モデルになってもいいが、高くつくぞ」

「冗談ばっかり。でも、やっぱり、やめておいたほうがよさそう。うまく言えないけど、きっと誰にも描けないだろうから……燃え盛る火を」

「燃え盛る火？」

「あなたのまわりに……炎と闇が。ほとんどは……炎」ジェーンはその炎に触れようとするかのように手を伸ばした。

「炎と闇か」

「でも、それがあなたの美しさを損なうわけじゃなくて……」もう目を開けていられないようだった。「そうね、やっぱり……あなたを描けそう……」

「燃え盛る火に焼かれないかな？」

「ええ、たぶん……」

次の瞬間、ジェーンは眠りに落ちた。


救急ヘリが離陸するのを見送ってから、ケイレブは滑走路の反対側にとめてあるガルフストリームに向かった。

「待って」

振り向くと、マーガレットが駆け寄ってくる。バックパックを背負って頬を紅潮させ、ポニーテールを揺らしながら近づいてくる姿は、まるで家出娘だ。

ケイレブは意外そうに眉を上げた。「ジェーンといっしょに救急ヘリに乗ったんじゃなかったのか？」

「そのつもりだったけど、やめたの」

「どうして？」

マーガレットはケイレブに追いつき、並んで歩き出した。「あなたと行くことにしたから」

「その理由を教えてもらえるかな？」

「面倒が少なくてすむからよ」マーガレットはにやりとした。「デボンも頭痛の種が減るだろうし。プエルトリコの移民法は厳しいから」

「どういうことだ？」

「パスポートがないの」そう言ってから、つけ加えた。「というか、持ってないわけじゃないけど、偽造パスポートだから、調べたらばれてしまうの。デボンはざっと見ただけだったけど、税関はそれほど甘くない。たぶん、国土安全保障省に引き渡されると思う」

「なぜ正規のパスポートを持ってないんだ？」

マーガレットは肩をすくめた。「もともと持ってないの。どうだっていいでしょ、そんなこと」

「いや、気になる」

マーガレットは無言でケイレブを見つめただけだった。

「それに、おれがきみを国土安全保障省に引き渡すとは考えなかったのか？」

マーガレットはケイレブの目を見た。「あなたは役人が嫌いだし、法律も嫌い。ルールに縛られるのが嫌いなのよ。自分の思ったとおりにしたい人」

「だが、きみの思ったとおりにするとはかぎらない」

「そりゃそうだけど。わたしがジェーンの力になりたがっているとわかれば、協力してくれるはずだもの。あなたは獲物を狙うみたいにジェーンにつきまとってるから、たまには気分を変えて——」

「そんな言い方はないだろう」ケイレブは苦笑した。「まるで変質者か獣《けだもの》みたいじゃないか。どっちのつもりで言ったんだ、マーガレット？」

「あなたは変質者じゃないわ」

ケイレブはほほ笑んだ。「じゃあ、獣か？」

「さあ。ただあなたは……ほかの人と違う」マーガレットは肩をすくめた。「それが悪いなんて思ってないわ。わたしだって人と違うから。それに、人間だって獣でしょ。進化して今のようになっただけで。原始的なところをたくさん残してる人がいたって不思議はないわけだし。あなたを見てすぐそうだと感じたわ」

「おれがきみの四本足の友達みたいに、きみに心の声を聞かせられるという意味かな？」

「それはわからない。それに、聞いたとしても、わたしが答えられるかどうかわからない。いつも答えられるとはかぎらないから」マーガレットは飛行機のタラップをのぼり始めた。

「でも、わたしはジェーンみたいにあなたを怖がってないわ」

ケイレブはぎくりとした。「彼女はおれを怖がってなんかいないよ」

「そうかしら？　少なくとも、あなたを警戒しているのは確かよ」マーガレットはタラップをのぼりきったところで振り向いた。「それも求愛儀式の一部かもしれないけど。あなたはどう思う？」

ケイレブは冷ややかにマーガレットを見つめてから、思わず苦笑を漏らした。「ずいぶん思い切ったことを言うんだね。きみが好きになってきたよ。おれたちのどちらにとっても危険なことかもしれないが」

「ほんとのことを言ったまでよ」マーガレットは背筋を伸ばした。「もうひとつ教えてあげましょうか。ジェーンはわたしの命の恩人だから、恩返ししなくちゃ。あなたが何を考えているか知らないけど、わたしはジェーンを守るわ」

「それでも、おれにサンファアンまで連れていかせる気か？」

「いいでしょ。あなたは簡単に手に入るものなんかほしくないはずよ。ただ犯人を追うなんて退屈なんじゃないの？」

「おれが断ったら、どうするつもりだ？」

「ほかの方法を探してサンファアンに行くわ」マーガレットは首を傾《かし》げた。「たしか、ほかにも行くところがあった……どこだっけ？　そうそう、ジョージア州。アトランタまで行かなくちゃ。ねえ、それで相談だけど、わたしが今持っているのより本物に近いパスポートを手に入れてくれない？」

「どうしておれがそんなことをしなきゃいけないんだ？」

「イヴ・ダンカンを見つけるのにわたしが力を貸せるように。イヴを見つけたら、ジェーンは喜ぶわ。そうなったらわたしもうれしいし、あなたも一役買えてうれしいはずよ」

「つまり、きみが役に立つ人間かもしれないから、おれに法を犯せというのか？」

「それで充分でしょ」マーガレットは真剣な顔でケイレブを見つめた。「あなたなら話に乗ってくるはずよ。スリルを楽しめる人だから」

ケイレブはマーガレットから視線をそらすことができなかった。

澄んだ瞳。知性と抜け目のなさを感じさせる目だ。

話に乗ってやろうじゃないか。ケイレブは決心した。

「たしかに、きみの言うとおりだ」一段抜きでタラップをのぼった。「だが、リスクを負うからには、おれが仕切らせてもらう。サンファンに着いたら、言うとおりにしてもらうぞ」

「わかった」マーガレットは顔を輝かせた。「その道のプロには従う主義なの」

「その道ってなんだ？」

「追跡のプロってこと。獲物を仕留めるためなら手段を選ばないような。身をかわしたり潜めたりするのは得意中の得意でしょ」マーガレットはコックピットに向かった。「わくわくしてきた。船には慣れているけど、飛行機の操縦は習うチャンスがなかったの。離陸する方法を教えてくれない？」

「だめだ。教えたら、飛行機を盗む気だろう」

「盗んだりしない。たまに借りるかもしれないけど。いいわ、そばで見て覚えるから」


目を覚ますと、白いタイルの廊下を運ばれているところだった。

「心配ないからね、ジェーン」付き添っていたジョーがささやいた。「救急治療室に向かっている」

闇も炎も見えない。ケイレブの魅力的な顔も。ジェーンはほっとすると同時に、少し悲しかった。

そばにいてくれるのはジョーだけだ。ジョーなら安全だし、気心も知れていて頼りになる。

緑色の壁。白やブルーグリーンのユニフォーム姿のスタッフ。サンファンの病院に着いたのだ。ようやく鎮静剤の効果が切れて、頭がすっきりしてきた。「約束したでしょ、ジョー。病院に着いたんだから、早くイヴを捜しに行って」

「うるさいな」言葉とは裏腹にジョーの笑顔は優しかった。「今、準備しているところだよ。救急ヘリからベナブルに電話したが、まだ連絡がとれない。きみが検査を受けている間にもう一度電話してみる。そして、診断結果が出たら、すぐここを発《た》つ。それでどうだ？」

「わかった」ジェーンは手を伸ばしてジョーの手を握った。「だいじょうぶよね、ジョー？」せっぱつまった口調にならないようにした。「イヴはきっと無事よね？　なぜあんなすばらしい人がひどい目に遭わされなくちゃいけないの？」

「それを言うなら、きみだって」ジョーの目がきらりと光った。「信じられないようなことが次々と起こる。きみにまで累が及ばないように気をつけてきたつもりだが」看護師が近づいてくるのに気づいて、ジョーは手を離した。「今は一日でも早く治ることだけを考えてほしい。ぼくの力になってくれるのはそのあとでいい。いいね、おとなしく言いつけを守るんだよ」

「わかった。心配しないで」集中治療室のドアが閉まる前にジェーンはジョーに呼びかけた。「ベナブルに電話して、ジョー……彼の返事を教えて」

「湖畔のコテージに来ている」ベナブルはクインからの電話に出るなり言った。「彼女はいない」そう言うと、少し間をおいた。「私道に車が一台ある。タイヤに泥がついているところを見ると、どこかに行ってきたんだろう。ここには何台車がある？」

「一台だけだ。ぼくのジープは空港に置いてきた」

「彼女は誰かに空港へ送ってもらうつもりだったのか？」

「自分で運転していくつもりだった」そう言うと、ジョーは続けた。「周辺の巡回を依頼した警察官に連絡をとった。湖畔を調べて家にも入ったそうだが、どこにもいなかった」

ベナブルはしばらく無言だった。「実は、こちらからも昨夜捜査官を送った。タッド・デュークスに一帯を捜索させたんだ。だが、その後、彼と連絡がとれない」

ジョーは低い声で悪態をついた。「どうして捜査官を？　大騒ぎするほどのことじゃないと言っていたくせに」

「きみが留守電に残した伝言を聞いて気になった、ひどく取り乱していたから。それで、念のために」ベナブルは早口で続けた。「今朝またパストーリ捜査官を現地に派遣したが、玄関のドアに〈フェデックス〉の張り紙があったそうだ、集荷に来たが、荷物を受け取れなかった、と」

「復顔像を送る予定だった。イヴが集荷の用意をせずに出かけるはずがない」

「ジェーンのことで頭がいっぱいになっていたんじゃないか？」

「それでも、復顔像の発送を忘れたりしない。ほかに捜査官が気づいたことは？　ベンは見つかったか？　近くにいたはずだ」

「影も形もない」

ベナブルの口調にジョーは引っかかるものを感じた。「何か隠しているんだろう？」

「どうしてそんなことを――わかったよ、隠したわけじゃない。言い忘れていただけだ」

「何を?」

「コテージから一・五キロほど離れた道路際の草地で血痕を発見した」

ジョーはぎくりとした。「イヴの血か?」

「いや、真っ先にそれを訊くと思ったから、鑑識が到着する前にパストーリに血液検査をさせた。B型Rhマイナスだった。イヴはA型プラスだろう?」

「ああ。ベンの血液型はわからない」

「今調べているところだ」

「こっちから訊かなかったら、黙ってるつもりだったんだな」

「ちゃんと教えたじゃないか。どっちにしても、きみがこっちに来ればわかることだ。それまでにもっとくわしいことがわかると思ったんだ」ベナブルは辛辣な口調で続けた。

「だから、当てずっぽうで人を責めるのはやめろ」

「まだ隠してることがあるはずだ」

「まだ新しいタイヤの跡が泥の中に残っていた。トラックだ。種類の特定をしている。くぼみに少量の肥料と干し草が埋まっていた。近くに農家はあるのか?」

「数軒あるが、つき合いはない。調べてみてくれ」

「今、調査中だ。それよりも、デュークスを見つけるのが先決だ。どうも気になる。電話に出ないはずがないのに」ベナブルは少し間をおいた。「それで、ジェーンは?」

「一時はどうなることかと思ったが、助かりそうだ。今、サンファンの病院にいる。ジェーンは救急治療室だ」ジョーは話題を変えた。「ほかには? イヴもベンも見つからず、血痕が発見された。それだけか?」

「この時点でわかっているのはそれだけだ。きみが来るまでに情報収集しておく。こっちにはどれぐらいで着ける?」

「二、三時間以内には。できるだけ早く発つとジェーンに約束させられたところだ」

「彼女らしいな」

「それから、ジェーンを撃った男の写真を手に入れた。格納庫に監視カメラが設置されていたんだ。身元を割り出してほしい」

「わかった」

「大至急だぞ」ジョーは念を押した。「正確に迅速にやってほしい。遅延やごまかしは許さない。また隠し事をしたら、ただじゃおかないぞ、ベナブル」そう言うと、一拍おいた。

「コテージで落ち合ったら、何をたくらんでいるかちゃんと説明してもらおう」

「何もたくらんでなんかいない。わたしだって精いっぱいやってるんだ。きみたちを救おうとしてるのがわからないのか?」

「わかってる。だが、一杯食わされないともかぎらないからな」

「信用しているから助けを求めてきたんじゃないのか？」

「信用したわけじゃない。こちらが主導権を握れるとわかったら、悪魔の力だって借りるつもりだ。何もかも思いどおりにはさせないからな、ベナブル。きみが裏で何をしているか知らないが、イヴに好意を持ってくれているのは知っている。みすみす彼女を危険にさらすようなまねはしないだろう？」

「ああ、イヴのことは好きなんだ」ベナブルは穏やかな声で答えた。「彼女を取り戻すために全力を尽くすつもりだ。それにしても、よく犯人の写真を手に入れたな」

「セス・ケイレブが監視カメラの映像をデジタル処理した」

「ケイレブか」ベナブルは考え込んだ。「いつも思いがけないときに姿を現す男だな」

「たしかに」

「それでも、今回は協力的なのか？」

「協力的というほどではないが、ぼくに利用価値があると思ったらしい」ジョーは皮肉な声で続けた。「ぼくがきみに価値を認めているように。考えることはみんな同じだ。じゃあ、コテージで会おう、ベナブル」そう言うと、ジョーは電話を切った。

　草地に残った血痕。

　イヴの血ではない。そう聞いてほっとした。ベンの血でもないかもしれない。

　それでも、ベナブルの描いたシナリオには慄然とした。

イヴはいない。ベンもいない。

草地の血痕。

いつのまにか手に汗を握っていた。

考えないようにしよう。三時間以内にコテージに着けるんだから、自分の目で確かめればいい。今はジェーンが救急治療室から出てくるのを待とう。動き出すのはそれからだ。

それでも、草地に残る血が目の前に浮かんだ。

四十五分後、ジェーンをのせたストレッチャーが救急治療室から廊下に出てきた。

ジェーンはしきりに周囲を眺めている。壁際に立っているジョーを見つけると、小声で訊いた。「ベナブルはなんて？　イヴは？」

ジョーは首を振った。「コテージにはいなかった。ベンも」草むらの血痕のことはまだ言わないでおこう。「ベナブルと捜査官が向こうで捜索している」ストレッチャーのそばに、浅黒い肌の若い医者が付き添っている。ジョーは名札を見た。S・ペレス。「容体はどうですか？」ジョーは医者に訊いた。

「もうじき安定しますよ」ペレスは白い歯を見せて笑った。「傷口を数針縫って、念のためにもう一度輸血しました。数日で退院できるでしょう」

「そんなに待てないわ」ジェーンが言った。「まっすぐ立っていられるようになったら、すぐここを出る」

「あせらないで」ペレスがなだめた。「あとは時間の問題ですから」そう言うと、ジョーに顔を向けた。「十五分ほど待ってもらえば、病室で面会できます」

「だめ」ジェーンが言った。「聞いたでしょ、ジョー、わたしはもうだいじょうぶだから、早く行って」

「わかった」ジョーはすばやくジェーンの頬にキスした。「ちゃんと先生の言いつけを守るんだよ」

「あなただって人の言うことなんか聞かないくせに」ジェーンはジョーを引き寄せて一瞬抱き締めた。「気をつけてね。イヴをお願い」

「ああ。向こうから電話で様子を知らせる」

「ねえ、ちゃんと教えて」ジェーンはジョーの体を離した。「わたしに何か隠してるんでしょう？」

「まだはっきりしたことはわからないんだ」

ジェーンは目を閉じた。「電話を待ってるわ」

ストレッチャーが廊下の突き当たりの病室に入るのを見届けてから、ジョーは正面玄関に向かった。

「ジェーンは？」ガラス扉から出ようとすると、入れ替わりにケイレブが入ってきた。

「いや、心配なさそうだな。そうじゃなかったら、きみがそばを離れるわけがない」

「また輸血して数針縫った。数日で退院できるそうだ」ジョーはそっけなく答えた。「遅かったじゃないか。もっと早く来ると思ってたよ」

「空港に着いてから、やることがあったもので。それで、ジェーンはどこに?」

「ついさっき、廊下の突き当たりの病室に運ばれたところだ」

ケイレブはうなずいた。「それなら、少し時間をおいてから見舞うことにしよう。おれは彼女を過剰に刺激するようだから」

「意識的に刺激しているんじゃないのか?」

ケイレブは苦笑した。「刺激を受けるのは悪いことじゃない。生きている実感がする」

「あんたの場合は相手に心臓発作を起こさせかねない」

「やめてくれ。きみとイヴに初めて会ったときの事件を蒸し返す気か?」ケイレブはにやりとした。「心臓に少々余分な血を送り込んでやっただけだ。それぐらいされて当然の男だっただろう」

「それを否定する気はないが。あんたは平然とやってのけた。それなのに、血も涙もない殺人事件と見破られなかったのが気に入らない」

「違うさ、クイン」ケイレブはジョーのために、開いたガラス扉を押さえた。「そもそも、血も涙もない殺人とはなんだ? 少なくとも、おれの場合には当てはまらない。あの写真のことがわかったらすぐ知らせるだろうな？　ベナブルに身元の割り出しを依頼したのか？」

「ああ」ジョーはケイレブの前を通り過ぎた。「さっき電話して、他人を利用することに関する活発な議論を戦わせた」

「誰でもやっていることだ。その後、イヴのことは何か？」

ジョーは首を振った。「ジェーンは、動けるようになったらすぐぼくのあとを追う気でいる」そう言うと、唇をゆがめた。「思いとどまらせてくれるだろうな？　あんただってジェーンの安全を何よりも優先しているはずだ」

「どうかな。彼女が危険な状況にあるほど、おれには絆《きずな》を深めるチャンスがあるわけだから」

「ひどいやつだな」

「だが、ジェーンを傷つけるようなまねはぜったいにさせない。おれはそこまで愚かじゃない。じゃあ、これで。イヴが見つかるのを祈っているよ」ケイレブは真剣な口調で言った。「もっとも、そうなったらジェーンとどういう展開になるかと思うと、少々複雑な心境だが」そう言うと、肩をすくめた。「知っているだろうが、おれは予測のつかない人間だから。どっちに転ぶかわからない」

「下手なまねをしたら、ジェーンはきみを許さないぞ。火あぶりにされるのがおちだ」

ケイレブは声をあげて笑った。「それも刺激的でいい。きみも見物する気だろうな」

「もちろんだ」ジョーは通りに向かって歩き出した。振り返ろうとはせず、周囲に目を向けてタクシーを探した。

いやなやつだ。ジェーンをあんな男に託していかなければならないなんて。ケイレブには得体の知れないところがある。だが、彼に助けを求めたぐらいなのだから、ジェーンはケイレブを恐れていないのだろう。とにかく、今はイヴのことが先決だ。イヴを見つけるまで、ジェーンには自衛してもらうしかない。

イヴのことが一段落したら、セス・ケイレブの行動を監視して、ジェーンを肉体的にも精神的にも傷つけないようにさせなくては。

草地に残っていた血痕が目に浮かんだ。

通りかかったタクシーを呼び止めると、ジョーは後部座席に乗り込んだ。「空港まで」

あれはケイレブ？

ジェーンは隅の椅子に腰かけている人影に目を凝らした。病室は薄暗く、半ば陰になっている。それでも、見間違えようがない。引き締まったしなやかな体から、威圧的なほどのエネルギーが伝わってくる。

「何をしてるの？」ジェーンは眠そうな声で訊いた。

「退屈している。きみが相手をしてくれないから」ケイレブは立ち上がって近づいてきた。「きみを過度に刺激しないと、クインに約束したからね。でも、その心配はなかった。きみは何時間も眠っていたから。気分はどう？」

「最悪」肩に刺すような痛みを覚えた。鎮静剤は投与してくれなかったらしい。それでも、頭が朦朧《もうろう》とするよりましかもしれない。感覚が研ぎ澄まされて、生きている実感がする。

「付き添ってくれなくてもいいわ。もう帰って」

「あと二、三時間はここにいる。きみの安全のためだよ。わからないかい？」

「何が？」

「地元の警備会社に手配して、きみの警護にあたるガードマンをふたり派遣してもらうことにした。ふたりが到着するまではおれがきみを守るからね」ケイレブは笑みを浮かべた。

「至れり尽くせりだろう？」

「ついていてくれなくていいと言ったでしょ」

「ああ、そこまで心配することはないとも思う。きみを撃った男の目的がきみを殺すことだとしたら、さっさと島から逃げないで次のチャンスを狙うはずだからね」ケイレブは手を伸ばしてジェーンの頬に人差し指を当てた。「だが、断言はできない。判断を誤ってきみを失いたくないんだ」

「それなら、わたしをそっとしておいて。眠りたいから」ケイレブの指が触れたところがかっと熱くなった。心地がいいのか、苦痛なのかよくわからない。たぶん、両方なのだろう。

それでも、手を引っ込めてほしいとは言わなかった。

「傷が痛むんだね」ケイレブはジェーンの頬骨に沿って指を動かした。「さあ、力を抜いて。痛みをなくしてあげるから。おれにその力があるのは知ってるだろう」

ケイレブに不思議な力があるのは知っている。その一端を見せつけられたことがあったからだ。血の流れをコントロールする力らしいが、血流は思考から性的反応まで、あらゆることに影響を及ぼすようなのだ。「あなたに痛みをやわらげてもらわなくていい。我慢できなくなったら、ナースコールをするから」

「いや、しないだろう。きみはとても我慢強いから」そう言うと、ケイレブは親指を唇の端に当てた。「おれの血をきみに提供したときはそれどころじゃなかったが、今になって気づいたよ。きみの血管におれの血が流れているなんてすばらしいことだ。わくわくするよ。きみも知っているとおり、おれの先祖には血の力にまつわる不思議な逸話がいくらでもあるからね。その信憑性《しんぴょうせい》を確かめるチャンスができたわけだ」

ケイレブの血が自分の血管を流れていることに嫌悪を感じているのか、ジェーンは自分でもよくわからなかった。先祖の話なんてどうせでたらめだろうけれど、それでも聞いていると不安になった。「もう帰って」ジェーンはまた言った。

「それに、きみはおれを信頼していない。おれだけじゃない。マーク・トレヴァーも信頼していなかった。きみが信じている男はジョー・クインだけだ。トレヴァーも信頼されていなかったとわかったときはうれしかったよ。少なくともその点ではあの男と同等とわかったから」

「あなただってわたしに信頼されたいと本気で思っているわけじゃないでしょう？　あなたにとって信頼関係は邪魔なだけじゃないの？」

「さすがだね、ジェーン。きみの言うとおりかもしれない」ケイレブは含み笑いをもらした。「信頼されるより必要とされるほうがずっといい」そう言うと、穏やかな声で続けた。「おれを必要にさせてあげようか？　おれにはそれができる」ケイレブはかがみ込んで、唇を重ねた。「自制がきかなくなりそうだ。でも、大怪我《おおけが》して寝ているきみにそんなことをしたら、一生許してもらえないだろうな」

「わかっているなら、やめて」

「まずは痛みを解消してあげよう。それから……味わったことのないような思いをさせてあげるよ。直接触れなくても、信じられないような体験をさせることができるんだ」ケイレブはまた軽く唇を重ねて、そっと左右に動かした。「クインにばれたら殺されるだろうな。おれのことを、きみを苦しめる悪党としか思っていないから。だが、おれが世間並みのモラルの持ち主じゃないのは、きみにはもうわかっているだろう」そう言うと、ジェーンの上唇を舌でなぞった。「ほら、きみが警戒してるのはおれのこの力じゃないか？　血流をコントロールすると、信じられないような体験ができる。もう痛くないだろう？　いやなら、おれを押しのけていいんだよ」

なぜ彼を押しのけられないのかしら？　ジェーンは自問した。

答えはわかっていた。痛みが嘘のように消えたからだ。

ほんのかすかに触れられただけで、催眠術にかかったみたいに気持ちがいい。けだるいような欲望が湧き上がってくる。

「そばに寄らないで、ケイレブ」

「本気でそう言っているんじゃないのはわかってるよ」ケイレブは顔を上げると、ため息をついた。「だが、きみを納得させるのはまた今度にしよう」背筋を伸ばした。「今のところは、モラルというやつに敬意を払って、次のチャンスを待ったほうがよさそうだ」そう言うと、部屋の隅の椅子に向かった。「きみに触れられただけでうれしかったよ。おれがいつもきみに触れたいと思っているのは知っているだろう？」

「知らないわ、そんなこと」

「いや、知っているはずだよ。無視しているだけだ。別にどっちだってかまわないが」ケイレブは椅子に腰かけた。「さあ、お休み。痛みが戻ってこないようにしてあげるから」

隅の椅子に腰かけると、ケイレブはまた暗がりに溶け込んで、シルエットがおぼろげに見えるだけになった。
まるで影法師だ。
痛みは感じなかった。
でも、唇がひりひりして熱い。
呼吸が浅くなって、脈が速くなった。
心臓がどくどく脈打っている。
乳房が張っている。
そう、ケイレブは単なる影法師なんかではない。肉体のあるひとりの男だ。

7

体を突き上げる激しい振動。

雷鳴が聞こえる。

金属の屋根を打つ雨音。

イヴはのろのろと目を開けた。重い。まぶたが重くて上がらない。

まぶただけではない。ちくちくする赤い毛布をかぶせられた体中が重い。

毛布をどけようとした。

動けない。身動きできない体に痛みが走った。

もう一度動こうとしたが、体が言うことを聞かない。

また激しい振動を感じた。

どういうこと？

そうか、トラックだ。トラックに乗せられて、運転席と後部座席との間に押し込まれている。

運転席にオレンジ色の野球帽をかぶり、迷彩柄のレインコートをはおった男が座っていた。

なんとなく見覚えがあるような……。

思い出そうとしても、体の自由がきかないのと同じように頭がうまく働かなかった。

男は話している。こちらに話しかけているのではない。運転席と助手席の間に置いたノートパソコンのスクリーンの光が見えた。運転席の男は、スクリーンから挑むような目を向けている、そばかすのある赤毛の男と話しているのだ。

スカイプ？　イヴもジョーがアトランタを離れているとき、たまにスカイプで話すことがある。いったい、何を話しているのかしら？

スクリーンに映った赤毛の男は緊張しているようだ。怯《おび》えているのか、顔がこわばっている。

「おまえにはがっかりした、ブリック」運転席の男が恨みがましい声で言った。「裏切られた思いだ。信用してほしい、ちゃんと言われたとおりにやると言ったくせに。ケヴィンが聞いたら悲しむだろう」

「いや、ケヴィンならわかってくれるさ」ブリックは唇を舐《な》めた。「ああするしかなかった。あの女を島から出すなと言っただろう。とにかく、邪魔させないようにしろと」

「だが、撃てとは言わなかったぞ」

「島を離れようとしたんだ。最初は飛行機に乗ろうとした。ほかに方法を思いつかなかったんだよ、ドーン」

「それで、殺すことにしたのか。馬鹿なやつだ」

「けど、そのおかげで、あの女はまだちゃんと島にいるじゃないか。予定が遅れてるんだろ。時間稼ぎをしてやって、怒鳴られたんじゃ割に合わないな。ケヴィンならこんなまねはしない」

「時間稼ぎのためにそんな大きな代償を払ったのか？」

「殺したわけじゃない。ちゃんと命中はしなかった。たぶん、まだ生きているだろう。あとはあんたの仕事だ」

「これは最初からわたしの仕事だ」ドーンは疲れた声を出した。「わたしが始末をつける。だが、おまえの出番は終わっていない。まだサマーアイランドにいるのか？」

「いや、高速モーターボートで島を出て、グランド・ケイマンの漁船に拾われた。金を払って、マイアミ行きの飛行機に乗れるところまで送らせることにしたよ」ブリックは少し間をおいた。「しばらく身を潜めるつもりでいる。ジョー・クインは刑事だ。娘を撃ったのがおれだとばれたら、ただではすまされない」

「いや、まだ出番は終わっていないと言っただろう。状況が厳しくなったからといってケヴィンが雲隠れすると思うか？　わたしたちもケヴィンを見習わないと。ブリック、おまえはアトランタの湖畔のコテージに行ってダンカン一家を監視しろ。今日中に行けるか?」

「わかった、やってみる」

「やってみるんじゃなく、やるんだ。おまえならやれる。今回のミスは別として、これまでずっと、ちゃんとやってきたじゃないか」

すぐには返事がなかった。「イヴ・ダンカンは捕まえたのか?」

「ああ。今ここにいる」

「あんたひとりじゃ捕まえられなかった」ブリックはまた挑むような口調になった。「おれはケヴィンがこうしてほしいだろうと思ったことをやった。状況が変わったら、行動を変える必要があると彼はいつも言ってた。その教えを守ったんだ」

「ケヴィンはケヴィン、おまえはおまえだ。おまえはわたしの言うとおりにすればいいんだ。あの女を撃つ必要なんかなかった」そう言うと、男は接続を切った。

サマーアイランド。ジェーンのことを話していた。イヴは朦朧《もうろう》とした頭で考えた。ジェーンを撃った。でも、たぶんまだ生きているだろうと言っていた。でも、本当に無事かどうか――

口を開いて何か言おうとした。

言葉が出てこない。

それでも、まったくだめだったわけでもないらしい。

言葉にならない声が出たのだろう。ドーンが振り向いた。

「目が覚めたかね、イヴ」笑顔を向ける。こんな優しそうな顔をした人も珍しいと思ったのをイヴは思い出した。あのときと同じ笑顔。でも、もう騙《だま》されない。この男はさっき、ジェーンを撃った男と話していた。卑劣な悪党に決まっている。

「残念だな、話したいだろうに。かなり強い薬を使ったから、効き目がなくなるまでにしばらくかかる。その薬を選んだのはほとんどあとを引かないからだ。あんたに不快な思いをさせたくなかったからね。本当は安全な場所に着くまで目覚めないはずだったが、あんたは意志が強いようだな。だが、じきにまた眠くなるよ」

その言葉どおり、眠気が襲ってきたが、イヴは抵抗した。ジェーンのことを確かめなくては。

「どうした、そんな恨みがましい顔をして」ドーンが穏やかな声で訊《き》いた。「話を聞いていたのか？　何をそんなに……」

ジェーン。今どうしてるの、ジェーン？

「ああ、あんたの養女のことだね。そりゃあ、心配だろう。怒るのも無理はない。ジェーンをあんな目に遭わせる気はなかったんだよ。わたしがブリックにそう言ったのを聞いただろう。あいつには腹を立てている」手を伸ばしてイヴの髪に触れた。「誰にも危害を加えるつもりはなかった。それだけは信じてほしい」ドーンは眉を曇らせた。「あんたを安心させて、わたしの善意を信じてもらうにはどう言えばいいかな？　そうだ、草むらにいた若い男のことを教えておこう。たしか、ベン・ハドソンだったね」

切られたまぶたから血を流してうずくまっていたベンの姿が目に浮かんだ。

「あれは自衛のためだった、不意を襲われたんでね。危害を加えたくはなかったんだが。あんたの助けが必要なんだよ、イヴ。何もかもそのためだ」

言葉を発することはできなかったが、イヴは目を閉じて無言の拒絶を表した。

「わたしを恨むのも無理はないが、あんたは優しい女性だ。ちゃんと説明したら、わかってくれるだろう」ドーンはそっとイヴの髪を撫《な》でた。「あのベンという若者は毛布にくるんでアトランタの救急診療所の近くに運んだ。きっと助かるよ」

本当だろうか？　イヴはドーンが言ったことが事実で、ベンの怪我《けが》が軽いことを祈るしかなかった。

そして、ジェーンは？　撃たれたのだから深手を負ったにちがいない。致命傷でなければいいけれど。ジョーは付き添ってくれているだろうか？　今朝、車であの泥道を走っていたときからどれぐらい時間が経《た》ったのだろう。目を開けて、トラックに差し込む光から推測しようとした。

太陽は出ていない。まだ雨風が強い。午前なのか午後なのか見当がつかなかった。何もかも薄闇に包まれて混沌《こんとん》としていた。

ドーンが見おろしている。一見、慈愛に満ちた笑みを浮かべて。イヴはとまどった。

「だいじょうぶだからね」優しい声だった。「心配しないでお休み。わたしに任せて。わたしはそのためにここにいるんだから。お互い助け合えるようにね」

助け合う気なんかない。何もかもまやかしだ。慈愛に満ちた笑みを浮かべていても、わたしにはいなかった父か兄のような優しさを見せても、この男は信用できない。

眠ってはだめ。神経を集中して。ジェーンのことを考えよう。そして、ベンのことを。

でも、周囲がどんどんぼやけてきて、何も考えられなくなった。

雷鳴が聞こえる。

金属の屋根を打つ雨音。

リズミカルで、心安らぐ音。

「それでいいんだよ。じゃあ、行こうか」ドーンが言った。「次に目が覚めたときには何もかもはっきりするからね」


「どう?」マーガレットが勢いよく病室に入ってきて、ベッドのそばの椅子に腰をおろした。「気分はよくなった?」目を凝らしてジェーンの顔を見た。「昨日島を離れたときよりずっと元気そうに見える。頬のあたりに血色が戻ってきたわ」

「ここで何をしてるの？　島でトビーの世話をしてくれる約束だったでしょ。昨日、あなたが離陸寸前に救急ヘリをおりたのは、一刻も早くトビーのそばに戻りたいからだとデボンが言ってたわ」

マーガレットは首を振った。「トビーのことなら心配ない。デボンはあなたをサンファンに送り届けたらすぐ島に戻ることになっていたし、トビーの容体は安定しているから。わたしはケイレブの飛行機に乗せてもらったの」マーガレットはサイドテーブルにある水の入ったコップを取ると、ジェーンのためにストローを支えた。「そのほうが都合がよかったから」

「ケイレブが都合のいい相手とは思えないけど」ジェーンは水を一口飲むと、そっけなく言った。「それに、昨夜来てくれたとき、ケイレブはあなたのことは何も言ってなかったわ」

「わたしから知らせたらいいと言ってくれたの」そう言うと、マーガレットはおかしそうに笑った。「あなたの注目を独り占めしたいからよ、きっと。あなたに自分だけを見てほしいの。だから、いつも獲物を狙うみたいにつきまとってる」

「つきまとってるって？」

「なんでもない。気にしないで。とにかく、ケイレブとわたしは互いに理解に達したの」

「嘘《うそ》でしょ。相手はケイレブよ」ジェーンは皮肉な口調で言った。わたしだってゆうべケイレブがなぜあんなことをしたのか、なぜ途中で自制したのか理解できないのに。しかも、困ったことに、自分がそんな彼をどう思っているかよくわからない。痛みから解放してくれたことに感謝すべきか、それとも、不思議な力を見せつけてわたしを不安に陥れたのを恨むべきか。「なぜ彼と来るほうが都合がよかったの?」

マーガレットは肩をすくめた。「パスポートを持ってないの。あの人なら気にしないから」

「なぜパスポートを持ってないの?」

マーガレットはにやりとした。「ほらね、やっぱり訊きたがる。ケイレブは何も訊かなかったわ」

「気になるもの。ひょっとして、あなたは犯罪者?」

「答えは、その質問を誰にぶつけるかによるわね」マーガレットは小首を傾《かし》げて考えていた。「だけど、結局はわたしがどう考えるかだから、答えはノーよ。犯罪者じゃないわ」

「はぐらかさないで」

マーガレットはうれしそうに笑った。「気づいた? うまいでしょ、論点をすり替えるのが」

「そんな屁理屈《へりくつ》が通ると思ってるの?」

「ケイレブには通じたもの」マーガレットは笑いを引っ込めた。「パスポートを持ってない理由は言えないのよ、ジェーン。込み入った事情があって。聞いて楽しい話じゃないし、誰も巻き込みたくない。いつか話せる日が来るかもしれないけど」

「あなたはまだ子どもなのに、込み入った事情なんてあるわけないでしょ」

マーガレットは顔を曇らせたが、すぐまた晴れやかな表情に戻った。「そんなふうに決めつけないで。これでも年の割には苦労してるの」首を振ると、穏やかな声で続けた。「さあ、この話はもうおしまい。だいじょうぶ、パスポートもビザもなくても生きていけるから」

「そのうち刑務所行きよ」

「一度だけ入れられたけど、一週間で出られた」そう言うと、マーガレットは話題を変えた。「今朝、デボンに電話してトビーの様子を訊いたわ。すっかり回復したから、ほかの犬たちといっしょにしてもいいんだけど、モンティが離さないそうよ。だから、トビーのことは心配しないで」マーガレットは椅子の背もたれに寄りかかった。「ジョー・クインから連絡はあったの？　イヴ・ダンカンのことは何かわかった？」

「昨夜はベナブルが湖の周辺の森を捜索して、近くの農場に聞き込みに行ったけど、収穫はなかったそうよ」ジェーンは枕に体を預けた。なぜこんなに具合が悪いのかしら？　一晩休めば元気になると思っていたのに。「ベン・ハドソンのこともまだ何ひとつわからないって」

「捜索を始めたばかりだし」マーガレットは考えながら言った。「わたしもやっぱりコテージの周辺から始めるしかなさそうね」

「何を言い出すの？」ジェーンは驚いた。「わたしに恩を感じなくていいと言ったでしょ。あなたには関係のないことなのよ、マーガレット」

「捜索の邪魔はしないから。少しでも力になりたいだけ」マーガレットは立ち上がった。「もう帰ったほうがよさそう。これ以上いたら、あなたを興奮させて回復を遅らせそうだから。何かわかったら、すぐ知らせるわ」ジェーンの手をぎゅっと握って笑いかけた。

「わたしならだいじょうぶだから。あなたも退院できたらすぐアトランタに行くつもりでしょ。わたしが先に行って、あなたのためにちょっと準備しておくわ」

「アトランタに行くの？　だめよ、そんなこと。あなたにはサマーアイランドですることが――」

「もう何も言わないで」マーガレットはドアに向かった。「あなたのためだけじゃないの。トビーを毒殺しようとした犯人が許せない。あなたを撃ったのと同一人物よ、きっと。無力な対象を狙うなんて最低」

「わたしは無力な対象じゃない」

「あなたじゃなくてトビーのことよ。わたしの知るかぎりでは、イヴは自分の身を守れないような人じゃないでしょ？」

ジェーンはうなずいた。

「それなら、彼女を見つけさえすればいいのよ」

マーガレットの楽天的で前向きな考え方が伝染したのだろう。ジェーンは希望が湧いてきた。肩肘張っていないで、助けを求めたほうがいい場合もある。「イヴならきっと今ごろ、自分にできることを精いっぱいやっているはずよ」ジェーンはそう言ってから本題に戻った。「でも、あなたを行かせるわけには――」

「ちょっと準備しておくだけと言ったでしょ」マーガレットはドアの前で立ち止まった。「連絡するから。早く治すことだけを考えてね」

そう言うと、ジェーンが何も言わないうちに病室から出ていった。ジェーンは後ろ姿を見送るしかなかった。できることなら、飛び起きてあとを追いたかった。わたしを命の恩人と勘違いして、みすみす危険に飛び込んでいくようなまねをマーガレットにさせたくない。

「どうした、浮かない顔をして」いつのまにかケイレブが戸口に立っていた。「当ててみせようか。原因はマーガレットだろう?」

「当ててみせるほどのことじゃないでしょ。廊下ですれ違ったはずよ」

ケイレブはうなずいた。「ああ、きみよりずっと明るい顔をしていた。まあ、彼女にはさほど悩みの種もなさそうだが」

ジェーンはついさっきマーガレットが一瞬顔を曇らせたのを思い出した。「それはどうかしら。なぜ彼女を島から連れてきたことを黙ってたの?」

「きみがいやがると思って」

ジェーンはいぶかしげに眉を上げた。

「たしかに、もっと慎重にやるべきだったかもしれない。身元を証明するものを提示させるとか。とにかく、きみを共犯者にしたくなかったんだ」

「自分が共犯者になるのはかまわないわけ?」

「断れないような提案をしてきたから」

「なるほど、そういうこと」

ケイレブは苦笑した。「誤解しないでくれ。彼女はおれの好みじゃない。あっけらかんとしすぎている。必ずおれの役に立てると提案してきたんだ」

「あなたが獲物を狙うみたいにわたしにつきまとっていると言ってたわ」

「マーガレットが?」

「そう、まるでストーカーね」

「彼女なら言いかねない」

「彼女を連れてきたことをわたしに黙ってたのは、自分だけに注目してほしいからだとも言ってた」

「なるほど」

ケイレブはジェーンの頬に手を伸ばすと、唇を舌でなぞった。

笑みを浮かべていたが、明らかに昨夜の続きを始める気はなさそうだったので、ジェーンはほっとした。「マーガレットはイヴを捜しに湖畔のコテージに行くって。アトランタまで連れていってほしいと頼まれた」

「きみはどう思う？　連れていったほうがいい？」

「いいえ、島に連れ戻して」

「無理だよ。彼女はやる気になっている。連れていけないと言えば、アトランタに着くのを遅らせることはできる」

「じゃあ、そうして。そのころにはわたしもここを出られるだろうから」

「昨夜こっちに着いてから、本物そっくりのパスポートと運転免許証は手に入れておいたんだ」

「なぜそんなことを？」

「彼女が望んだし、そのときはそうしたほうがいいと思ったからだ。おれが断ってもなんとかするだろう。マイアミまでクルーズ船に乗せてもらうかもしれない。可能性はいくらでもある。そうなったら、どこで何をしているかわからなくなる。それでも、断ったほうがいいかな？」

「わかったわ。今はマーガレットの心配までしている余裕はない。イヴのことで頭がいっぱい」ジェーンは疲れた声で答えた。

「それなら、時間稼ぎをする方法を考えてみるよ」ケイレブはほほ笑んだ。「さあ、少し休んで。さっきドクター・ペレスに会ったが、この調子ならあさってには退院できると言っていたよ」

ジェーンは首を振った。「ベッドから起き上がって着替えができるようになったら、すぐ退院する」

「そう言うと思った」ケイレブは上掛けでジェーンをくるんだ。「何時でもいいから電話をくれたら、すぐ駆けつけるからね。今日はまだクインから電話はないのか？」

「ええ、昼になってもなかったら、こちらからかけるつもり」ジェーンは身震いした。「森を捜索してるらしいわ。知らせがないのはいい知らせかも」

「だが、そんなふうに受け取れないんだろう？　じりじりしてるように見えるよ。おれが電話して――」そのとき携帯電話が鳴り出した。画面をちらりと見たケイレブが驚いた顔をした。「きみのジョー・クインからだ」

ジェーンはぎくりとした。「どうしてあなたにかかってくるの？」

「悪い知らせだと思ってるんだろう？　安心しろ。きみのショックをやわらげるためにおれの口から伝えさせようなんてクインが思いつくはずがない。おれが繊細な心遣いのできる男だなんて思ってないから」通話音量を上げてから電話に出た。「はい」

「ファイルを送る」ジョーはいきなり用件を切り出した。「昨日あんたからもらったディスクをベナブルに渡したら、すぐデータバンクに照会してくれた。撃ったのはテレンス・ブリックという男だが、たいした記録は残っていないらしい」

「ジェーンやイヴとの接点は？」

「ぼくの知るかぎりまったくない。少なくとも、ベナブルに渡されたファイルからは見つけられない」

「削除された可能性は？」

「わからない。だが、その可能性はなくはない。ベナブルは妙に歯切れが悪いんだ。調べてみたら何か出てくるかもしれない。ジェーンはどうだ？」

「快方に向かっている。ちょうど病室にいるところだ。電話を替わろうか？」

「いや、ファイルを見せてくれればいい。この時点でわかるのはそれだけだ。あとで電話するよ。約束は守ったぞ、ケイレブ。これでおあいこだ」電話が切れた。

「相当疲れているようだな。おれを罵ったり侮辱したりする余裕もなかったらしい」ケイレブは終話ボタンを押してから、画面にファイルを呼び出した。「きみの携帯電話に送るから、じっくり見るといい」ベッドのそばの椅子に腰をおろした。「ここに閉じ込められている間にすることができてよかったね」

そう言うと、自分でもファイルを読み始めた。

ジェーンはサイドテーブルの上のアイフォンを手に取って、ファイルを呼び出した。

最初に写真が現れた。

わたしを撃ったのはどんな男なのだろう。

三十代くらいの縮れた赤毛の男だ。そばかすのある顔に大きな鼻、青い目。見覚えはない。でも、そういえば、縮れた髪と太い首が、犬のデイケアセンターにいた男に似ている。トビーを毒殺しようとした男に。でも、いったいどうして……。

急いでファイルを確認した。

テレンス・ブリック。三十四歳。十四歳までシカゴ北部の郊外で育った。父はバスの運転手、母はウエイトレス。シカゴ時代に窃盗罪と万引きで告発されたが、不起訴になっている。ハイスクールを中退し、十四歳の誕生日の直後にシカゴを離れた。その二年ほどあとで入隊して海外に派遣されている。八年後には名誉除隊してシカゴに戻った。両親は彼が帰郷した直後に交通事故で死亡。両親から相続した家を売却したあとは全米を転々として、所持金が乏しくなると最低賃金の職につくという生活を繰り返した。

ケイレブは黙ってジェーンがファイルを読み終えるのを待っていた。数分後、ジェーンが顔を上げた。「たいしたことは書いてないわ」そう言って眉をひそめた。「なぜあんなまねをしたのか、手がかりになるようなことは何も」

「これといった犯罪歴もない。子どものころ軽犯罪で捕まっただけで。その後は心を入れ替えたらしいな。陸軍に入ってからは問題を起こしていない。軍曹に昇進している」ケイレブは画面のファイルを見おろした。「除隊後はスピード違反が数回、飲酒運転が一回。酒場で派手な喧嘩《けんか》をしたらしいが、致命傷を負わせたわけではないようだ」

「それなら、急に道を踏み外したわけ？　トビーを毒殺しようとしたり、わたしを殺そうとしたりして」

　ケイレブは首を振った。「クインの推理が当たっているような気がする。ブリックの履歴は一部削除されていると思う。空白を埋められたら、違う顔が見えてくるだろう。クインが何を見つけてくれるか楽しみだ」そう言うと、顔をしかめた。「だが、きみが取りなしてくれないかぎり、おれには教えないだろうな。これでおれに借りを返した気でいるだろうから」

「やってみるわ」ジェーンはファイルを見おろした。「罪もない犬を殺そうとするなんて普通の神経の持ち主じゃない。でも、これを見るかぎり、そんなところは見当たらないわね。相当うまく立ち回っているか、それとも運がいいのか」

「あるいは、ここに書かれていない後ろ暗い過去があるか」ケイレブは急に笑い出した。「犬を殺そうとしたことに腹を立てるところがきみらしいね。撃たれて重傷を負ったというのに」

ジェーンは眉をひそめた。「マーガレットならわかってくれるわ。自分の身を守ることのできない動物を傷つけるなんて最低だと言ってたもの。わたしは自分の身は守れる」

「それを聞いて安心したよ」そう言うと、ケイレブは立ち上がった。「これからの展開が面白くなる」

脚を開きぎみにして立ったまま見つめている。からかうような、やけにセクシーな薄い笑みを浮かべて。

にわかに血が騒いで、鼓動が速くなった。ケイレブにはこういう反応を引き出す力があるのをジェーンは思い知らされた。いったい何を考えているのだろう? ケイレブがゆっくりと首を振った。見抜かれている。彼にはわたしの心が読めるのだ。いいえ、これは肉体的な反応にすぎない。乳房が張って、呼吸が浅くなっているだけ。自分の意志でどうすることもできないのが歯がゆくてならなかった。

こんなときでもケイレブはわたしを興奮させることができるのだ。彼の力をまた思い知らされた気がした。

彼から目をそらした。「ジョーが何か言ってきたら知らせるわ。マーガレットを見守ってあげてね」

「わかってる」ケイレブはそっけない口調で言った。「もう帰れという意味かな?」そう言いながらドアに向かった。「いいよ、もう帰る。永遠に締め出しを食らっては大変だかられね。やっぱりマーガレットの言うとおりだな。きみはおれを怖がってると言っていた」

「怖がってなんか――」そう言いかけたときにはケイレブはいなくなっていた。

わたしがケイレブを怖がっている？

たしかに、マーガレットの言うとおりかもしれない。彼といると不安でしかたがない。その一方で、彼に惹《ひ》かれる気持ちを抑えることができない。だめ、ケイレブのようなとらえどころのない人に心を許しては。これまでどおり警戒してかかったほうが安全。

でも、ジョーとイヴは安全を第一に考えたりしていない。綱渡りのような日々を送っていても、ふたりでなんとか切り抜けようとしている。

だけど、わたしはイヴじゃない。イヴのように相手を信頼できない。

イヴ。

また怒涛《どとう》のように不安が込み上げてきた。

電話して、ジョー。イヴの居所を教えて。せめて何から始めたらいいか教えて。

湖畔のコテージ

「少しでも眠ったらどうだ、クイン」ポーチの階段をのぼりながらベナブルが言った。

「ひどい顔をしてるぞ。イヴやあの青年のことで何かわかったら、すぐ知らせるから」

「どうかな」ジョーは冷ややかに言うと携帯電話をしまった。「ある程度の信頼関係がなければできることじゃないだろう。今のきみは信頼できない。何か隠しているような気がする」ジョーはベナブルの目を見つめた。「そうじゃないのか？」

ベナブルは少しためらってからうなずいた。「ああ」

「さて」ジョーは皮肉な声で言った。「どういう経緯でイヴを巻き込んだのか、教える気になったか？」

「彼女を巻き込んだりしていない。わたしの責任じゃない」

「だが、テレンス・ブリックの報告書に手を加えただろう？」

ベナブルは顔をしかめた。「大半はそのままだ。一、二、削除した点はあるが」

「そうだろうと思ったよ」

「ブリックの追跡に支障になるような事実は省いていない。どっちにしろ、たいしたことじゃないだろう。事件の鍵を握っているのはブリックじゃないんだから」

「たしかに、同時に二箇所で事件が発生している。島でジェーンを撃ったのはブリックだ。それなら、誰だ？　イヴを拉致したのは？」

ベナブルは答えなかった。

「教えたほうが身のためだぞ」ジョーはさりげない口調でつけ加えた。「イヴに何かあったら、きみを生かしておかない。わかってるだろう？」

ベナブルはうなずいた。「いくらきみでも教えられないこともある。他言しないと約束したからな。それに、わたしもすべてを知らされているわけじゃない。第一、教えたからといってイヴの捜索に役立つとは思えない。捜査員を投入しないとは言っていないだろう。できるだけのことはする」

「だが、それ以上の協力はできないわけか」ジョーの声が険しくなった。「イヴは必ず見つける。誰にも邪魔させない。拉致したやつの名前とどこを捜せばいいかだけ教えてくれ」

ベナブルは首を振った。

ジョーはため息をつくと、握っていたこぶしを開いた。「ベナブル、これまでのつき合いに免じてあと少しだけ時間をやろう。きみがみすみすイヴを危険にさらすようなまねをしないことを祈ってるよ。時が来たら、必ず話してもらうからな。きみがどんな目に遭おうと、知っていることは全部教えてもらう」

「現政権下では受刑者の拷問が認められていないのを知らないわけじゃないだろう」ベナブルは苦い顔で言い返した。

「ああ、その手間をかける前に殺している。ぼくは拷問にも殺しにも反対じゃない。どうしてそんな話になるんだ？　知っていることを教えればいいだけだ」ジョーは携帯電話を取り出した。「さっきＦＢＩ本部の知人にテレンス・ブリックの報告書を送って調査を依頼した。もうひとりの男につながる情報が出てきたら、きみの持ち時間は切れる。シカゴ警察にも連絡して追跡を――」

ベナブルの携帯電話が鳴り出し、彼は電話に出た。話を聞きながら電話機を握り締めた。

「いや、そのままにしておけ。すぐ行く」電話を切ると、ジョーを見た。「ベン・ハドソンが見つかった」

「生きているのか?」

ベナブルはうなずいた。「フロイド郡の救急診療所にいる。今日の午後、敷地内の草むらに倒れているのを診療所のスタッフが見つけた。状況から見て、二十四時間以上放置されていたようだと言ってる。診療所に運んでからも、意識を失ったり回復したりを繰り返しているそうだ。地元の病院に搬送する手配をしたと言っている」

「今はまだ生きているんだな」ジョーはポーチの階段を半分ほど駆けおりていた。「最悪の場合も考えていた。ぼくの車で行こう」

「同乗する許可が出たわけか」ベナブルがつぶやいた。「車の後ろを引きずられるのかと思ってたよ」

「いっしょにいたいわけじゃないが、きみは信用できないからな」ジョーはそっけなく言った。「手の届くところに置いておきたいんだ、必要な情報を引き出すまでは」

三十分後に診療所に駆けつけると、ベンはすでにロームの病院に移されていたので、また車を飛ばした。

ジョーが面会許可を取りつけたときには、ベンはX線検査を受けに行くところだった。

「いっしょに行ってもいいかな」ベナブルが遠慮がちに訊いた。「なんなら、あとで別に話を聞いてもいいが。支援施設にいたというし、きみなら知らない仲じゃないから」

ジョーはうなずいた。「ああ、彼のことはよく知っている。ボニーを捜していたとき、彼に命を救われた。幼いころから虐待され続け、父親は犯罪者で、あんな仕打ちを受けながら父親が死ぬまでよく生き延びたと思う。現在はジョージア州南部の支援施設で働いている。自分のことはちゃんと自分でできる。見下したようなまねをしたら許さないぞ」

「わかったよ。いじめようなんて気はない」

「地元の警察も近づけないつもりだし、きみの部下に尋問させるつもりもない」

「できるだけおとなしくしているよ」

「その言葉を忘れるなよ」ジョーはベナブルの先に立って病室に入った。

ベンは頭に巻かれた白い包帯と同じくらい血の気のない顔をして寝ていた。ジョーに気づくと、悲しそうに首を振った。「ぼくに怒ってるだろうね。ちゃんとやれなかった」小声で言った。「イヴはいなくなったんでしょ？　ごめんよ、ジョー」

「精いっぱいやってくれたのはわかってるよ」

「でも、いなくなった。連れていかれた」

「いなくなったと言ったね。まだ生きているのか？」

ベンはうなずいた。「生きてると思う。あの女の子がそう言ってるから」

「ボニーが？」

「草の上を這《は》って診療所に行こうとしたけど、途中で寝てしまって。そしたらボニーが来た。頼まれたとおりにしようとしたけどだめだったと言ったら、まだ間に合うと言ってくれた」

それが事実であることをジョーは心から祈った。ベンを信じよう。ベンとボニーとのつながりを信じよう。今できるのはそれだけだ。「よく聞いてほしいんだ、ベン。どうしてイヴがいなくなったとわかった？　誰に連れていかれたところを見たのか？　何があったか話してくれるね？」

「イヴから電話があって、家に戻ってきてって言われた。それで、すぐに行こうとしたら――」ベンは手を上げてこめかみをさすった。「男の人が茂みから跳び出してきて、何かでぼくを殴った。レンチだったと思う。ぼくが倒れると、また殴った。それから、たぶん、もう一度」

「知ってるやつか？　もう一度顔を見たらわかるかな？」

ベンはうなずいた。「見たことのない人だった。でも、もう一度会ったらわかる」そう言うと、眉をひそめて考え込んだ。「白髪まじりの黒い髪で、顔は……似てたよ……」そこで言葉を切った。「似てたよ、ミスター・ドゥルーリーに。ぼくが働いてる施設のボランティアの。ほんとに似てるわけじゃないんだ。鼻の形が違うし、髪も違うし。だけど、なんとなく……笑い方が。ミスター・ドゥルーリーもあんな笑い方をする。優しくて、いつもにこにこしてて」ぐっと眉根を寄せた。「ぼくを殴った人も同じ笑い方をしてた。優しいおじさんだった」

「笑ってたのか?」

「違う、笑ってなかった。顔は……悲しそうだった」

「しかし、きみを少なくとも二回殴ったんだろう。そのあと救急診療所の、必ずしも見つけてもらえるとはかぎらない場所に置き去りにした。そんなことをするのが優しいおじさんとは思えない。きみを殴ったやつは、きみをイヴのところに行かせたくなかったか、あるいはイヴをおびき出すためのおとりにきみを使ったんだろう」

「だったら、あのおじさんを助けちゃったんだね」ベンの目に涙が浮かんだ。「イヴを助けるつもりだったのに、違うことをしてしまった」

「きみは助けようとしてくれたんだ」ジョーはぎゅっとベンの肩を握ってから、ベッドのそばを離れた。「それに、まだきみにやってもらえることがあるかもしれないよ。似顔絵捜査官をここに連れてきたら、きみを殴ったのがどんな男だったか思い出して助けてあげられるんじゃないかな」

「そういうの、テレビで観《み》たことがある」ベンは困った顔になって首を振った。「ぼくは利口じゃないからできるかどうかわからない」

「きみならできる。捜査官がちゃんと質問してくれるからね。ほかに何かイヴを連れ去った男のことを覚えていないか？ 乗っていたトラックは見た？ ナンバープレートは？」

ベンは眉根を寄せた。「うん、ちょっとだけ。赤いトラックだった。ナンバープレートはなかった。だけど、ずっと考えてたんだ。悪い人に見えなかった。ミスター・ドゥルーリーみたいな人なら、何かの間違いかもしれない。イヴは困ってないかもしれない」

「そうだといいね。だが、世の中には見かけと違う人間もいるんだ」ジョーは穏やかな声で続けた。「顔だけで判断しないで、行動に注意しないとね。そいつはきみを殴って、ひどい脳震盪《のうしんとう》を起こさせたんだよ、ベン」

「うん、ボニーも心配してた」ベンは下唇を噛《か》んだ。「だったら、イヴをひどい目に遭わせるかもしれないね。そんなことにならないようにしなくちゃいけなかったのに」

「あとはぼくたちに任せて。今はゆっくり休んで、似顔絵捜査官にちゃんと答えられるようによく思い出してほしいんだ」

ベンはうなずいた。「でも、そのあとはいっしょに捜しに行かなくちゃ。連れていってくれるね、ジョー」

「それがイヴにとって最善のことなら。だが、守れない約束はできない」

「ボニーが、イヴに気をつけてあげてって言ったのに」

「きみの出番はまだあるから。今はできるだけあの男のことを思い出してくれればいいんだ」ジョーはドアに向かった。「きみはちゃんと役に立ってくれたよ」

「違う、イヴがいなくなった」ベンはせっぱつまった声で言った。「ちゃんと気をつけなきゃいけなかったのに。イヴを捜さなくちゃ」

ジョーには慰める言葉がなかった。ジョーもベンと同じように絶望に打ちひしがれ、いても立ってもいられない。ベンからもう少し情報が引き出せると期待していた。トラックの車種とか、ナンバープレートとか、何か手がかりになるようなことを。

「あまり参考にならなかったな」廊下に出たジョーを追いながらベナブルが言った。「だが、命に別状がなくてよかった」

「ぼくたちが知りたがっていることを教えようと精いっぱいがんばってくれた。彼のせいじゃない。脳震盪を起こして、まだ朦朧としているのに――」

「わたしに向かって彼をかばわなくていい」ベナブルがさえぎった。「ただの感想だ。わたしが長年にわたって質問してきた目撃者の平均からすれば、七割は答えてくれた」

「似顔絵捜査官が記憶を呼び起こしてくれたら、もっと役に立ってくれるかもしれない」ジョーは一呼吸おいた。「だが、その必要はあるだろうか？　ベンの説明でぴんときたんじゃないか？　もしそうなら、誰か教えてくれ」

ベナブルはまともに答えようとしなかった。「漠然とした説明だったからな。人のよさそうな中年男としかわからない。もちろん、似ていると言っていたミスター・ドゥルーリーの写真を入手することはできる。しかし、科学的捜査とは言えないだろう」

「ああ、ベンの話では、顔立ちが似ているわけではなくて、単なる印象というか、表情が似ているだけだから」もう一度ベナブルを問いつめた。「まだ質問に答えていないぞ、ベナブル」

「勘弁してくれ。言っただろう、約束は破れない」

「もう少しでベンは死ぬところだったんだ」ジョーは声を荒らげた。「こうなってもまだ約束にこだわるのか?」歩調を速めて駐車場を横切り、車に向かった。「きみの持ち時間はもうじき切れる。その時が来たら、きみの喉を締め上げてやる」

8

「ベンは助かるのね」ジェーンは携帯電話を握り締めた。「犯人はベンを殺す気はなかったから、診療所のそばに置いていったんでしょう？　ねえ、ジョー、この悪夢のような一連の出来事にも、ひとつはいいことがあったわけね」一息ついて声の震えを止めようとした。「イヴを連れ去った犯人は――ひょっとしたら、理を尽くして話したら通じる相手かもしれない」

「犯人を見つけられたらの話だ」ジョーはぶっきらぼうに言った。「それに、あまり期待しないほうがいい。ベンを放置していったのは診療所から一キロ近く離れた藪《やぶ》の中だ。ベンが意識を取り戻して近くまで這《は》っていかなかったら、発見してもらえなかっただろう」

たしかにそのとおりだが、ジェーンは少しでも望みをつなぎたかった。「ベナブルが何か知っているらしいと言ってたわね」

「ああ、間違いない。裏の事情を相当知っているはずだ」ジョーは凄《すご》みのある声で続けた。「あいつが知っていることは全部聞き出してやる、どんな手を使ってでも」

「早まらないで」ジェーンは苦い口調になった。「そんなことをしてCIAに消されたらどうするの？　あなたまで捜すはめになるのはごめんだわ」また声が震えた。「ベナブルはイヴに好意を寄せているはずよ。何をたくらんでいるか知らないけど、イヴを捨て駒に使うとは思えない。捜査を妨害するからには何か理由があるはずよ。本来なら、協力してくれるはずなのに」

「協力するチャンスは与えてやった」

つっけんどんな口調だ。この調子ではジョーを説得するのは無理だろう。

少なくとも、こんな離れたところからでは。

「今は何をしてるの？」ジェーンは訊《き》いた。

「近くの農場からトラックを盗まれたと通報があったから、話を聞きに行くところだ。それから、この電話を切ったらすぐ本署に連絡して、似顔絵捜査官をベンが入院している病院に派遣してもらう」

「その必要はないわ」

「どうして？」

「わたしがベンの病院に行く。似顔絵なら得意よ」

「何を言い出すんだ？」

「大学時代に警察で似顔絵描きのアルバイトをしていたのを知ってるでしょ。わたしならやれるわ」

「ああ、もし撃たれてサンファンで入院していなかったら。大至急、人がほしいんだ」

「大至急、行くわ。昨日よりずっとよくなったし」実際には、情けないほど体に力が入らない。でも、今はそんなことを言っている場合ではなかった。アトランタに着いてから、休めるときに休めばいい。「わめき散らすのはやめて。もうその気なんだから」

「病院に頼んで、ベンの病室に入れないようにしてやる」

「意固地にならないで。イヴのために最善を尽くしたいんでしょ。それなら、最高の似顔絵画家を使わなきゃ」

しばらく沈黙があった。「しかたないか。意固地なところはぼく以上だから」

「できるだけ早く行く。もう切るわ。ケイレブに電話しなくちゃ。助けを借りないと、ここから出られないから」ジェーンは電話を切った。

ベッドの上で起き上がり、脚を回しておりようとした。

頭がくらくらする。

こんなことではだめ。

ちょっと動いただけで、傷の痛みがひどくなった。

とにかく、ケイレブに電話しなくては。

番号を呼び出した。

「ジェーン？」

「すぐ来て。数時間以内にジョージア州に連れていって」

短い沈黙があった。「三十分で行く。脱走を手伝うことになるのかな？」

「そういうことね」

「わかった」電話が切れた。

着替えなくては。そのためには病室の隅にあるクローゼットまで歩かなくてはならない。しばらく休んで心の準備をした。それから、そっと床に足をおろして、ベッドの手すりをつかむ。

体にまったく力が入らない。膝ががくがくする。

でも、立っているうちにだんだん慣れてくるはず。

また少し休んでから、一歩踏み出した。そして、もう一歩。

なんとか三歩目を踏み出した。

その場に崩れてしまうかもしれないから、片手で手すりをつかんでいられるところまでしか離れないことにした。

片手でクローゼットの扉を開けた。ダッフルバッグが床に置いてあった。デボンかケイレブが持ってきてくれたのだろう。ハンガーに服がかけてある。選んでいるゆとりはない。手の届くところにあるものなら、なんだっていい。

白いボタンダウンのブラウス。

黒っぽいコットンパンツ。

そして、下着。

この際、下着は諦めよう。服を着るのが気の遠くなる大仕事に思えてきた。手を貸してもらわなければ無理だろうが、ケイレブにそんなことは頼めない。第一、彼がどんな反応を示すかわからない。

とにかく、座ろう。休憩して、少し元気が出たら着替えをしよう。

着るものをベッドにのせて、気をつけながらベッドのそばの椅子に腰かけた。

ちょっと休めば……。

椅子にもたれて目を閉じた。

「ジェーン」

深みのある声がした。穏やかなのに力を秘めた声。

ジェーンはぎょっとして体をこわばらせた。

ケイレブ?

いいえ、ケイレブではない。

目を開けなくてもわかった。

聞き慣れた声。闇に包まれた夜、欲望に呑《の》み込まれそうになった夜、この声を聞いたことがあった。彼の笑い声も。そして、その声に鋭い怒りがこもっているのに気づいて、背筋が凍ったこともあった。

「目を開けてごらん、ジェーン。目を閉じても、ぼくを消すことはできないよ」

ジェーンはゆっくり目を開けた。

彼が戸口に立って笑いかけていた。あれから数年経《た》っているのに、ジェーンが十七歳で初めて出会ったころと変わっていない。ジーンズに、白と青のストライプのシャツの袖を肘までたくし上げている。カールした短い黒っぽい髪が、信じられないほど美しい顔を縁取っている。映画スターみたいとイヴはよく言っていた。そして、ジェーンが彼の魅力のとりこになるのを心配していた。実際、ジェーンは彼のとりこになったが、それは外見に惹《ひ》かれたからではなかった。彼といっしょにいると、なぜか不思議な気持ちになったのを覚えている。

そして、今またあのころと同じ気持ちになった。

ふたりの間にはいろいろなことがあったけれど、何よりも記憶に残っているのは、信じられないほどの情熱と、ふたりは強く結ばれているという感覚だ。

マーク・トレヴァー。ジェーンの初恋の人。そして、たぶん唯一の恋人。

咳払《せきばら》いしたが、喉のつかえはとれなかった。「ここで何をしてるの？」

「その言い方はないだろう」トレヴァーは部屋を横切って、ジェーンが腰かけている椅子のそばの床にうずくまった。「きみは大怪我《おおけが》をした。トラブルに見舞われている。ぼくが来るとわかっていたはずだよ」

「わたしがここにいるとどうしてわかったの？」

「ぼくがきみから目を離すと思った？　いつもきみを見守っていると言ったじゃないか。ぼくを追い払うことなんかできないよ」

包み込むような笑顔を見ていると、温かな気持ちになった。彼の顔から目をそらすことができなかった。

そんなはずはない。今のわたしは恋にのぼせ上がったティーンエイジャーでも、彼を恋人として受け入れた大学生でもないのだから。ジェーンは意志の力で視線をそらした。

「あなたが来るなんて思っていなかった。わたしたちはもう終わったの。求めるものが違うし、別々の道を選んだはずよ、トレヴァー」

「選んだのはきみだけだ。ぼくはいつもきみを見守っていて、チャンスを待っていた」トレヴァーは体を寄せると、ジェーンの鼻の頭にキスして、優しい声で言った。「試合再開だ」

コロラド州　リオグランデ・フォレスト

寒い。

イヴは毛布を引き寄せようとした。

毛布はなかった。

ベッドから床に落としてしまったのかしら。

目を開けた。

コテージにいるのではなかった。ベッドに寝ていたのでもない。見たこともないソファに横たわっていた。

だだっ広い部屋だ。粗削りな木の壁。高い天井。むき出しの配管。

ロフト？　それとも、工場だろうか？

どうしてこんなところに？

次の瞬間、はっと思い出した。反射的に全身の筋肉がこわばった。起き上がろうとしながら、すばやく周囲を見回す。

視線が止まった。少し離れたところにある椅子の上のものに目が釘《くぎ》づけになった。

頭蓋骨。黒焦げで、ぱっくり開いた眼窩《がんか》がこちらをにらんでいる。

なんて醜い頭蓋骨だろう。虫唾《むしず》が走った。

「怖がらせるつもりはなかったんだよ、イヴ」あのトラックを運転していた、ドーンとかいう男が部屋に入ってきた。「だが、そんなに動揺するとは意外だな。職業柄、見慣れているだろうに。一刻も早くケヴィンと親しくなってもらおうと思ってね」椅子のそばで立ち止まると、大きな手を伸ばしていとおしそうに頭蓋骨を撫《な》でた。「わたしの息子だ。やっとあんたが来てくれて、息子もわたしも喜んでいるよ、イヴ」

イヴは慄然として男を見つめた。頭が変になっているのかしら？　その可能性は大いにある。だとしたら、冷静に状況に対処して、生き延びることを考えなくては。

できることなら、今すぐやっつけてやりたい。この男はわたしを拉致しただけでなく、ジェーンとベンに大怪我を負わせた。ふたりとも生きているか、それすらわからない。

でも、たとえ男を組み伏せることができても、何も突き止められないだろう。とにかく、狙いを知ることが先決だ。それがわかれば、逃げる方法も見つけられるはず。

イヴは視線を頭蓋骨に向けた。なぜあれほど嫌悪感をあらわにしたのか、自分でも意外だった。「動揺したわけじゃないわ」冷ややかな声で言った。「こんなところにあると思っていなかったから、驚いただけ」苦しまぎれの言い訳をしたものの、さっき感じた恐怖はまだ消えていなかった。視線を頭蓋骨からドーンに向けた。「わたしを怖がらせるのがあなたの狙いでしょう？」

「そんなことは考えていないよ。怖がらせたら逆効果だからね」ドーンは穏やかな笑みを浮かべた。「協力してもらいたいんだ、わたしも息子も。危害を加えるつもりはない」

「嘘《うそ》ばっかり」イヴは吐き捨てるように言った。「あのブリックという男にジェーンを襲わせたくせに。それに、ベンを殴り倒して大怪我を負わせた。そのうえわたしに麻酔を打って誘拐した。それでも危害を加えていないと言うの？」

ドーンは眉を曇らせた。「たしかに感心したことではないが、どれも必要な手段だった。わたしの計画では、誰にも重篤な危害は与えない」

「ジェーンは撃たれたのよ」イヴは震える手で目を覆った。「これ以上大きな危害は考えられない」

「だが、聞いていただろう、ブリックにあんなまねをすべきじゃなかったと言ったのを」

「たしかに、責めてはいたけれど、だからって取り返しのつくことじゃないわ」イヴは目を覆っていた手をおろした。「あの子は生きてる？　死んだの？」

「生きている」

安堵《あんど》のすぐあとに疑念が湧いた。「なぜそう言いきれるの？」

「ブリックに電話して確認させた。意識が戻ったら、あんたが真っ先に訊くのがわかっていたからね。ジェーン・マグワイアは、サンフアンの病院に入院している。軽傷で、一週間以内に退院できるそうだ」

「わたしがあなたの話を信じると思う？」

「信じたほうが気が楽だろう」そう言うと、ドーンは首を振った。「もっと確かな証拠を見せたほうがよさそうだな。わたしが言っただけでは信じてくれないだろうから」

「わかっているなら、証拠を見せて。ジョー・クインに電話させて。彼の口から聞くまで信じられない」

「ああ、ジョー・クインか。彼なら信用できるわけだな」

「彼だけよ、信用できるのは。わたしの電話はどこ?」

「念のために預かっている。クインに電話させると本気で思っているわけじゃないだろう? あの男は頭が切れるし、わたしには使えないテクノロジーを駆使できる。ここを突き止めるかもしれない。あんたを納得させるのにはほかの方法を考えよう」そう言うと、ドーンは手を上げてイヴを制した。「その話はまた改めて。それより、何か食べたほうがいい。ほら、手を貸そう。バスルームに行って顔を洗いたいだろう。前にも言ったように、あんたに使った薬物には後遺症がほとんどないが、いくぶん体がふらつくかもしれない」

「なんともないわ」イヴはドーンの手を振り払って立ち上がった。「怒っているだけ」

「ああ、今のあんたは怒りの塊だ。わたしに飛びかかりたいと思っただろう。調べたところによると、格闘技でもなかなかのものだそうだな。海軍特殊部隊にいた恋人に習ったとか」ドーンは一歩しりぞいた。「だから、ここで状況をはっきりさせておいたほうがいいと思ってね。いずれ、あんたはわたしをやっつけようとするだろう。わたしは銃を持っているが、たとえ威嚇のためでも極力使いたくない。それで、前もって準備しておいた。天井に小さな穴がいくつもあるのが見えるだろう?」

イヴは天井を見上げた。「電球のソケットみたいだけれど」

「ソケットじゃない」ドーンはポケットから細長いエンブレムのついた小さなキーチェーンを取り出した。「玄関のドアの上にも穴があって、設定を解除しないかぎり、ドアが開くと自動的に作動するようになっている。エンブレムに触れてボタンを押しても、ガスが穴から噴き出てくる。毒ガスではないが、吸い込むと昏睡《こんすい》状態に陥る。しかも、ひどい頭痛という後遺症がある。できれば、こちらも使わずにすませたい」

「どうせ、はったりでしょ」

「はったりじゃない」

「だって、噴き出したら、あなたもガスにやられるわけだし」

ドーンは首を振った。「いや、わたしは体が慣れているから。少し頭がくらくらする程度で、すぐ外に出られる。息子が軍隊にいたときよく使ったガスで、ごく少量ずつ吸い込んで慣らす方法を教えてくれたから、耐性ができているんだ」

「なぜそんなことを教えたの？」

「息子もわたしを誰よりも愛していたから、わたしの安全を考えてくれたんだ」

「安全？」イヴは信じられない思いでドーンを見つめた。「催眠ガスを使うことがあなたにとって安全だというの？」

「ひとことで説明できるようなことじゃないんだ――さしあたりはこれだけ言っておこう。逃げたり攻撃したりしないかぎり、自分の家のように自由に過ごしてくれてかまわない」

イヴは天井の穴を見上げた。「やっぱり信じられない」

「やってみせようか」ドーンはほほ笑んだ。「ちょっぴり出してみよう。危険のない範囲で――」エンブレムをごく軽く押した。「ガスが噴き出る音が聞こえただろう？　ほら、カーネーションのような匂いがしてきた」

「音はしたけど、匂いは――」突然、めまいがした。カーネーション――そう、カーネーションのような甘い匂いがする。

「すぐに治る。人の話を信じないからだよ」

イヴは頭を振ってすっきりさせようとした。めまいは薄らいでいった。「自分の力を見せつけたかっただけでしょう」

「あんたも頑固だな」

「あなたの言うことなんか信じられない」バスルームはどこ？」イヴはだだっ広い部屋を見回した。最低限の家具しかない。椅子が一脚、ファイルキャビネット、机、ソファ、テーブル。一隅に簡易キッチンがある。反対側の隅に目を向けたとたん、イヴはその場に凍りついた。見慣れた光景が飛び込んできた。

作業テーブル、塑像台《そぞうだい》、ノートパソコン。コテージの作業室にそっくりだ。

「ああ、あんたの研究室と何から何まで同じにしてある」ドーンが穏やかな声で言った。

「窓から光を入れるために、壁に寄せてあった硬貨鋳造機を撤去しなければならなかったよ。できるだけ快適に過ごしてもらいたいから」

「快適に？　いったい、何を考えてるの？　それにしても、よくここまで再現したこと」

「だが、まったく同じとはいかないよ。パソコンは復顔作業以外の目的では使えないようにしてある。ここまでやるためにあんたをじっくり観察した。ケヴィンのために必要とわかってから、時間をかけて調べ上げた」

「尾行したり盗聴したりして？」

「ああ、全部やったよ」

「いつから？」

「二年少し前からだ」

イヴは唖然《あぜん》としてドーンを見つめた。そんなに前から監視されていて、何も気づかなかったなんて。だが、それ以上に不気味なのは、二年以上もクモのように複雑な巣をはりめぐらせて機会をうかがっていたドーンの執拗《しつよう》さだった。「なぜそんなことを？」

「あんたにそれだけの価値があったからだ」

「いいかげんなことを言わないで。研究室を用意したからには、わたしに復顔をさせるつもりなんでしょうけれど」イヴはドーンの目を見つめた。「お断りよ」

「あとで話し合おう」ドーンは研究室の左側のドアを身振りで示した。「そこが寝室とバスルームだ。冷凍のテレビディナーを温めておくよ。悪いが、料理は苦手でね。やったことがないんだ。いつもケヴィンがやってくれていたから。あの子は料理もとても上手だったよ」そう言うと、悲しそうにつけ加えた。「たいていのことは人の何倍も得意だった」

「あなたの息子に興味はないわ。わたしは解放してほしいだけ」

ドーンは背を向けた。「夕食のときに話そう。あせることはないんだよ。心の整理をするのに時間がかかるのは当然だからね」そう言ってから、肩越しにちらりと振り返った。

「いや、この廃屋を見つけておいて本当によかった。このあたりの山にケヴィンと狩猟旅行に来たときに偶然見つけたんだ。今回の目的にうってつけだったよ」

「硬貨鋳造機を撤去したと言っていたけれど」

「十九世紀のゴールドラッシュに沸いたころには鋳造所だった。この近くに採掘し尽くされた金鉱がある。当時、金を見つけた連中は手っ取り早く金貨にしようとしたんだろう。町に持って帰ってすってんてんになる前にね」ドーンはにやりとした。「ブリックとふたりで倉庫を改造して、あんたの寝室とバスルームをつくった。薄暗い部屋だが、天井の照明をつけるといい。手狭だが、どうせ寝るだけだから。それに、申し訳ないが、あまり睡眠時間はとれないよ。一刻も早くケヴィンを仕上げてもらいたいからね。わたしの計画では、ぶっつづけで働いてもらって、これ以上は無理となったら数時間休む。その間は部屋に鍵をかけ、仕事に戻るときに鍵を開ける。折りたたみ式のベッドを入れておいたから、広げて使ってもらいたい。言っておくが、壁が薄いから、隣の部屋にいても気配はわかる。

わたしはこの部屋のソファで寝るが、眠りは浅いほうだ。それを忘れないことだな。ドアはひとつだけで窓はないから、逃げようなんて考えないほうがいい。今度のことは何年もかけて計画を練ってきたし、わたしはそれほど馬鹿な人間ではないからね」

イヴはこぶしを握ったまま、ドーンが簡易キッチンの冷蔵庫を開けるのを見つめていた。だが、やがて意を決して背を向けると、寝室だと教えられたドアに向かった。中に入って荒々しくドアを閉めると、ドアにもたれかかった。

これでは手も足も出ない。イヴは無力感に打ちひしがれた。

こんなことでまいっていてはいけない。

圧倒的に不利な立場にあるのは事実だけれど、二年以上かけてわたしを研究したというドーンの言葉が本当だとしたら、それは当然のことだろう。

イヴは眉根を寄せて考えた。ドーンは理性を失っているのかもしれないし、ベンをあんな目に遭わせたぐらいだから、凶暴な一面を持っているにちがいない。

それでも、一見まともに見えるし、物腰も人柄も穏やかだ。

温和な顔を見せているのは、わたしを利用したいからだろう。

目覚めたとき、こちらをにらんでいた黒焦げの頭蓋骨が目に浮かんだ。

思わず身震いした。

頭蓋骨はいやというほど見てきたのに、なぜこれほど嫌悪感を覚えるのだろう。たぶん、ジェーンが撃たれた原因をつくった男の息子の骨だからだろう。

考えないようにしよう。今はあの頭蓋骨のことは思い出したくない。

イヴはため息をつくと、部屋の電気をつけた。寝室に家具はなく、折りたたみ式のベッドが壁に寄せかけてあるだけだ。バスルームに入ってみた。ここも狭い。小さな化粧台、その先はガラス張りのシャワー室。シャワー室の床は真っ白なタイル。ドーンが言ったとおり、窓はひとつもなかった。

蓋を閉めた便器の上にダッフルバッグがのっていた。

ゆっくりファスナーを開いてみた。

下着、ズボン、チュニック。そして、シャンプーや石鹸《せっけん》など洗面具を入れたビニール袋。背筋が寒くなった。どれも家で毎日使っているのと同じ銘柄だ。ずっと前から監視していたというドーンの言葉が胸にこたえた。

尊厳を踏みにじられた気がした。

ダッフルバッグを閉じて、化粧台に寄りかかった。プライバシー侵害など、ドーンが立ててきた計画の中では些細《ささい》なことなのだろう。

でも、わたしには些細なことではない。尊厳を踏みにじられて黙ってはいられない。何か、なんでもいいから壊したくなった。そうでもしないと爆発しそうだ。でも、一時の感情に流されてはいけないとイヴは自分に言い聞かせた。冷静に状況を把握しなければ。それしか生き延びる方法はないのだから。

シンクの上の鏡に自分の姿が映っていた。

青ざめて汚れた顔、髪はくしゃくしゃ。服は泥まみれで皺《しわ》だらけだ。どう見ても事件の被害者だ。

でも、わたしは被害者では終わらない。

それなら、気を引き締めて、屈する気はないとあの男に思い知らせてやろう。与えられたものを逆手にとるのだ。

ドアをロックすると、イヴはシャワー室に入った。


「料理が冷めてしまったよ。ずいぶんかかったね」四十分後にイヴが寝室から出てくると、ドーンが言った。「シャワーを浴びるのは食事のあとだと思っていたよ」

「大急ぎで戻って、あなたの足元にひれ伏すとでも?」イヴは簡易キッチンの前にあるクロムめっきのテーブルに近づいた。「たしかに、食欲をそそられないわね」そう言うと、食べ始めた。「でも、平気よ。空腹ならなんだって食べられる」

「よかった。体力を消耗されては困る」ドーンは穏やかな声で言うと、向かい合って座った。「弱さはあんたに似合わないよ。あんたは精神的にも肉体的にも強い。だから、力を失うのを何より恐れているはずだ。それにしても、立ち直りが早いな」

「こんなに空腹なのはどうして？　どれぐらい気を失ってたの？」

「二十四時間以上だ」ドーンはパイを一口食べた。「ここまでかなり距離があったからね」

「ここはどこ？」

ドーンは首を振った。

教えてくれるとはイヴも期待していなかった。「必ず逃げてみせるわ、ドーン。こんなことをしてただですむと思ってるの？」

「あんたにもわかってるだろう」ドーンは笑みを浮かべた。「わたしのように緻密な計画を立てれば失敗はしない」

「ブリックがジェーンを撃ったのは計画外だったようだけれど。あれは大失敗よ」イヴは激しい口調で続けた。「必ずその報いを受けさせる」

「ああ、あれは計画にはなかった。調整を加えるしかないな」ドーンの顔から笑みが消えた。「気を揉《も》ませて申し訳ないと思っている」

「気を揉むなんて生易しいものじゃないわ。それで、どんな調整を加えるつもり？」

「あんたが出てくるのを待っている間考えていたんだが」ドーンは眉を曇らせた。「ジェーン・マグワイアとベン・ハドソンの無事を確かめないかぎり、あんたは冷静に仕事に取り組めないだろう。だから、ふたりの無事を確かめさせるしかない」

イヴは身構えた。「どうやって？」

「そこが難しいところでね。病院や警察の関係者と話させても、あんたは納得しないだろう。わたしが仕組んだと疑うに決まっている」

「計画を立てるのが得意だと自慢しているぐらいだから」イヴは皮肉な口調で応じた。

「実際、得意だ」ドーンは真面目な顔で答えた。「わたしにはその方面の才能がある。だが、今回にかぎり、リスク覚悟でジョー・クインと話させるしかなさそうだ」

イヴははっとして息を吸い込んだ。「騙《だま》す気じゃないでしょうね？　ジョーと話させるのは危険だと思っていたくせに」

「危険を回避する方法はある。あんたはクイン以外の人間を信じないし、わたしはあんたに冷静になってもらいたい」ドーンは部屋の隅に置いた頭蓋骨に目を向けた。「妥協するしかないだろう」

「わたしに復顔をさせたいそうだけれど」イヴは抑揚のない口調で言った。「どうして？　あの頭蓋骨を息子と確信しているんでしょう？」

「間違いない。あの連中は嘘をついたが、あれはケヴィンだ。父親ならわかる」

「念のためにＤＮＡ鑑定をすればいい」

「それは難しいんだ」

「なぜ？」

「今は話す気になれない」

「それなら、わたしもあなたの息子の復顔をする気になれないわ、ドーン」

「やってもらうしかないな。ジョー・クインと話したいんだろう？　約束を取りつけるまで話はさせない」

イヴはしばらく黙っていた。「ずいぶん高い代償ね」

「いや、それだけじゃない」ドーンは困った顔になった。「実は、ブリックにはてこずっていてね。やりかけの仕事にけりをつけたがっているんだ。ケヴィンならそれを望んだはずだと言って。あんたが協力してくれると伝えて納得させるしかない」

「やりかけの仕事」イヴはつぶやいた。血の凍るような恐怖が湧き上がってきた。ドーンに悟られてはだめ。「ジェーンのことね」

「わたしの考えではない」ドーンは穏やかな声で言った。「ブリックは自制のきかないやつだし、このところずっと待たせているからね。希望を与えてやらないと」

「しらじらしいことを言わないで。復顔しないなら、ジェーンを殺させると言いたいんでしょう」

「協力してもらえないなら、ブリックを思いとどまらせられないと言っているだけだ」ドーンは言い返した。「あいつが自制心を失ったら、離れた場所から操るのは不可能だ。あんた次第だよ、イヴ」

ドーンの声は穏やかで、同情に堪えないという顔をしている。心の中で残忍なことを考えているのはおくびにも出さない。

騙されてはいけない。今の言葉、そして、ここ何日かの彼の行動がすべてを語っているのだから。「復顔を完成させたあとはどうなるの？」

「すぐあんたの前から消えるよ。ほかに何も求めない。ただ復顔だけはしてもらわなければならないが」

「あなたの言うことなんか信じられない」

「無理もないが、信じたほうが話が簡単だよ」

イヴはドーンをにらみつけながら、どうすればいいか考えようとした。だが、選択の余地などないのだ。ドーンの言ったとおりにするしかない。少なくとも、今のところは。言うとおりにすれば時間が稼げる。今できるのはそれだけだろう。「ジョーと話させて。ジェーンが本当に生きているのか確かめさせて」

「それは協力してくれるという意味かな？」

「選択の余地がない間は。でも、逃げ出さないとは約束しない。チャンスさえあれば、すぐ逃げる」

「復顔像を完成させずに逃げたら、ジェーン・マグワイアの命はないとわかっているね？」

激しい怒りが込み上げてきて、頭がくらくらした。「あなたみたいな卑劣な男は見たことがない。ジェーンを撃ったのはブリックの独断だったとしても、今度はあなたが撃てと命じるわけね。そんなことはぜったいにさせない」

ドーンはうなずいた。「気持ちはわかるよ。娘を守ろうとするのは親として当然のことだ」そう言うと、フォークを置いて皿を押しやった。「あんたは献身的な母親だ。子どものころには縁のなかった温かい家庭を築きたいという気持ちもよくわかる。私生児として生まれ、子どもの父親が誰かもわからない薬物依存症の母親に育てられたんだから、さぞ苦労したことだろう」

「世の中にはもっと苦労している人もいるわ」

「どうかな？　ボニーのことも知っているよ。幼いころに亡くして以来、捜し続けてきたのも。こんなつらい話はない。ある意味、わたしとあんたは似ている」

「やめて。どこが似てるというの？」

「いや、出まかせじゃない。親子の絆《きずな》ほど強いものはこの世にないからね。わたしたちはわが子を自分の命より大切にしている」ドーンは悲しそうな声で続けた。「わが子を取り戻せないなんて悲劇以外の何物でもない。あんたがボニーを愛しているのと同じようにわたしはケヴィンを愛していた。だから、あんたの苦しみがわかる。虫のいい話なのは承知の上だが、わたしの苦しみに免じて大目に見てもらいたい」

口調も表情も真剣そのものだった。イヴは思わず同情しそうになった。「あなたの苦しみは自業自得よ、ドーン。わたしはボニーの遺骨を捜すために罪のない人を犠牲にしようなんて一度も考えたこともない。それに、あなたは息子を見つけたんでしょう。安らかに眠らせてあげたら」

「だめだ」ドーンは咳払いした。「こんな息子を見るのは忍びない。もとの姿にしてやりたい。息子はとびきりハンサムだった。あの子を見ると誰もがあの子に触れたがったし、そばにいたがった」そう言うと、唇をゆがめた。「それなのに、あの連中はあんなまねをした。許せない」

「あの連中って？」

ドーンは首を振った。「あんたにはケヴィンのことを聞く心構えがまだできていない。わたしの話なんか信じられないと言ったばかりじゃないか。もっと親しくなってからでないと」

「親しく？」イヴは唖然とした。「あり得ないわ、そんなこと」

「いや、なれるさ。探していたのがあんただとわかったときから、そう思っていた。わたしにケヴィンを返してくれたら、あんたに何より望んでいるものをあげよう」

「わたしが望んでいるのはジェーンとジョーと友人たちの安全よ」

「たしかに、それも望みのひとつだが」

「どういうこと？」

ドーンはほほ笑んだ。「あんたはそれほど単純な人間じゃないはずだよ、イヴ。わたしに似ていると言っただろう」

「あなたになんか似てない！」

「気を悪くさせるつもりはなかったんだ」ドーンは椅子を引いた。「このあたりでやめておこう。食事はすんだかね？」

「ええ」イヴは椅子の背もたれに寄りかかった。「でも、復顔に取りかかる気はないわ、ジョーと話すまでは」

ドーンは眉を上げた。「だから、話させようとしてるんじゃないか」ポケットに手を入れて、手錠を取り出した。「少しの間これをつけてもらうことになるがね」

イヴは反射的にしりぞいた。「いやよ」

「我慢してくれ。妙なことをするつもりはない。だが、クインに電話させるのなら、わたしも自衛手段を講じなければならない。話は一分以内。そして、電話するのはここではなく別の場所から。限られた時間でも逆探知されないともかぎらない。悪いが、この手錠をトラックのシートベルトに固定する。ここに戻ったら、すぐにはずす。それでいいね？」

イヴはしばらく無言だった。「わかったわ」

「じゃあ、手首を」

イヴはしぶしぶ両手を差し出した。

「物分かりがいいね」ドーンはすばやく手錠をかけて錠をおろした。「さて、さっさとすませることにしよう。早くあんたに仕事をしてもらえるように。出かけようか、イヴ」

　イヴは立ち上がった。「わたしの電話は？」

「上着のポケットに入っていた銃といっしょに保管してある。わたしの携帯電話がトラックのグローブボックスに入っているが、逆探知できないようにしてあるんだ」ドーンはイヴを促してドアに向かった。「あんたの携帯電話が使えなくて残念だよ。さっさと通話をすませたいから、発信者IDを見てクインにすぐ電話をとらせたいところだ。わたしの携帯からかけてもすぐ出てくれるといいが」そう言うと、ドアを開けた。「どこにいるかなど、ヒントになることは言わないように。訊きたいことを訊いて、無事でいると伝えたら、電話を切る。一分以内だからね、イヴ」

「どこにいるかなんてわからないから、ヒントになるようなことが言えるはずがないでしょう」それでも、ジョーに何か伝えることができたら。ドーンのあとから鋳造所を出ながら、それとなく周囲を見回した。ここはどこ？　何か目印になるようなものは？

　あれだ、遠くに山が見える。なだらかな山並みではない。ごつごつした峰が天高くそびえている。たぶん、ロッキー山脈だ。ということは西部のどこか。なんとなくそんな気がしていた。鋳造所といっても、山の窪地《くぼち》に建てた大きなログハウスで、目の届くかぎり人家は見えない。古びた赤いトラックが、工場のそばの物置小屋らしき建物のそばにとまっていた。

「ちょっと待って」トラックに乗ろうとすると、ドーンに止められた。「もうひとつ念のために」ポケットからスカーフを引っ張り出して目隠しされた。「目印になる建物や道路標識を覚えられないための用心だ」

「目隠しなんかしてたら、対向車の人に変に思われるわ」

「裏道を通るから、誰にも見られない。このあたりの道路は知り尽くしているんだ」

ということは、この一帯はドーンのホームグラウンドなのだ。何かのヒントになるかもしれない。些細なことでもいいから、できるだけ情報を集めておかなければ。電話でジョーに伝えることはできなくても、いずれチャンスがめぐってくるかもしれない。

「人質みたいでいやだろうが」ドーンはイヴをトラックに乗せると、手錠をシートベルトにした。「目的地に着いたらすぐはずすからね」

たしかに、人質になった気分だったけれど、無力さを痛感していることはドーンに知られたくなかった。ドーンはある意味でわたしと似ていると言ったが、そんなわけがない。ドーンはケヴィンを、わたしはボニーを喪《うしな》ったから？

でも、状況が違う。似ているところなんてない。

それとも、何か共通点があるのだろうか？

9

「やはり、ここで乗り換えたようだな」農家から出てくると、ベナブルがジョーに言った。「納屋のそばにとめてあった年代物の赤いフォードのトラックがなくなっているし、ハレットの奥さんが新型の青いシボレーが森にとまっているのを見かけたというから、ここで車を替えたにちがいない。だが、シボレーは見当たらない。あとで取りに来たんだろうか。トラックのナンバープレートの番号は奥さんから聞いてある」ベナブルはメモ用紙をジョーに渡した。「本署に電話して、緊急手配してくれ」

「また車を替えた可能性もあるぞ」ジョーは電話を取り出した。「それに、なぜ新型シボレーを乗り捨てて、わざわざ年代物のトラックを選んだんだろう？　ナンバープレートをつけ替えればすむことなのに」

「ナンバープレートはつけ替えたようだ」

「どうも腑《ふ》に落ちないな。このあたりを走っていても目立たないように古いトラックを選んだのかもしれないが、それなら最初からトラックを使えばすむ。犯人は周到に計画しているはずなのに。農場主のハレットの行方がわからないのも気になる。奥さんにまだ連絡はないのか?」

「ああ。今、郡保安官代理が近隣の人の助けを借りて森を捜索している」

「周辺で不審な男を見かけたという情報は?」

「目撃情報があったら、とっくにきみに知らせているよ」

「どうかな」ジョーは皮肉な口調で言うと、本署に電話しようとした。「きみの言うことを真に受けていいかどうか——」着信音が鳴った。こんなときにと舌打ちしながら発信者IDを確かめた。

発信者は不明。

受信ボタンを押した。「クインです」

「ジョー」

「イヴ」息が止まりそうになった。「いったい……」

「いいから、聞いて。一分しか話せないの」イヴはせっぱつまった低い声で言った。「そのために代償を要求されたわ」

「どこにいる?」

「その話はできないの。それより、ジェーンのこと。ジェーンは生きていると言っているけれど、本当?」

「ああ、サンファンで入院している。幸い、致命傷ではなかった。それよりきみは？　無事なのか？」

「麻酔で眠らされただけ。この男は薬物にくわしそうよ。ベンは？　救急診療所に置いてきたと言ってるけれど。容体は？」

「脳震盪《のうしんとう》を起こしていたが、診療所のスタッフに発見されるまで数時間放置されていたわりには容体はそれほど悪くない」

「命に別状はないのね？」

「ああ、心配ない。きみを拉致したやつのことを教えてくれ。何をたくらんでるんだ？　必ず捕まえるとそいつに言ってくれ。見つけて殺してやると」

「そばで聞いてるわ。わたしは今のところは無事。殺す前にさせたいことがあるから」

「何を？」

「たいていの人がわたしに求めることはひとつだけよ。彼は金のような心の持ち主だとうそぶいているけど、騙《だま》されない。断れない条件を出してきたの、くわしいことは話せないけれど。わたしの安全を考えてくれるなら、誰にもジェーンに手出しさせないで。ジェーンに何かあったら、犯人との取り引きは終わりだから。わたしがこの男を殺す」

「それはぼくの仕事だ。必ず追いつめて八つ裂きにしてやる。おい、聞いてるか、ゲス野郎」

「聞いてるわ。気に入らないみたい」イヴは早口で言った。「もう切らなくちゃ」

「いいか、イヴ。ぼくらのためにきみが犠牲になることなんかない。ジェーンとぼく自身はぼくが守る。きみは逃げることだけを考えてほしい」

「それも気に入らないみたいね。時間切れだわ。愛してるわ、ジョー」

「ぼくも——」電話が切れた。ジョーは終話ボタンを押すと、ベナブルに顔を向けた。

「GPS衛星班に連絡して、今の電話を逆探知できないか訊《き》いてくれ」

「もう問い合わせた。きみが電話に出るとすぐ。だが、どうかな。もう少し時間稼ぎしてくれたらよかったんだが」

「一分しかないと言っていた。イヴにはどうすることもできなかったんだ」ジョーは言い返した。「とにかく、やってみてくれ」そう言うと、ベナブルに背を向けて車に向かった。

イヴは生きている。

安堵《あんど》のあまりめまいがした。きっと生きていると確信していたはずなのに、声を聞いたときはひざまずいて天に感謝したくなった。

生きているとわかったからには、見つけ出せばいい。

突然、希望と凄《すさ》まじいほどの気力が湧き上がってきた。

必ず見つける。死にもの狂いで取り組んで、必要な支援を求め、できるかぎり情報を集めよう。

何がなんでも彼女を取り戻す。

盗まれたトラックの緊急手配を依頼するために、ジョーは改めて本署に電話した。

「クインはずいぶん腹を立てていたな」ドーンは言った。「乱暴な脅しをかけていた」

「ただの脅しじゃないわ」イヴは答えた。「ジョーは有言実行の人よ」

「わたしもそうだ。ジェーン・マグワイアに厳重な警護をつけさせたら、ケヴィンの復顔をせずにすむと本気で思っているわけじゃないだろう?」

「少なくとも、あなたがわたしの頭に突きつけている銃口をそらすことはできるわ」

ドーンは苦笑した。「銃を突きつけた覚えはないがね。これでも精いっぱい丁重に接している。あんたには自分の意志で働いてもらいたいんだ」

イヴは首を振った。「そんな嘘《うそ》を信じると思う?」

「嘘じゃない」そう言うと、ドーンはイヴに近づいた。トラックを止めてイヴに電話を渡したときにはずした、目隠しのスカーフを持っている。「大切なのはあんたがケヴィンと心を通わせることだ。テレビのインタビューで言っていたじゃないか。対象に寄り添うことで望ましい復顔像がつくれると」

「あなたの息子と心を通わせる気なんかない。考えただけでぞっとするわ」

「それなら、どうやってやるつもりかね」ドーンは静かな声で訊いた。「それがあんたの魔法のもとだろう」

「わたしは復顔のプロで、魔法使いじゃないわ」そう言い返したが、急に不安になった。たしかに、復顔作業の最終段階に入ると、取り組んでいる対象の魂が語りかけてきて、生きていたときの顔を復元するのに力を貸してくれるような気がするからだ。「いつもどおりやるだけ」

「まあ、いい。いずれわかることだ。電話を返してくれないか」

イヴはしぶしぶ携帯電話を渡した。

「この電話とはお別れだな」ドーンは携帯電話を地面に落とすと、ブーツで踏みつけて土の中に埋め込んだ。「これで安心だ。こういうものを持っていると、厄介な目に遭いそうだ。最新機器は苦手だよ。テクノロジーの進歩にはついていけない。ケヴィンも生きていたらそう言っただろう。あの子がいなくなってから、世の中はずいぶん変わってしまった」ドーンは苦渋に満ちた表情になった。「あの子がいたときは毎日がわくわくするほど楽しかった。あの連中にあの子を奪われるまでは」

「あの連中って誰？」

ドーンはイヴの質問を無視した。「さてと、また目隠しをさせてもらうよ」

イヴはすばやく周囲を見渡した。ジョーには何も伝えられなかった。近くの金鉱を連想させるように〝誘拐犯が金のような心の持ち主〟だと言ったけれど、たぶんジョーにはわからなかっただろう。しかたがない。またチャンスがあるかもしれない。滝が岩だらけの峡谷に流れ落ちている。遠くに山並みが見える。峡谷の上に展望台があって、灰色の手すりがめぐらせてある。

目隠しをされたとたん目の前が暗くなった。

「行こうか」ドーンがイヴをトラックに乗せた。「帰ったら仕事をしてもらおう」次の瞬間、エンジンをかける音がした。「ケヴィンが待っている」

プエルトリコ　サンフアン

「帰ってちょうだい、トレヴァー」ジェーンは言った。「わたしたち、別れたのよ。何度もやり直そうとしたけれど、結局だめだった。それなのに、突然目の前に現れて、何もなかったような顔をするのはやめて」

「きみの話を聞いていると、ぼくが無神経な人間みたいだ。これでも、常に過去を踏まえて生きているつもりだよ」トレヴァーは手を伸ばしてジェーンの頬に触れた。「ぼくたちにはすばらしい過去がある。今でもベッドに横になっていると思い出すよ。きみも思い出すことがあるだろう?」

「ないわ」きっぱり答えたものの、トレヴァーに見つめられてジェーンはとまどった。彼にはいつも本音でぶつかっていた。「まあ、たまには思い出すこともあるけど」正直に認めざるを得なかった。「最高の時間を過ごせたのは確かよ。でも、結局、長続きしなかった。セックスの相性だけでうまくやっていけるほど簡単じゃないわ」

「きみは深く考える性格だったね。その点、ぼくは本能的なことに関してはいたって単純な人間だ」

「嘘ばっかり」

トレヴァーはほほ笑んだ。「見破られたか。ぼくにも考えすぎる傾向がないわけじゃないが、きみと出会ってからは極力抑えるようにしていた。初めて人生を共にしたい女性を見つけたと思っていたから。あのころはうまくやっていける気がしていた」そう言うと、ジェーンの頬を撫《な》でた。「いっしょにいて本当に楽しかった。覚えているだろう?」

「ええ」トレヴァーに触れられ、声を聞いていると、強烈で、それでいて甘美な数々の思い出がよみがえってくる。腹の立つことがあっても、すぐにまた情熱に押し流された。

「わたしたちは違いを認め合って別れたはずよ。何年も前に。わたしはあなたがどこに住んでいるのかも知らないわ。わたしがここに入院しているとどうしてわかったの?」

「セス・ケイレブとロンドンを離れたと聞いた」トレヴァーの顔から笑みが消えた。「それで、矢も盾もたまらなくなって」

「誰に聞いたの?　誰にも言った覚えはないのに」

トレヴァーは肩をすくめた。「きみを見守っていてくれる知人が何人かいるんだ」

「なんですって？　あなたまで」ケイレブも同じことを言っていた。ふたりそろってひそかにわたしを監視していたなんて。

「ケイレブがきみを狙っているのは知っていた。だが、きみが距離をおいているかぎりは気にならなかった。それでも、とにかく、あいつがきみをどこに連れていくか知っておきたかったから、提出したフライトプランを調べたんだ。そのうえで、きみの無事を確かめるためにこの地域の複数の知人に連絡をとった」

「わたしの行動を探らせたわけね」

「そういう言い方もできるかもしれないな」

「それで撃たれたとわかったわけ？」

トレヴァーはうなずいた。「聞いたとたん、いちばん早い飛行機に飛び乗った」

「それなら、いちばん早い飛行機でパリに帰って」

「もうパリには住んでいない。今はバルセロナだ」

「どこだっていいから」トレヴァーは昔から居所の定まらない男だった。年に数回、ジェーンに会いに来たが、いつも別の場所からだった。ひとつのことを長く続けられない性格で、次々にいろんなことに手を出した。ギャンブルをやってみたり、高価な工芸品を密輸したり、合法的な仕事もあれば違法すれすれのこともしていた。お金に困っていたわけではない。ギリシア神話の王さまのように、トレヴァーの触れるものはなんでも黄金に変わるようだった。

そういえば、わたしたちにも束の間《つかま》の黄金時代があった。ジェーンは思い出さずにいられなかった。

「あなたにいてもらう必要はないわ。さっさとバルセロナに帰って」

トレヴァーは首を振った。「そういうわけにはいかない。きみを撃った犯人はまだ捕まっていないそうじゃないか」

「ジョーが捜索してくれているから」ジェーンは少し間をおいてから続けた。「どうしてこんなことになったのか見当もつかない。本当の狙いはわたしじゃないような気がする。イヴが行方不明になったの。何者かに拉致されて」

「イヴが？」トレヴァーは低い口笛を吹いた。「それは大変だ。だが、まったく想定外のことじゃないな。彼女のまわりにはいつも薄気味悪い連中が集まってくる」

「慰めのつもり？」ジェーンは皮肉な口調で言った。

「気休めを言ってもしかたがない。ぼくたちは他人行儀に気を遣い合う段階はとっくに過ぎたはずだよ。いいかげんなことを言ったら、かえってきみは気を悪くするだろう」

そのとおりだった。トレヴァーにだけは心を開くことができたのがうれしかったし、彼も胸の内を見せてくれた。「怖いの」ジェーンは訴えた。「イヴのまわりには連続殺人犯や幼児虐待者や、ろくでもない人間が集まってくる。あなたが言ったとおりよ。でも、わざわざ聞かされたくなかった」

「いっしょにイヴを見つけよう。ろくでもない人間どもを撃退しよう」トレヴァーはジェーンの手を取った。「イヴは気丈で頭も切れる。きっと、無事でいてくれるさ」

握り合った手を見おろしていると、温かいものがジェーンの胸に込み上げてきた。心遣い。優しさ。情熱やセックスとは別の、もっと大切なもの。今はそれが何よりうれしかった。

「あなたにそこまでしてもらう必要はないわ、トレヴァー。ジョーとふたりで必ずイヴを見つける」

「またぼくを締め出すのか」トレヴァーは唇を引き締めた。「心の核心に触れられそうだと思った瞬間、きみはいつも身を引いてしまう」そう言うと、握った手に力を込めた。

「だが、今回はそうはさせない。ぼくが犯人を見つける。そして、二度ときみを離さない」

「今はそんなこと聞きたくない」ジェーンは震える声で言った。「あなたは間違ったときに間違った相手を選んで――」

「おや、先客がいたのか」ケイレブが戸口に立って、握り合ったふたりの手に視線を向けていた。「見舞客が来るなんて聞いていなかったのに。ジェーン、紹介してくれないか」

ケイレブは無表情だったが、緊張がぴりぴり伝わってくる。

いいえ、緊張ではなく怒り――独占欲を踏みにじられた激しい怒りが。

　ジェーンはとっさに手を引っ込めようとしたが、思い直した。ケイレブに気を遣うことなどないのだから。「お見舞いに来てくれるなんてわたしも知らなかったから。マーク・トレヴァーよ。こちらはセス・ケイレブ」

「はじめまして」ケイレブは近づいて手を差し出した。「いずれ会いたいと思っていたが、こんなに早く実現するとはね。当ててみせようか。ジェーンが負傷したと聞いて飛んできたんじゃないか？」

「まあ、そんなところだ」トレヴァーはケイレブと握手した。

「ずっと会っていなかったのに駆けつけてきたからには、何か魂胆があるはずだ」ケイレブはにやりとした。「きみの出番はないとジェーンに言われただろう？」

「ああ。だが、引き下がる気はない。いざというときぼくがどんなに頼りになるかを、ジェーンはよく知っている。今はまさにそのときだ。ジェーンにとってイヴはすべてだからね。ぼくがどんな形で協力できるかわかったら、出番はないなんて言わないさ」

　ジェーンはふたりから視線をそらすことができなかった。世間並みに握手を交わしているけれど、表面上はともかく、このふたりには世間並みなところは何ひとつない。まるで毛並みのいい二匹の雄猫みたいに、毛を逆立てて相手に飛びかかろうとしている。いいえ、猫よりずっと危険。ふたりの唯一の共通点は、相手をとりこにして離さないところだろう。

　それを別にすれば、陰と陽のように対照的だ。

トレヴァーは映画スターのような華やかな容姿の持ち主で、十代だったジェーンが彼に惹《ひ》かれたのもそれが一因だった。

一方、ケイレブは暗黒の力と不思議なオーラを放って、相手をとらえて離さない。ようやく視線をそらすと、ジェーンは椅子の肘掛けをつかんで立ち上がった。「もうたくさん。わたしがこの場にいないみたいに勝手に話をするのはやめて。ふたりとも出ていって。着替えたいから」そう言うと、ケイレブに顔を向けた。「こんなことになっても、アトランタには連れていってくれるわね？」

「もちろんだよ。さっきと何ひとつ変わっていないんだから」ケイレブはちらりとトレヴァーを見た。「あんたもそう思うだろう？」

「それはどうかな」トレヴァーは笑みを浮かべてジェーンに顔を向けた。「湖畔のコテージに行くつもり？」

「直接行くかどうかはわからない」ジェーンは答えた。「ロームの病院で容疑者の似顔絵を描くことになっているから」

「それなら、また連絡するよ。なんなら、問題を起こさずに出られるよう手を回しておこうか？　退院許可をもらっているようには見えないからね」

「あなたの力を借りなくても――」ジェーンは言いかけてやめた。こんな些細《ささい》なことで言い争ってもしかたがない。これからのために体力を温存しておかなくては。「そうしてもらえれば助かるわ」

「わかった」トレヴァーは承知したが、まだ部屋を出ようとしない。「着替えを手伝おうか？　その感じでは手間取りそうだから」

「大きなお世話よ」

「ぼくが着替えを手伝ったことがないような言い方をするんだね。もっとも、得意なのは脱がせるほうだが」

ジェーンは彼をひっぱたいてやりたくなった。

あんなことを言ったのは、二つ狙いがあったにちがいない。親密だったころをわたしに思い出させること。そして、ケイレブに見せつけること。

ケイレブが反射的に身構えたのがわかった。

ジェーンはふたりに背を向けると、ベッドに近づいて、のせてあったブラに手を伸ばした。「いつも思ってたけど、あなたって不器用なほうよね。言わなかったかしら」

ケイレブが声をあげて笑いながら部屋を出ていった。

トレヴァーも笑った。「ジェーン、それでこそぼくの恋人だよ」

ジェーンはブラから目を上げなかった。「わたしはあなたの恋人じゃないわ」

「いや、恋人だよ。ぼくたちはずっとこの言葉を避けていたが、そろそろ認めたほうがいいんじゃないか」トレヴァーがドアに向かう気配がした。「ケイレブと寝るなよ。きみが自分の意志でそうするなら物分かりのいい大人としてふるまうつもりだったが、あいつに会って気が変わった。思っていたような男ではなかったし、あいつは簡単には追い払えない。最後は殺し合いになりそうだ」

「やめて、イヴのことで頭がいっぱいなのに。わたしはあなたたちのどちらとも寝たいなんて思ってないわ。もしもその気になったら、決めるのはわたしよ」

「理屈の上ではね。だが、ぼくは理屈にはこだわらない。じゃあ、アトランタで」

「もう少しの辛抱だよ、イヴ。もうすぐ目隠しをはずすからね。いやな思いをさせて申し訳ない」

背後で玄関のドアを閉じてロックする気配がした。

「さあ、我が家に帰ってきたよ」ドーンが手錠を開錠してはずした。「またわたしたち三人だけになった」

「やっぱり、頭がおかしい」目隠しをはずされると、イヴはドーンをにらみつけた。

ドーンは含み笑いをもらした。「まあいいだろう。あんたがそう言うなら、頭がおかしいことにしておこう。ケヴィンを数に入れたのが変だと言うんだろう？　もうすぐわかるよ、それが不自然なことではないのが。あんたは復顔像をつくるとき、その人間が送ってきた人生を探ろうとする」ドーンは穏やかな声で続けた。「言ってみれば、命を吹き込んでやるんだ。すばらしい才能だよ」

「命を吹き込むわけじゃない。それは神さまにしかできないわ。わたしは遺《のこ》された家族の慰めになれば――そして、殺人犯に復讐《ふくしゅう》する機会を提供できればと思って、やっているだけ」

「復讐する機会を提供するのも大切な仕事だ」ドーンは急に顔を曇らせた。「被害者が復讐のために声をあげるのは悲しいことだ。胸が張り裂けそうになる」

イヴはいぶかしそうにドーンを見た。「あなたはケヴィンの死の復讐をしたいと思っていないというの？」

「復讐しようとは思わない。強いて言うなら、正義を貫きたい」ドーンは背を向けた。「コーヒーを淹《い》れよう。あんたのためにつくった研究室を見てほしい。ブラックでよかったね？」

「ええ」コーヒーの好みまで調べ上げていると思うと背筋が寒くなった。「わたしのことをよくそこまで調べたわね」

「あんたは有名人だから、新聞記事やテレビのドキュメンタリー番組を調べて、専用のスクラップブックをつくった。昔からスクラップするのが好きでね。あとで見返すと、思い出がよみがえってきて心がなごむよ」

「それだけじゃないでしょう？　ほかに何をしたの？」

ドーンはコーヒーメーカーに豆を入れた。「ああ、それだけじゃない。あんたの存在を知ったとき、すべてを知りたいという欲求を抑えられなかった。それで、あんたがボニーを捜しに行っている隙に複数の盗聴器をコテージに仕掛けた。今もそのままだ」

イヴは目を丸くした。「警報機を解除したの?」

「ああ、苦労したよ。よくできたシステムだな。ブリックにその方面の専門家を紹介してもらってやっと解除できた。新聞やテレビで調べられる以上の情報をどうしても手に入れる必要があったからね」ドーンは戸棚から大きなマグカップを取り出した。「おかげであんたのことがずいぶんわかったよ」そう言うと、真剣な表情でつけ加えた。「あんたとクインの親密な時間は聞かないようにしたがね。わたしが知りたいことと関係がないし、あんたに失礼だと思って」

イヴは顔に血がのぼるのを感じた。ジョーとのセックスを盗聴されていたなんて。恥ずかしさより怒りが込み上げてきた。「失礼ですむと思ってるの? 最低よ。病的なのぞき魔以外の何者でもない」

「腹を立てるのももっともだ。言わなければよかったね。黙っていたほうがわたしも気が楽だった。実際、黙っているつもりだったよ。だが、わたしたちの関係を隠し立てのないフェアなものにするには、それではいけないと思ったんだ」

「どうして?」イヴは両手でこぶしを握った。「どうしてわたしのことをそこまで知る必要があったの？」

「性分だろうな。そういう生き方をしてきたから。何かするときは必ず計画を立てることにしてきた」ドーンは手のひらを見せた。「傷だらけの無骨な手だろう？　皺《しわ》の一本一本が勤勉の証《あかし》だ。わたしは頭のいい人間ではないが、労を厭《いと》わず、常に先を見据えて行動すれば、生きていけることを学んだ。もともとは農業をやっていたんだ。だが、ケヴィンが生まれたあと、町に移って大工になった。あの子にいい教育を受けさせたかったからね。町に住むようになってからも、計画を立てて行動する習慣が役立ったよ」

「同情を買おうとしても無駄よ」

「そんなつもりで言ったわけじゃない。危害を加える気がないことをわかってもらいたかったからだ。ケヴィンを助けられるのはあんただけだと確信しているのに、危害を加えるわけがないだろう」ドーンは塑像台に向かって顎をしゃくった。「ケヴィンを作業台に運ぼうか？」

「わたしが復顔はしないと言ったら？　危害を加えるつもりはないと言ったわね。でも、ジェーンに危害を加えたら同じことよ。ジェーンに危険が及ぶと脅した段階で、あなたは嘘をついたことになる」

ドーンの表情が変わった。「わたしは嘘つきではないが、ケヴィンのためなら小さな嘘ぐらいはつく。やってもらうしかないんだ」

途方にくれた顔をしているドーンを見ると、イヴは怒りもいらだちも忘れそうになった。息子のためを思う善人にしか見えない。でも、それはこの男の不気味な仮面なのだ。

「頼むよ」ドーンは穏やかな声で懇願した。「いくら頑固なあんたでも、自分のせいでジエーンに何かあったらいやだろう」

単純で粗野な男に見えても、ちゃんとわたしの内心を見抜いている。でも、考えてみれば当然だ。あれだけ手間暇をかけてわたしを研究したのだから。

「卑怯《ひきよう》ね」イヴは吐き捨てるように言うと、部屋の隅の作業テーブルに向かった。「頭蓋骨を塑像台にのせて」

「あんたはわたしに負けたわけではないんだよ」ドーンは頭蓋骨をのせてある椅子に近づいた。「現実が見えてきただけだ」

「そうかしら」ドーンに乗せられたわけではないけれど、この際、現実を直視したほうがいい。復顔作業をすれば、ドーンの狙いやこの場所を探るきっかけができるかもしれない。わたしにはなんの武器もないのだから、ここから逃げ出すには知恵を絞るしかない。イヴは作業テーブルのそばの窓を眺めた。遠くに山並みと松林が見える。

そして、窓枠の上の天井には、電球のないソケットのようなあの穴。

窓を開けたら、すぐあそこからガスが噴き出してくる。

ドーンはそばに立って、イヴの視線を追っていた。「窓から差す光だけでだいじょうぶかな？」

「明るすぎるくらい」イヴはそっけなく答えた。「塑像台《そぞうだい》にのせて」

ドーンはいとおしそうに頭蓋骨を両手で持ってそっと塑像台にのせた。

イヴはその様子を見守っていた。ドーンの顔からもしぐさからも息子への愛情が伝わってくる。どんな嘘をついているかわからないとしても、息子を愛していたことは確かだ。ホラー映画に出てくるような黒焦げの醜い頭蓋骨になっても、息子に対する気持ちが変わることはないのだろう。

そんなことを考えている自分に気づいて、イヴは愕然《がくぜん》とした。どうしてこの死者にはいつものように共感を抱けないのだろう？　ジェーンを襲うと脅されたから？　ドーンが無理やり復顔をさせようとしたから？

「見るのもいやそうだな」ドーンが顔をしかめた。「わたしに腹を立てていても、この子に怒りをぶつけないでくれ。チャンスを与えてやってほしい。あんたはプロの復顔彫刻家だから、仕事を始めればいつもの調子に戻るだろう」

今、ドーンの反感を買うのは得策ではないとイヴは判断した。「そうね」しらじらしく聞こえないことを祈った。それに、父親の罪を息子に着せるような心の狭い人間になりたくなかった。「仕事するから、ひとりにして。早く取りかかれば、早く終わる。そう言ったのはあなたでしょう」

「それはそうだが」ドーンは眉を曇らせた。「見ていてはいけないかな?」

「だめ」イヴは計測器を調べ始めた。「気が散るから。わたしにいい仕事をさせたいんでしょう?」

「あんたはプロだから、見学者がいたくらいで気が散ったりしないだろう」

「そばにいられると邪魔よ。なぜここにいたいの?」

「ケヴィンの人生の節目にはいつもそばにいた。あの子をあんたが取り戻してくれるんだ。これほどの運命の岐路はない」

イヴは頭蓋骨から視線を上げてドーンを見た。「それなら、なおさらわたしに集中させることが大切じゃないかしら。どう、取り引きしない?」

「取り引き?」ドーンは警戒した顔になった。

「復顔彫刻のことはどれぐらい知ってるの?」

「新聞で読んだことはあるが」

「具体的なやり方を教えるわ。まず正確な寸法を測ってから、頭蓋骨に軟組織深度マーカーを刺していって、それから彫刻作業に入る。計測は見ていても退屈なだけよ。復顔作業にとってとても重要なプロセスだけど、そばで見ているのは苦痛以外の何物でもないでしょうね。マーカーを刺していくうちに、ケヴィンは呪いのピンを突き立てられたブードゥー人形のようになるから。だから、その段階はそばにいないで。それがすんだら、粘土を使って彫刻を始めるから、そのときは見ていてもいいわ」

「その段階なら、そばに人がいても気が散らないのか？」

「そういうわけじゃないけれど」イヴは一呼吸おいた。「最初の段階にくらべたらましね。それに、ちょっとした気晴らしを提供してくれるなら」

「取り引きというのはそれだったのか。どんな気晴らしを提供すればいいんだ？」

イヴは頭蓋骨に視線を戻した。「ケヴィンがこんな姿になった理由を教えて。知っているんでしょう？」

「ああ」ドーンは一拍おいてから続けた。「だが、なぜそれを知りたい？　好奇心からか？」

「なぜ知りたいって？」イヴは驚いてドーンを見た。「わたしがこんな目に遭わされた原因はケヴィンなんでしょう？　復顔を強要される理由を知りたい。それがわかれば、ややすくなるような気がする」

ドーンはしばらく黙っていた。「何もかも話せるわけではないんだ」

「そうでしょうけれど、思っている以上の効果があると思うわ」イヴはドーンの顔を見つめた。「話せる範囲でいいから。あなただって誰かにケヴィンのことを話したくてうずうずしているはずよ」

「さすがに鋭いな、イヴ」ドーンはそう言うとまた言葉を切った。「だが、相手は誰だっていわけではない。わたしはあんたにケヴィンのことを話したいんだ。わたしたちには共通点がたくさんあるからね」

「そう思っているなら、ケヴィンのことを教えて」

ドーンはほほ笑んだ。「いや、あんたが仕事するのを見届けてからにしよう」そう言うと、塑像台から離れた。「その間にわたしも自分の仕事をする。ここに座って見物していたいところだが、外に出てトラックの中でパソコンに向かうことにするよ。計画を練る必要があるんでね」

ドーンは机のそばのファイルキャビネットを開けて、デルのノートパソコンを取り出した。そして、また鍵をかけてから、天井の穴に向かって顎をしゃくってみせた。「くどいようだが、時間を無駄にしないでもらいたい」穏やかな口調で続けた。「それじゃあ、始めてもらおうか」

ドアが閉まってからもしばらくイヴは身動きしなかった。

あのファイルキャビネットに秘密が隠されているかもしれない。そして、机の引き出しにも。あのノートパソコンを調べるのは無理だろうけれど、ファイルキャビネットと引き出しだけでも。

ドーンはトラックに逆探知できない携帯電話を置いていた。ほかにもその種の電子機器を用意している可能性がある。

新聞記事をスクラップするのが好きだと言っていた。それ以外にも、もっと不気味なものを収集する趣味があったのかもしれない。

とにかく、あの催眠ガスソケット装置が作動しないようにする方法を見つけるのが先決だ。あれこそドーンの最大の武器なんだから。

それを見つけるにはどうすればいいかしら？　復顔に取り組んでいたら、時間もチャンスもないだろうし。

よく考えて。諦めてはだめ。きっと方法があるはずだ。

イヴは頭蓋骨に向き直った。「あなたには名前をつけなくてもいいわね」小声で話しかけた。「どこの誰かちゃんとわかっているから。それに、愛してくれる父親もそばにいる。どう、ケヴィン、わたしたちうまくやっていけるかしら？」

当然ながら、返事はなかった。

黒焦げの頭蓋骨が歯をむき出して、落ちくぼんだ眼窩《がんか》から見つめ返しているだけだ。見るからに猛々《たけだけ》しくて、今にも飛びかかってきそう。

イヴは本能的に身構えた。

何を考えているの？　そんなに警戒しなくてもいいのに。ケヴィンが成人男性だからだろうか？　イヴがこれまで手がけてきたのは大半が子どもだった。いわれなく命を奪われた子どもたちを両親のもとに帰したい一心でがんばってきた。

大人の復顔もしたことがないわけではないが、こんな嫌悪感を抱いたことは生まれて初めてだ。

拉致されたうえ、ジェーンに危害を及ぼすと脅されたことだけが原因ではないような気がする。

とにかく、仕事にかかろう。さっさとすませてしまえばいいのだ。

イヴは鼻腔《びこう》の下の鼻甲介《びこうかい》を測定し始めた。


「約束を守れなくなる可能性が出てきた」ベナブルは開口一番ザンダーに告げた。「何もかも裏目に出た。捜査官のタッド・デュークスの行方は依然としてわからないし、ベン・ハドソンが警察に教えた犯人の特徴はドーンと一致している。ブリックがジェーンを撃ったのは間違いない。イヴからジョー・クインに電話があって、ドーンに復顔を依頼されていると言ったそうだ。数時間以内にドーンを捕まえられなかったら、クインに本当の敵は誰か教えるつもりだ」

「そうなったら、わたしは困った立場になるな」

「知ったことか。これ以上傍観しているわけにいかない。あんたを守るためにイヴを犠牲にする気はない。たとえあんたのためでも、ターサー将軍のためでも、そんなことはできない」ベナブルは少し間をおいた。「あんたの言うとおりだった。ドーンは着々と準備を進めていた。イヴを利用してあんたを捜し当てるのは時間の問題だろう」

「その気になったら、姿を消すことぐらいできる」

「そうなったら、イヴを殺すかもしれない」

「それできみが困るわけじゃないだろう」

「ああ、これはあんたの問題だからな」ベナブルは大きく息をついた。「その気になったら、あんたはドーンを始末できるじゃないか。ドーンを捕まえたら、彼女を助けられる」

「そんなことをしたら、あの男の思うつぼだ。お断りだ、ベナブル」

「どうして？　いくらあんたでも、弱みを握られたら――」

「話は終わりだ。きみは自分の言いたいことは言った。約束を破るとわざわざ知らせてきたのは理解に苦しむがね。最近では、約束を守る人間はいなくなった」

「守らないとは言っていない。数時間以内にイヴを見つけられたら、決めたとおりにする。だが、そうできなくなったら、あんたとターサー将軍に前もって知らせる」そう言うと、ベナブルは電話を切った。

　おそらく、見つけられないだろう。ＧＰＳ衛星班もイヴからの電話を逆探知できなかった。コロラド州ゴールドフォークのドーンの自宅を捜索した捜査官からも、これといった情報は入ってこない。

　やはり、ザンダーを裏切るしかなさそうだ。

だが、ザンダーは裏切られて黙っている男ではない。

ベナブルはポーチに出た。藪《やぶ》を調べて痕跡証拠や採取できるDNAを探している鑑識の様子を見守っていたジョーが戻ってきた。携帯電話を持っている。「ジェーンがアトランタに着いた。ロームの病院まで迎えに行く」

「いっしょに行こうか?」

「いや、きみが真相を教える気になるまで、顔を見たくない」ジョーは冷ややかに言った。「顔を見たら、喉を締め上げたくなる」

「きみにどこまで教えられるか検討しているところだ」

ジョーはベナブルを見つめた。「妙に弱気になったじゃないか」

「弱気になったわけじゃないが、イヴを見つけるためにわたしにできることはする。電話の様子だと復顔を引き受けそうだから、時間は稼げるだろう。その時間を利用して――」

「調子のいいことを言ってまた騙す気じゃないか」ジョーは車に乗り込んだ。「ジェーンがベンを襲った犯人の似顔絵を描いたら、データバンクに照合してもいいが、それには時間がかかる。今はそんな余裕はない。似顔絵を持って帰ってくるから、それが誰なのか、どうすればそいつに近づけるかきみに教えてもらおう」

「近づく方法を知っていたら、わたし自身とっくにそうしてる」ベナブルは疲れた声で言った。「とにかく、帰りを待っている。改めて話し合おう」

「返事を引き延ばしているだけじゃないか」

「ああ」ベナブルは背を向けてコテージに向かった。「あいにく、今できるのはそれだけなんだ」


ベッドの上の闇の中で、天井の穴に埋め込まれた小さな金属の噴射口が輝いている。

数時間ぶっつづけで働いて疲れきっているのに、神経が高ぶって寝つけない。もう三十分も簡易ベッドに横になって、あのガスの噴射口を見上げている。

よく考えたものだ。周到な計画を立てる才能があるとドーンは自慢していたけれど、この無言の脅威はたしかにその証だ。おかげでここから出ることもできず、ドーンの言うままに能力を利用されることになった。悔しくて腹立たしい。

イヴはがばりとベッドの上で体を起こした。もしかしたら、抜け穴があるかもしれない。それを見破ることができたら。

〝ごく少量ずつ吸い込んで慣らす方法を教えてくれたから、耐性ができているんだ〟

ドーンにできるなら、わたしにもできないはずがない。耐性ができるところまでいかなくても、このガスに少しは慣れるのではないかしら。

あの穴の中の噴射口を手で動かしてガスを出すことができたら。ベッドから三メートル以上の高さにある穴に手が届いたら。失神しない程度に、噴射するガスの量を調節できたら。

条件が多すぎて実現性に乏しい。

でも、ほかにできることがあるだろうか？　逃げ出すにはこの方法しかない。逃げ出せないまでも、ガスをそれほど恐れなくてすむなら、ドーンと互角に渡り合える。

とにかく、やってみよう。

そっとドーンの気配をうかがった。彼は隣の部屋のソファに寝ている。聞いていたとおり、壁がとても薄いので、隣の部屋の動きは筒抜けだ。

そして、今は規則的な寝息が聞こえてくる。眠りが浅いほうだと言っていたけれど、今は眠っている。物音を立てなければ、起こさずにすむだろう。

そっとベッドを出て、裸足《はだし》で床におりた。

どうか床がきしみませんように。心の中で祈った。

天井を見上げた。あそこまでどうすれば届くだろう？

ベッドの上に立つ？

それでも届かない。

でも、もしかしたら。このベッドは折りたたみ式のパイプベッドだ。折りたたんだら一メートルほどの高さになるから、その上にのったら……。

でも、ぎしぎし音がしないかしら？

どきどきしながら、慎重にゆっくりとベッドを畳んだ。壁に立てかけてから、ナイトスタンドを運んできて支えにした。そして、次の瞬間、ベッドにのぼり始めた。

ゆっくり。

ぜったいに音を立てないで。

これ以上できないほど慎重に。

穴に手が届いた。

押してみようか？

それよりも、真ん中にある装置のネジをゆるめたほうがよさそうだ。中のガスを放出できるかもしれない。

ほんのちょっとゆるめて……。

カーネーションの香り。

ぎょっとして手を引っ込めた。それから、大急ぎでネジを締めた。

頭がくらくらする。

出しすぎた。

おりよう。

音を立てずに。

慎重に。

ベッドからおりた。

床に足がついた。

イヴは体を丸めてうずくまった。

吐き気がする。ドーンは吐き気がするとは言ってなかったのに。

物音を聞かれただろうか？

飛んでこないところを見ると、問題なかったのだろう。

カーネーションの香りが漂ってくる。

頭がくらくらして、吐き気がひどくなった。

だいじょうぶ。少し休んで気分がおさまったら、もう一度やってみよう。

今夜のうちにあと二回吸い込んだら、少しは慣れるだろう。吐き気がおさまったら。

それがすんだら、ベッドをもとに戻しておかなくては。ドアの鍵を開けて入ってきたドーンに何も気づかれてはならない。

もう少し。もう少し休んだら……。

腕の間に顔をうずめて、できるだけガスを吸い込まないようにした。きっとカーネーションの香りは一生好きになれないだろう。

でも、この香りを吸う価値はある。あの卑劣な男を出し抜くために。

10

ジョージア州　ローム
レドモンド病院

「そんな血の気のない顔をして。無理しないで、車椅子を使ったほうがいい」廊下をゆっくりと近づいてくるジェーンを見るなりジョーは言った。ジェーンの隣にいるケイレブに非難がましい視線を向けた。「どうしてサンファンにとどめておかなかったんだ?」

「あんたと同じ理由からだ。説得しようとしても無駄なのはわかっているだろう。それなら、ひとりで取り返しのつかないまねをさせたくなかった」ケイレブはジェーンにほほ笑みかけた。「ジェーンは見た目より元気だ。そうだろう?」

「そのとおりよ」ジェーンは病室番号を確かめていた。「一六〇二号室だったわね?」

「ああ、あっちの部屋だ」ジョーは答えた。「ベンに紹介するよ」

「ひとりで行くわ」ジェーンは病室のドアを開けた。「わたしの手を握っているよりほかにすることがあるはずよ。ジョー、これはわたしの仕事。任せて」ジェーンは一呼吸おいた。「その後、何かわかった?」

「いや、イヴに関する情報は何も。だが、これまでのところ殺人事件が発生したという情報は入っていない。犯人はベンを襲ったが、殺すつもりはなかったようだ。ただ、コテージの近くの農場からトラックを盗んでいるが、その所有者のハレットの行方がわからない。それに、ベナブルの部下のデュークス捜査官も行方不明だが、こちらは犯人を追跡している可能性が高い」

「わたしを慰めているつもり? それとも、自分を納得させようとしてるの?」ジェーンは唇をゆがめた。「イヴの居所は依然としてわからない。関係者がふたり行方不明になったのに、犯人の痕跡は何ひとつない。いったい、どういうこと?」

「イヴはぼくたちが思っているほど危険な状況に陥っていないかもしれない。きみを撃ったのは、おそらくブリックという血の気の多い相棒だろう」

「それが事実であることを祈るわ」ジェーンは深刻な顔で言った。「でも、本当の狙いはわたしじゃないいんじゃないかしら。トビーとわたしが狙われたのは、わたしをイヴから遠ざけるためだったんだろうとケイレブは推測している。犯人の狙いはイヴで、ひとりでいるところを拉致するのが目的だったと。わたしもそんな気がするわ」ジェーンはジョーと目を合わせた。「あなたもそう思っているんでしょう?」

ジョーはゆっくりうなずいた。

「電話の話だと、犯人はイヴに復顔をさせたがっているそうだから、少なくともしばらくの間は無害な人間だとイヴに信じ込ませようとしているはずよ。きっとベンにも優しい顔を見せていた」そう言ってから、ジェーンは顔をしかめた。「もちろん、襲いかかって重傷を負わせるまではだけど」

「そこまで気づいていたのか」

「あなたはとっくに気づいていたんでしょ。わたしを心配させないように黙っていただけで。でも、イヴのことなのよ。わたしだって事実を知っておきたい」

「その話はあとにしよう」ジョーは背を向けた。「それより、似顔絵を頼む。早く犯人の顔が見たい」

「わかったわ」ジェーンはいっしょに病室に入ろうとしたケイレブに目を向けた。「待合室で待っていて。ジョーの手伝いができそうなら、そうしてくれてもいい。わたしもベン・ハドソンとは初対面だから、いっぺんに知らない人ふたりに会って、ベンを怯《おび》えさせたくないの」そう言うと、少しためらってからジョーに目を向けた。「突然、マーク・トレヴァーがサンフアンの病院に現れたの。イヴの捜索に協力したいと言っているけど」

ジョーは何か言いたそうにケイレブを見てから、ジェーンに視線を戻した。「きみはどうしたい？」

「イヴを助けるのに力を貸してくれるなら、誰だってありがたく受け入れようと思う」

ジョーはまたケイレブを見た。「いいだろう、捜査の邪魔にならないかぎりは」

「おれは捜査を邪魔したりしない」ケイレブは笑みを浮かべた。「おとなしくあんたのあとをついていくか、さもなければ先回りするから、行く手をふさいだりしない」ケイレブはそう言うと廊下を戻り始めた。「頃合いを見てコーヒーを用意しておくよ、ジェーン」

「お願い」ジェーンはベッドに寝ているベン・ハドソンに目を向けながら、うわの空で答えた。ベンは青い目を輝かせ、好奇心を隠そうともせずジェーンを見つめている。温かくて優しい笑顔だ。

「こんにちは」ジェーンはつられて笑顔になると、ベッドに近づいた。「あなたがベン・ハドソンね。わたしはジェーン。あなたに怪我《けが》をさせた男の人の似顔絵を描きに来たの。協力してくれる？」

「いいよ」ベンは小首を傾《かし》げてジェーンを見た。「似顔絵を描きに来るってジョーが言ってたけど、誰が来るか教えてくれなかった。ジェーン・マグワイアでしょ？　彼女とおんなじだね」

「おんなじって、イヴと？」ジェーンは椅子に腰かけると、ブリーフケースからスケッチブックを出した。「イヴはいちばんの友達よ。十歳のとき養女になったの」

ベンは眉をひそめた。「イヴじゃないよ。あの子のことだよ」

ジェーンは内心ぎくりとしたが、さりげなくベンに笑いかけた。「ああ、ボニーのことね。イヴから聞いたわ、あなたはときどきボニーの夢を見るんですってね。でも、わたしとボニーは違うわ。ボニーはずっと前に亡くなったから知り合う機会がなかったし」

「でも、イヴに愛されてるから、ボニーとおんなじだよ」ベンは一呼吸おいた。「ボニーはジェーンにも近づきたいけど、近寄らせてくれないって言ってた。どうして、近寄らせてあげないの？」

　まさかこんな話になるとは思っていなかったので、とっさに話題を変えようとした。でも、考え直した。ベンのような純粋な善意の持ち主を傷つけてはいけない。それでなくても、これまで数えきれないほど相手に無視されてきただろうから。「わたしは現実的な人間だから」ジェーンは穏やかな声で答えた。「あなたやイヴとは違うの。夢の中の出来事は本当のことだと思えない」

　ベンは困った顔になった。「ぼくの言ってることがほんとじゃないと思ってるんだね」

「そうじゃないわ。現実の世界で生きている人もいるし、夢を見て現実を耐えやすいものにする人もいる」ジェーンは手を伸ばして、ベンの手に重ねた。「あなたは幸運な後者のひとりよ、ベン」

　ベンはジェーンの手を見おろした。「きれいな手だね。どこもかしこもきれい。見てるとうれしくなってくるよ。イヴに似てるけど――」

「見かけはそんなに大切なことじゃないわ」ベンがあっさり注意をほかのことに向けてく

れたので、ジェーンはほっとした。「似顔絵を描くときは別だけど。ねえ、あなたに怪我させた人のことを教えてくれる？」

「それに、イヴを連れていってしまった」

ジェーンはうなずいた。「そうね、あなたに怪我をさせてイヴを連れていってしまった。あなたが教えてくれて、その人を捕まえられたら、きっとイヴも喜ぶわ」

ベンの表情が曇った。「イヴを見つけなくちゃ。ボニーに面倒を見てあげてって頼まれたのに」

「心配しなくていいわ。ジョーがきっと見つけてくれるから」ジェーンはそう確信しているように聞こえることを祈った。「じゃあ、眉から始めるわ。太い眉だった？　それとも薄かった？」

「太くて、ちょっともじゃもじゃ」

「色は？　黒、茶色、灰色？」

「黒かな、灰色っぽい感じ」

「おじいさんだった？」

「おじいさんじゃなかった。若くないけど」

この調子ではてこずりそうだ。ジェーンは覚悟を決めた。警察の似顔絵捜査官よりうまく描けるとジョーに宣言したのだから、ベンから人相を聞き出すのに苦労しても、捜査に役立つ似顔絵を描かなければ。「眉の形は？　まっすぐだった？　それともアーチ型？」

返事がないので顔を上げると、ベンはジェーンの顔を見ていた。「ベン？」

「だいじょうぶだよ」ベンが穏やかな声で言った。「そのうちボニーを近寄らせてあげられるよ。あの子がそう言った」

また夢や幽霊の話題に戻っていて、ジェーンの質問は耳に入らなかったらしい。ジェーンは苦笑した。「今言ったの？」

「前に。でも、教えていいかわからなかった。そう言ったとき、ボニーはうれしそうな顔をしてなかった。あの子は喜んでもらいたいんだ。でも、あのときは悲しそうで……」

その夢の中でなぜボニーは悲しそうにしていたのだろう？

イヴのことを心配していたから？

いつのまにかベンの夢を信じている自分に気づいて、ジェーンは背筋がぞっとするのを感じた。それでも、にこやかな表情は崩さなかった。今は考えないようにしよう。それよりも、似顔絵を完成させることだけに神経を集中しよう。「ボニーが近づいてくれるといいけど。気が合うような気がするわ」ジェーンはスケッチブックに視線を向けた。「眉の形はまっすぐだったか、アーチ型だったか覚えてるかしら、ベン？　両方描いてみるから、選んでね」

「そろそろ完成かな？」

顔を上げると、ジョーがドアのそばに立っていた。何かあったにちがいない。ぴりぴりと緊張が伝わってくる。「あとちょっと。予定ではとっくにできているはずなのに、鼻にてこずらされて。急ぎの用でも？」

「いや、少々なら待つよ」

ジェーンは少しほっとした。イヴの身に何かあったのなら、そんな気遣いをする余裕はないだろうから。しばらくすると、ジェーンはスケッチブックを閉じた。「これでよさそうね」そう言うと、ベンにほほ笑みかけた。「ありがとう、とても参考になったわ。記憶力がいいのね」そう言ってから、眉をひそめた。「でも、この似顔絵を見るかぎり、悪い男には見えないわね。まさか、襲われるなんて思わなかったでしょう、ベン？」

「思わなかった。ミスター・ドゥルーリーに似てたし」

ジェーンは立ち上がった。「何度もそう言ってたわね。だけど、ミスター・ドゥルーリーの似顔絵を描いてみたけど、その男の人とはちっとも似ていなかった。でも、いろいろ教えてくれてありがとう。何か思い出したら電話してね、また来るから」

「電話しない。それがあの男だよ」ベンはドアに向かうジェーンを見守っていた。「間違いないよ」

「ええ、そうね」

「ジェーン」

呼びかけられて肩越しに振り向いた。

ベンが見つめていた。青い目はあいかわらず輝いていたが、困惑した表情を浮かべている。「傷つきすぎちゃだめだよ。これで終わりじゃないんだから。まだ続くんだから」

ジェーンはその場に凍りついた。何が言いたいのかしら？

イヴのこと？

それでも、聞き返す気になれなかった。ベンの頭の中は、夢や幽霊や、実際には存在しない、おそらくは起こったことのない出来事でいっぱいなのだろう。現実にイヴが脅威にさらされているという証拠にはならない。「わかった、気をつけるわ」ジェーンはそう言うと、自分を励ますようにきっぱりとした口調で続けた。「この似顔絵ができたんだから、きっとイヴを見つけられるわ。疲れたでしょう、ベン。安心してゆっくり休んでね」ジェーンはベンに笑いかけると、ジョーに続いて病室を出た。

ジョーに顔を向けたとたん、ジェーンの顔から笑みが消えた。「何かあったのね」

「ああ、いくらか進展があった。だが、それほど悪い知らせじゃない。ベナブルから電話があって、イヴからの電話の逆探知は不可能だと知らせてきた」

ジェーンはジョーの表情を探った。「それだけじゃないわよね」

「ああ」ジョーがぶっきらぼうな口調で言った。「ベナブルの部下が、森の奥で墓穴らしきものを見つけた。今、掘り返している」

「イヴを警護していた捜査官じゃないかと思っているんでしょ？」

「そうでないことを願っているだろうが、その可能性は高い。おそらく、デュークス捜査官でなかったら、盗まれたトラックの持ち主だろう。これから現場に戻る」そう言うと、口元を引き締めた。「もしデュークスだとしたら、これでベナブルを追いつめたな」

「どういうこと？」

「ベナブルは部下の捜査官を死なせたことに大きな打撃を受ける。これ以上せっつかなくても、真相を打ち明けるかもしれない」ジョーは手を差し出した。「似顔絵を見せてくれないか」

ジェーンはスケッチブックを開いた。「驚いたわ。ベンの話を聞きながらわたしがいくつか候補を描いて、選んでもらう形にしたの。ベンはあまり迷うこともなく選んでくれたけど、意外だったのは、ベンの知り合いのミスター・ドゥルーリーに似た人になるのかと思っていたら、顔立ちがまったく違っていたこと」

「それは予想していたよ」ジョーは似顔絵を見おろして首を振った。「ぼくも長年捜査に携わっているが、悪人が必ずしも悪人らしい顔をしているとはかぎらない。あの悪名高い連続殺人犯のテッド・バンディも、身だしなみのいいハンサムな男だった」ジョーはスケッチブックをジェーンに返した。「事務所で二、三枚コピーをとってもらえないかな。コテージに持ってきてほしい。ベナブルに見せたいんだ」そう言うと、口をゆがめた。「ぼくの勘が当たっていれば、ベナブルはこの顔に見覚えがあるはずだ」

ジェーンはスケッチブックをブリーフケースにしまった。「ケイレブとあとからすぐ行くわ。一時間以内にコテージにコピーを届けられると思う」

「頼む」ジョーはその場を離れようとしたが、急に足を止めた。「本当にだいじょうぶなのか？　無理しているんじゃないか？」

「かもしれない」ジェーンは肩をすくめた。「わたしの心配をするのは、イヴの手がかりをつかんでからにして」そう言うと、体がふらつくのをごまかしながら、ケイレブのいる待合室に向かった。ジョーには悟られたくなかったが、似顔絵描きだけで体力を消耗してしまった。コピーをとるのはケイレブに頼むしかなさそうだ。病院が見舞客にあっさりコピー機を使わせてくれるとは思えないし、今は交渉する気力もなかった。

あとはケイレブに任せよう。彼はどんなときでも戦う心構えができている。日向《ひなた》ぼっこしながら、獲物が通りかかるのを待っているライオンみたいに。トレヴァーとは対照的だ。トレヴァーは最大の利益が得られる戦いを冷静に見きわめるタイプだ。

なぜこんなときにこんなことを考えているのかしら？　ジェーンは自分でも不思議だった。ケイレブはともかく、今はトレヴァーのことを思い出したりしている場合ではないのに。とにかく、似顔絵は完成した。これがイヴを見つけるために役立つことを祈ろう。

〝傷つきすぎちゃだめだよ。これで終わりじゃないんだから〟

ベンは何を言いたかったのだろう？　不吉な予感がする。イヴやわたしの身にこれからも恐ろしいことが起こると予言しているのだろうか？

でも、イヴは意志も強いし、頭も切れる。きっと、今ごろ犯人から逃れて、わたしたちのもとに戻る方法を考えているにちがいない。

コロラド州　リオグランデ・フォレスト

「あんたの言ったとおりだな。こんなケヴィンは見たくないよ」息子の頭蓋骨に無数に突き立てられた小さな赤いマーカーを、ドーンはさも不快そうに眺めた。「きっとケヴィンもいやがっているだろう」

「見た目はよくないけど、これは復顔作業に不可欠な段階だから。計測はあくまで正確にやらないと」イヴはドーンを見た。「見たくないなら、外に出ていて。ここにいてもらわなくても、わたしはちっとも困らないから。またスカイプでブリックと話をすれば？　ジエーンに近づくなと念を押しておいてちょうだい」

「それにしても、やけに時間がかかるじゃないか」ドーンは渋い顔になった。「もっとはかどっていると思っていたのに」

「これでも精いっぱいやってるわ。ろくろく休憩もとらないで」イヴはスツールに座り直して、改めて頭蓋骨を眺めた。たしかに、ドーンの言うとおりだ。ふだんの復顔作業にくらべると、自分でも驚くほど仕事が進まない。とにかく気が重くて、何をするにも時間がかかるのだ。「計測をきちんとしないと、彫刻は始められない。言っておくけど、わざとのろのろやっているんじゃないから」

「疑っているわけではないが」ドーンはいぶかしげに目を細めてイヴの顔を見た。「具合が悪そうだね。血色が悪いし、やつれた顔をしている。風邪でも引いたんじゃないか？」

「風邪じゃないわ」イヴはあわてた。睡眠不足のうえにガスを吸い込んだせいで吐き気がしたが、ドーンに見破られては大変だ。「やつれるのも当然でしょう。ジェーンのことが心配だし、こんなところに閉じ込められて」

「これぐらいで音をあげるような弱虫じゃないだろう。あんたは強い女だ」

「音をあげてなんていない。ちゃんと仕事しているじゃないの」

「はかどっていないがね」ドーンはまた言った。「スタミナ不足じゃないか？　もっと食べないとな。朝食はろくろく食べていなかった」

　昨夜は少しうとうとしたと思ったら、吐き気がしてバスルームに駆け込んだ。幸い、ドーンが寝室のドアを開けに来る前だったので気づかれなかったが、食べるとまた吐きそうな気がして、心配で食べられなかったのだ。「できるだけ食べるようにするわ。でも、それと仕事の進み具合は別よ」そう言うと、作業に取りかかった。だが、すぐまた手を止めなければならなかった。胸がむかむかして、目の前がかすんだ。

なんとかドーンの気をそらさなくては。

「そこに座って見物しているつもりなら、ケヴィンのことを話してくれない？　どうしてこんなざまになったか」

ドーンはひるんだ。「こんなざまとはなんだ？　子どもたちの復顔は手がけるのに、ケヴィンにはずいぶん冷淡だな」

「子どもたちは被害者だもの」

「ケヴィンだってそうだ。これを見ても信じられないというのか？」

「だったら、教えて。この頭蓋骨は黒焦げになっている。焼死だったの？」

「いや。高性能ライフルで撃たれたあと、アテネ郊外の葬儀場で火葬された」ドーンはつらそうに口をゆがめた。「だが、この頭蓋骨は救い出した。葬儀場にかけ合って取り戻したんだ」突然、怒りを含んだ声になった。「あの連中は、あの子が法廷を出た時点で狙われていたことをわたしが知らないと思っている。だが、わたしはそれほど馬鹿ではない。連中の狙いはおれだから、おれがなんとかすると」

ケヴィンはわたしに危険なまねをしないでほしいと何度も言っていたよ。

「ケヴィンは狙われていたの？」

ドーンはそれには答えなかった。「ケヴィンが逮捕されたあとも、身を潜めたくなんかなかった。だが、わたしはいつもケヴィンが望むとおりにしてきたからね。ケヴィンは特別な子だった」声がかすれた。「あんな子はいなかった。だから、連中はあの子を殺したんだ。だが、このままではすまさない。あの男だってそうだ」

「あの男？」

「ザンダーだ」

「ザンダーって誰？」

「モンスターだ。息子を殺したのはあいつだ。わたしは何も知らずに――」ドーンは頭をすっきりさせようとするかのように首を振った。「今ザンダーのことを話す気はない。誘導しようとしても無駄だ」

「誘導だなんて。質問しただけよ」イヴは言い返した。「わたしはこの嘘《うそ》だらけの場所から抜け出して、ジェーンと安全な場所にいたいだけ。ザンダーなんて人に関心はないわ」

「そうだな。知らないから、関心の抱きようがない。だが、わたしはあいつに思うところがたくさんある」

「それなら、彼を捕まえて、わたしを解放して」

ドーンは頭蓋骨に目を向けた。「そうできたらと思うときもある。だが、無理だ」

イヴはため息をついた。「わかった。わたしなりに整理してみるから。あなたが息子を殺したザンダーという男に復讐《ふくしゅう》しようとしているのはわかった。そして、どんな事情があるのか知らないけれど、復顔彫刻家だからという理由でわたしを拉致した。でも、この頭蓋骨は損傷していてもそっくり残っているんだから、DNAを抽出できるはずよ。わたしの仕事が価値を発揮するのは、被害者の身元を特定する手がかりがほかにないときだけ。そういう場合には、復元した被害者の顔写真を公表して、情報提供を呼びかける。だから、今回はわたしの出番はないわ」

「いや、どうしてもあんたが必要だ」

「DNA鑑定はほぼ百パーセント確実よ」

「だが、金と権力があれば、鑑定結果をすり替えられる」

「すり替えられるのが心配なら、鑑定を繰り返せばいい。何度でも納得できるまで」

ドーンは首を振った。「あんたが必要なんだ、イヴ」

これ以上言い返しても無駄だろう。ドーンは決心を変える気はなさそうだ。それでも、イヴはもう一度だけ言ってみずにいられなかった。「ケヴィンとはとても仲のいい親子だったようね。ケヴィンは復讐のためにあなたがリスクを冒すのを喜ぶかしら？　危険なまねはしないでほしいと言ったんでしょう？」

「あの子は諸手《もろて》をあげて賛成してくれるはずだ。復讐を誓っていたからね。〝あいつは必ず捕まえてみせるよ、父さん。悪党には報いを受けさせないと。おれたちがどんな人間か思い知らせてやろう〟と口癖のように言っていた」

イヴは背筋が寒くなった。「どうするつもりだったの？」

「言葉どおりだ」そう言うと、ドーンは首を振った。「と言ってもわからないだろうね。わたしにはうまく説明できないんだ。わたしだってわかるまでに時間がかかったが、わかればきわめて明快だ」

「明快というより病的な感じがするけれど」

「わたしを怒らせる気か？」ドーンは立ち上がった。「ケヴィンには病的なところなどなかった。とても優秀な、特別な息子だった。あの子を誇りに思っている」ちらりとイヴを見た。「あんたがボニーを誇りに思っているように。息子を悪く言うのは許さない」

「狙撃されたのに、なぜ犯人が逮捕されなかったの？　わたしにはケヴィンが被害者という気はしないけれど」

「あの子は被害者だ。あいつらは寄ってたかってあの子を殺そうとした」

「なぜ？」

「あの子が特別だったからだ」

「同じことばかり言うのね。どんな点で特別だったの？」

「あらゆる点で」

「法廷を出た時点で狙われたと言ってたけれど。なぜ出廷することになったの？」

「ケヴィンのことはこれ以上話せないと言っただろう。あんたも物分かりが悪いな」

「わたしに隠していることがあるでしょう？」

「いずれ話す。今話したら、あんたの仕事に影響するだろうから」そう言うと、ドーンはドアに向かった。「トラックに行ってくるよ。外の空気が吸いたくなった」ドアに向かいながら振り返ると、突然、笑みを浮かべた。「あんたも頑固だな。どこまでわたしたち親子を侮辱するつもりだ？　まあいい、今回は許してやろう」そう言うと、催眠ガス装置を解除して玄関から出ていった。

イヴは全身から力が抜けるのを感じた。しつこく質問して怒らせてしまったのが気にかかるけれど、ケヴィンのことをほんの一端でも探り出せたのは収穫だった。ドーンにとっては、踏み込みたくない闇の部分だったのだろう。

でも、諦めないでその闇に踏み込まなくてはいけない。そして、投げ出したくてたまらない復顔作業に本気で取り組まなくては。

でも、その前にドーンの話を反芻《はんすう》してみよう。記憶が新しいうちに自分なりの結論を引き出すことができたら。

ケヴィンを撃ち殺したのはザンダーだと言っていた。何者だろう？　なぜ殺されたのだろう？　ドーンの話では、ケヴィンは悪いことは何もしていないと言うけれど、それなら出廷させられるわけがないし、法廷から出た時点で狙われたという言葉に引っかかる。

それに、これは直感にすぎないけれど、ドーンの話から察するに、ケヴィンは異常に利己的な性格だったようだ。精神の病を抱えていたのかもしれない。ドーン自身、多重人格者ではないだろうか？　優しい父親の顔を見せた次の瞬間には復讐の鬼になる。復讐という目的のためには、なんの関係もないジェーンや愛犬を犠牲にしても平気なのだろう。せっぱつまったら、何をしでかすかわからない。

イヴは天井のガスの噴射口を見上げた。これもドーンがまともな神経の持ち主ではない証拠、わたしに身体的危害を加えることなく復讐を強制する手段だ。世にも優しい人間を装いながら、おぞましい死の霧をまき散らす。ふと『バットマン』の悪役、ジョーカーを連想した。顔に貼りついたような微笑は一見罪がなさそうだけれど、ジョーカーほど凶悪な人間はいない。

でも、判断を早まってはいけない。冷静になって状況を分析しなくては。

冷静になる？　それこそドーンの思うつぼではないか。善意の人間だと信じ込ませて、わたしを冷静に仕事させたいにちがいない。ジェーンやベンにあんなひどいまねをしておいて、それでもわたしを意のままにできると思い込んでいる。どうしてだろう？

たぶん、同じことをこれまでに何度もしてきたからだ。

きっとそうだ。ドーンは同じ役割を何度も演じてきたから、永遠に続けられると思い込んでいる。気さくで優しい隣のおじさんという顔はドーンの武器なのだ。その役割を完璧に演じて、相手の警戒心を解く。その仮面の下に隠された脅威を考えると、思わず身震いした。

それとも、わたしの推測にすぎないことだろうか？

迷いは捨てて自分の勘を信じよう。

胃がきりきりしてきた。怖がらないで。思った以上に危険な相手かもしれないけれど、対処法はあるはずだ。ドーンは息子のことを話したくてたまらない。だから、もったいをつけながらも質問に答えた。息子のことがもっとわかったら、ここから逃げ出せる確率が高くなるような気がする。

イヴはちらりとドアを眺めた。この隙に探しておこう。

急いで隅にあるファイルキャビネットに近づいた。鍵がかかっている。その隣の古いデスクを試してみた。

真ん中の引き出しはあっさり開いた。メモ帳、ペン、めぼしいものは入っていない。右側の引き出しはからっぽだった。

左側の引き出しは鍵がかかっていた。

でも、複雑な錠ではないから、ちょっとした道具でこじ開けられそうだ。

何かないかしら？　簡易キッチンの調理器具の入った引き出しにはドーンが鍵をかけているから、調理器具を利用するためにはまずその引き出しをこじ開けなくてはならない。

ほかの方法を考えよう。

手持ちの工具はどうだろう？　ほとんどの工具は柔らかくて、粘土をこねるために曲げられるようになっているけれど――

トラックのドアがばたんと閉まる音が外から聞こえた。

戻ってくる！

大急ぎで作業テーブルに戻ってスツールに腰かけ、赤いマーカーを手に取ったとき、ドアが開いた。「早かったわね」イヴはかがみ込んでマーカーを慎重に眼窩《がんか》に刺した。「わたしのことがそんなに心配？」

「いや、あんたに謝ろうと思ってね。考えてみれば、あんたがこの状況を受け入れられないのも無理はない。わたしを怖がっているんだろうな。あんたはケヴィンがどれだけすばらしい子だったか知らないし、今のあんたの武器は言葉だけだからね」優しい声だった。

「とにかく、仕事をしてくれればいいんだ」ドーンは真剣な口調で言った。「決して悪いようにはしないから」

「ちゃんと仕事をしてるでしょう」イヴは言い返した。「それに、わたしはあなたを怖がってなんかいないわ」

ドーンはほほ笑んだ。「それを聞いて安心したよ」背を向けると、簡易キッチンに向かった。「食事の用意をしよう。いくらか生気が戻ったようだね。顔色がよくなって、頬がバラ色になった。元気になってくれてよかった」

イヴは頬に手を当てた。顔色がよくなったのは作業テーブルまで走ったからだろう。吐き気はまだおさまらないけれど、動いたおかげで気力が湧いてきた。「そうかしら?」ドーンにほほ笑み返した。「そう言われると、そんな気がしてきたわ」

湖畔のコテージ

「どうだ、何か出てきそうか?」ジョーはベナブルに近づきながら声をかけた。「とっくに掘り返したと思っていたよ」

「現場保存のために慎重にやっている」ベナブルは、土を掘り起こしているふたりの警官に目を向けたまま答えた。「木の葉や小枝で覆って目につかないように工作してあった。しかも、かなり深く掘っている」

警官のひとりが手を止めてベナブルを見た。「掘り当てました。緑色の防水シートが見えます。血がついている。もっと掘りますか?」

「気をつけてくれよ」ベナブルは一歩近づいた。「防水シートを引き上げてくれないか。身元を確認したい。あとは鑑識に任せよう」

警官が防水シートをめくるのを見ながら、ジョーも穴に近づいた。黒髪の男が、灰色の目を見開いて虚空をにらんでいる。喉を掻《か》き切られていた。「デュークスか?」

ベナブルはうなずくと背を向けた。「間違いない」そう言うと、その場を離れた。「デュークスには妻も子どももいる。早く知らせないと」

「ああ」ジョーはベナブルと並んで歩きながら言った。「だが、彼の喉を掻き切った犯人を突き止めるのが先決じゃないか？」

「何を優先するかはわたしが決める」ベナブルは冷ややかな目を向けた。「きみに指図される筋合いはない」

「そんな態度がとれるのは被害者を出す前までだ。イヴを危険にさらしたことを忘れるな」

「いや、イヴは危険な目に遭っていないかもしれない」

「だが、デュークスは殺された」

「きみに言われなくても、この目で見た。デュークスとは四年以上いっしょに働いていた。いいやつだった」

ジョーはそれには取り合わなかった。「イヴが危険な目に遭っていないと思う根拠はなんだ？」

「あの男なら――」ベナブルは言いかけてやめた。「その話はやめよう、クイン。少し考えさせてくれ」コテージに近づくと、ベナブルは顔を上げた。「ジェーンがポーチにいる。ずいぶんやつれているな」

「まだ入院していなければいけないのに、いくら言っても休もうとしない」そう言うと、ジョーはつけ加えた。「きみと違って、ジェーンはイヴが危険な目に遭っていると思っている。デュークスの遺体が見つかったと知ったら、きみを問いつめるだろう」

「似顔絵はできたのか?」

「ああ、持ってきてくれたはずだ」ジョーはポーチの階段をのぼった。「きみに見せたい」

「ジョー」ジェーンが近づいてきた。「デュークスは?」

「喉を切られて死んだ」

「なんてこと」それでなくても青白いジェーンの顔がいっそう青ざめた。ベナブルに顔を向けると、激しい口調で問いつめた。「殺されたのがイヴだったとしても不思議じゃないのよ。どういうこと、ベナブル? ジョーはあなたが真相を知っていて、それを隠していると言っているけど」

ベナブルは表情を変えなかった。「似顔絵を持ってきてくれたそうだが」

ジェーンはファイルを開いて突きつけた。

ベナブルはしばらく眺めてから、ジェーンに返した。「さすがだな、ジェーン」

「言うことはそれだけ?」ジェーンはいぶかしげに目を細めてベナブルを見つめた。「この男を知ってるんでしょ?」

ベナブルはポーチの手すりにもたれて湖を眺めた。「そうでないことを祈っていた。十中八九そうだと思ったが、一縷《いちる》の望みを託していた。職業柄、イヴのまわりには頭のおかしな危険人物が集まってくるから」

「誰だ?」ジョーが詰め寄った。

ベナブルはすぐには答えなかったが、やがて肩をすくめた。「ジム・ドーンという男だ」

「それだけ?」ジェーンが言った。「ほかにも知っているはずよ」

ベナブルは首を振った。「あとにしてくれないか。デュークスの奥さんに電話して、あちこちに警告を出しておかないと」

「居所も知ってるんでしょ?」

「いや」ベナブルは首を振った。「今どこにいるかは知らない。判明している最後の住所は、コロラド州ゴールドフォークで、先週までそこに住んでいた。だが、イヴをそこに連れていったとは考えられない。監視されているのを知っているから」

ジョーがぎくりとした顔になった。「イヴを拉致した犯人を監視していたというのか?」

「ああ」ベナブルはあっさり認めた。「五年前から証人保護プログラムの対象になっていた」

「なんだって?」

「あとで話すと言っただろう」ベナブルはジョーと目を合わせた。「きみが知りたいことはちゃんと説明する。だが、その前に警告を出しておかなければならない。ツナミ級の波及効果が懸念されるから、せめて被害を最小限に食い止めるために。そのあとで話す」

これ以上追及しても無駄だとジョーは判断した。ベナブルは話すと約束したのだ。「あまり待たせるなよ、ベナブル」そう言うと、ジョーは眉をひそめて考え込んだ。「ジム・ドーン?」

「ほら、もう自分で調べようとしている。各方面に調査させる前に、ドーンというのは我々があの男につけた名前だと教えておこう」ベナブルは電話を取り出した。「本名はレリング。ジェームズ・ハーバート・レリングだ」

コロラド州　リオグランデ・フォレスト

やっと眠った。

イヴは壁越しに聞こえる規則正しい寝息に耳をすませた。ドーンがソファに横になるまでに一時間、それからさらに二十分。ようやく寝入ったらしい。今日の午後、息子のことを打ち明けたせいでドーンも神経が高ぶっていたのかもしれない。

イヴはベッドの上にある天井の穴を見上げた。

念のためにあと二分待ってから動き始めよう。まだあの噴射口の奥にガスが残っているといいけれど。四回もノズルを開いたし、四回目はそれほど朦朧《もうろう》としなかったから、もう残っていないかもしれない。それとも、いくらか耐性がついてきたのだろうか。イヴは後者であることを祈った。今回はこれまでより長くノズルを開いて、どちらが事実か確かめてみたらどうかしら。

もちろん、リスクはある。でも、行動にリスクはつきものだ。ここから逃げるには、まず行動を起こさなければ。試してみてだめなら、ほかの方法を探せばいい。孤軍奮闘しているとジョーが知ったら、なんと言うだろう？　きっと、助けに行くまで無謀なまねはするなと止めるだろう。今ごろ、全力をあげてわたしを捜してくれているにちがいない。

ジョー。

イヴは目を閉じて、全身でジョーを感じようとした。淡い茶色の目、さりげないしぐさや激しさを秘めた静かな物腰を思い浮かべた。心が落ち着くのが自分でもわかった。ずっとこうしていたくなった。

でも、そういうわけにはいかない。ジョーを当てにすることはできないのだから。ジョーは恋人で親友だけれど、これはわたしの戦いだ。自分で決断するしかない。

ジョー、早く来て。できることなら、あなたのところに飛んでいきたい。でも、きっとまた会える。これまでもずっとそうだったから。

イヴは目を開けた。

二分経《た》った。ドーンの寝息はあいかわらず規則正しい。さっきより眠りが深くなっているような気がする。行動するなら今だ。

そっと床におりると、ベッドを真ん中から折りたたんだ。

音を立てないで。

ゆっくりと。

何度もやって手順がわかっているから、立てかけたベッドにのぼって手を伸ばし、天井のノズルを開くのに一分とかからなかった。

深呼吸して、ガスを吸い込む。

カーネーションの香り。

ノズルを閉めようとした。

いえ、もうちょっと。もうちょっとだけ試してみよう。

またカーネーションの香りがした。

意識が薄らいできた。

暗闇が四方から迫ってくる。

あわててノズルを閉めた。

これ以上はだめ。無理しすぎた。

おりよう。

音を立てないように気をつけて。

しっかりつかまって。

気を失ってはだめ。

急いで。おりなければ。今見つかったら、何もかも水の泡だ。

足が床についたとたん、体から力が抜けて膝をついた。

まだカーネーションの香りがする。

もしかしたらノズルを閉め忘れた？　それとも、鼻孔に匂いが残っているだけ？

閉め忘れたのなら、もう一度のぼって閉めなくては。

でも、すぐには無理。立ち上がることもできない。どうがんばっても体に力が入らない。

イヴは体を丸めて床にうずくまった。

めまいがする。

闇が四方から……。


馬鹿ね。ガスのノズルはちゃんと閉めたはず。ぼんやり覚えている。でも、もしかしたら――

「だいじょうぶだよ、ママ。ちゃんと閉めたよ」

ボニー？

目を開けると、ボニーが三メートルほど先の壁に立てかけたベッドにもたれかかっていた。いつものように、バッグス・バニーのTシャツにジーンズ、薄闇の中でも縮れた赤い髪が輝いている。この子がこんなに小さくて、こんなにきれいで、こんなにいとおしいなんて。

　ボニーが笑い出した。「ほんとに親馬鹿なんだから、ママは。あたしをきれいだなんて思うのはママだけだよ。赤毛だし、鼻のまわりはそばかすだらけだし」

「馬鹿はないでしょう。誰がなんと言おうと、あなたはとてもきれいよ。魂が輝いているわ」

「それはほんとかも。だって、あたしは魂だけになっちゃったもの」ボニーの顔から笑みが消えた。「急にガスの量を倍にしたりしちゃだめだよ、ママ。怖かった。ひやひやしたよ、落っこちるんじゃないかと思って」

「確かめたかったのよ、ほんとに耐性がついたか――」

「わかってるよ、ママが何をしようとしてるか」ボニーがさえぎった。「でも、無茶はしないで。あのガスに体が慣れてきてるから」

「早く来てくれればよかったのに」イヴは言い返した。「早く教えてくれたら、無茶しなかった」

「来られなかったの。来たかったけど、闇が濃すぎて近づけなかった。あの人があたしをママに近づかせないから。夢に出てくるほうが簡単かなと思ったけど、それも無理だった。今だって、ママがガスを吸いすぎて気絶しなかったら、こんなふうに近づけなかった。ママがすごく深いところにいるから、なんとか滑り込めたの」

ということは、これは夢じゃないの？　ボニーが姿を見せてくれるのは、夢なのか現実なのか区別がつかなくなることがある。「ベンはあなたの夢を見たと言ってた」

「気をつけてってママに伝えたかったの。あたしにはできなかった。あの人がママに近づかせないから」

「あの人ってドーンのこと？」

「もうひとり？」

「あの人ってドーンのこと？」

「もうひとりの人」

「もうひとり？」

「ケヴィン」

イヴは全身が恐怖でこわばるのを感じた。「ケヴィンはもう死んだのよ」

「死んでないよ。ドーンが生きているかぎり、ケヴィンは旅立てないの。ふたりの間に強いつながりがあるから。ママとあたしみたいに」

「ボニー」

「怖がらせるつもりはなかったけど、ほんとのことだから」ボニーは首を振りながらイヴを見た。「いい、ママ？　夜になると、ぶつかってくるものがあるの。悪いものばかりじゃないけど。たまに落っこちてしまうものもあるけど、力を保ったままのものもある。たいていは自然の法則に従っておさまっていく。でも、ママのほうから何か助けになるものが出てる——とっても強くて勢いのあるものが」

「何を言ってるのかわからないわ」

「あたしもよくわからない。ここにいる間、毎日いろいろ覚えてはいるけど。怖いの、闇がママに向かっているのが見えるのに、助ける方法が見つからなくて。ジョーにも近づけないし。彼はママに近すぎるから」

「近づけなくても、ジョーを不安に陥らせたようね」

「あれはあたしだけじゃなくて、ジョーの直感のせいだよ。ずっと闇といっしょに生きてきたから。闇が近づいてくるのを感じられるの」

「そうでしょうね。でも、ジョーもわたしも、まさかジェーンがこの悪夢に巻き込まれるとは思っていなかった」イヴはボニーの目を見つめた。「あなたは知ってたの？」

ボニーは首を振った。「ジェーンはあたしを締め出すの。ジェーンには近づけない」

イヴはゆっくりうなずいた。ジェーンは、イヴがボニーの存在を信じているのを知っているけれど、それについて何も言わないし、現実を受け入れるように説得しようともしない。といっても、ジェーン自身はボニーの存在を信じているわけではなく、イヴに幸せをもたらす楽しい夢として理解しているだけだ。「でも、ジェーンはあなたを嫌っているわけじゃないのよ、ボニー」

「いいの、あたしに気を遣わなくて」ボニーはまた笑顔になった。「ママがジェーンを愛しているから、あたしもジェーンが大好き。ジェーンのことを理解できる。いつか、あたしたちいっしょになれるわ」笑みが少しずつ消えていった。「そうならないほうがいいんだけど」

　イヴはぎくりとした。「どういう意味？」

「よくわからない。闇がどんどん濃くなって……」

「ジェーンに危害は加えさせない」イヴはきっぱり言った。「そんなこと、ぜったい許さない。あの子は大怪我《おおけが》をさせられたのよ。二度とそんな目に遭わせない」

「そうなってしまうこともあるんだよ」

　イヴは一瞬、頭の中が真っ白になった。「そんなこと言わないで。死ぬ気でがんばったら、なんとかできる。どうしてケヴィンの復顔を引き受けたと思う？　時間稼ぎよ。ここから逃げ出すか、ジョーが捜し出してくれるまでの。復顔をする代わり、ジェーンの安全をドーンに約束させたわ」

「でも、誰がそれをジェーンに伝えてくれるの？　ジェーンはママを捜そうとするよ。ママを愛してるもの。あたしと同じぐらいママを愛してると思う」

「だったら、もっと早くやらなくちゃ」

　ボニーは顔をしかめた。「あせっちゃだめ。あたしがここに来られてよかった。あと少し吸い込みすぎたら、どうなってたかわからないよ」

「危険とわかっていてもやらなくちゃいけないこともあるのよ」

「ママは自分から危険に飛び込んでいくでしょ」ボニーは深刻な声で言った。「あたしが連れ去られてからずっとそう。ママがあんまり早くあたしのところに来ないように、あたしはずっとがんばってるんだよ。ジョーとジェーンがこの世につなぎ止めてくれる錨《いかり》になってくれてよかったね」

わたしの最愛の錨たち。でも、今のようにボニーがすぐそばにいると、そして、自分が失ったものを思い出すと、精神のバランスを保たなければという決意が揺らいでくる。わたしにとってボニーはすべてだった。イヴは込み上げてくるものを抑えようとして唾《の》を呑み込んだ。「とてもつらいときがあるの、ボニー」

「あたしも」ボニーは静かに答えた。「あたしのほうはなんとかできるし、待つこともできる。でも、あのふたりにはママが必要だよ。そして、ママにもあのふたりが」

「わかってるわ」イヴは笑顔をつくった。「ママにお説教しないで。あの世に行ったからって、何もかもわかるわけじゃないでしょう?」

「何もかもわかればいいんだけど」ボニーは首を振った。「いろいろ覚えようとしてるけど、ぜんぜん追いつかない。そうしたいと思ったときにママに近づける方法があるはずなんだけど」そう言うと、深刻な顔でまた言った。「すごく怖かった」

「あのガスを吸い込むのをやめさせようとしてくれたんでしょう」

「やれるかどうか心配で――」ボニーがはっとした。「ガスの効き目が薄れてきた。

もうすぐ深いところから上がってこられるよ。だから、もうすぐお別れだね」

「そんなのいや」

「しかたないの。闇が広がってきてママからあたしを遠ざけようとしてる。あの人があたしを押して、窒息させようとしてる。すごい憎しみが……ケヴィンがものすごい憎しみと怒りをあたしに向けている。生きてたときの自分に戻りたがってるわ。力を取り戻したがってる。その力をあたしに向けようとして……そして、ママにも。あたしがママのそばにいるのが気に入らないの。ものすごく強い人だから……」

　ボニーが遠ざかっていくのがイヴにもわかった。焦点が合ったりはずれたりを繰り返しながら、次第に消えていく。「ボニー！」

「黙って聞いて、ママに言っておかないと……ドーンを信じちゃだめだよ。あれがあの人のやり方だから。それがあの災いの中の、あの人の役割なの。何を言っても、嘘か、事実を自分に都合よくねじまげたでたらめだからね」

「あの災いって？」

「もう時間がない。そのうちわかる。ガスを吸い込みすぎちゃだめだよ」

「さっきも聞いたわ」イヴは遠ざかっていくボニーに死にもの狂いでしがみつこうとした。「言ったでしょ、耐性がついたか確かめたかっただけだって。あんなガス好きじゃないわ。胸がむかむかする」

「ガスじゃないよ、ママ」

「ほかに何があるというの？」

「ケヴィンのせい。あの人はママが何をしようとしてるか知ってて、やめさせようとしてるの」ボニーはどんどん遠ざかっていった。「ケヴィンが……」


消えてしまった。

そして、イヴは意識を取り戻した。

浅い息をしながら、ゆっくり目を開いた。

ボニーはいない。

闇の中で輝いていた赤毛の女の子はもういなかった。

ボニーが行ってしまうたびに感じる、悲しみと無念と切望が胸に広がった。戻ってきてほしい、もう一度会いたい、ほろ苦い喜びをもう一度味わいたい。

でも、ボニーは精いっぱい教えようとしてくれた。おかげで、気持ちが少し楽になって、このやり方でいいと思えるようになった。

立ち上がると、イヴはそっとベッドを広げて、上掛けをくしゃくしゃにして寝た形跡をつくった。

音を立ててはだめ。

ドーンに気づかれないようにしなくては——

気分が悪い。

崩れるようにベッドに横になって膝を抱え、込み上げてくる吐き気をこらえた。下唇を強く噛《か》んで。
ケ、ケ、ケヴィンだ。
ドーンの息子の仕業なら、全力をあげて攻撃しているのだろう。吐き気がひどくなってきた。

〝夜になると、ぶつかってくるものがあるの〟

近寄らせてはだめ。ほかのことを考えよう。

数回、ゆっくりと深呼吸した。

少し気分がよくなって……。

やっぱり、だめだ。また吐き気がしてきた。

吐いてはだめ。こらえなくては。

ガスのせいだろうと、悪霊のせいだろうと、負けてはいられない。

これまでガスのせいだと思っていたときとはくらべものにならないほどの不快感が襲ってきた。わたしを懲らしめようとしているの？

相手はケヴィンではなくドーンかもしれない。わたしのしていることを察して、影響を及ぼそうとして――

そんなことを考えてもしかたがない。それよりも、これをやり過ごすことに全精力を傾けなければ。

猛烈な吐き気がおさまるまで一時間かかった。ようやく、不機嫌なドラゴンが洞窟に戻っていくように、少しずつ不快感が引いていった。

そのときには精力を使い果たして抜け殻のようになっていた。それでも、勝ち誇った気分だった。

サタンよ、退け。ケヴィンだろうと誰だろうと。

イヴは寝返りを打った。眠ろう。せめて体を休めておかなくては。もうじきドーンが起き出してドアを開けに来るだろう。ドーンは復顔が進まないことにいらだっている。今日中になんとか机を調べる方法を見つけよう。まずはドーンの力を正確に判断することだ。

戦うにはまず敵を知っておかないと。

あの災いの中の、あの人の役割。ボニーはそう言っていた。

どんな災いなの、ボニー?

11

湖畔のコテージ

「少し眠ったほうがいい」ジョーがポーチに出てきてジェーンに声をかけた。「何かあったら、すぐ起こすから」

ポーチのブランコに腰かけていたジェーンは、はっとして背筋を伸ばした。「うとうとしていた。デボンに電話してトビーの様子を確かめたら、安心して気がゆるんだのかしら。どう、ＦＢＩの古い知り合いから連絡はあった？」首を振るジョーに、ジェーンは眉をひそめた。「話がちゃんと通じてないんじゃない？　わたしたちがこれほど――」言葉を切ると、疲れた顔で首を振った。「ごめんなさい、精いっぱいやってくれているのはわかってる。でも、問い合わせて何時間も経《た》つから、手がかりぐらいわかりそうなものなのに」

「まったくだ」ジョーは厳しい表情で同意した。「レリングに関する記録はないそうだ。ドーン、あるいはほかの偽名を使っている可能性もあるが、少なくともＦＢＩのデータベースには入っていない」

「CIAが証人として保護していたのに。隠蔽工作じゃないかしら?」

「ぼくも同じことを考えた。そうだとしたら、上層部が関与している可能性が高い」

「だから、ベナブルはあっさり名前を教えたわけね。調べてもどうせ壁に突き当たるだけだとわかっていたから」ジェーンは唇を噛《か》んだ。「このまま引き下がれない」ジェーンは立ち上がった。「ベナブルはどこ?」

「このあたりにはいない。もう捜した。電話にも出ない」

「真相を話すと約束しておいて逃げたわけ?」

「いや、約束を破るような男じゃない。時機が来たら話してくれるだろうが」ジョーは舌打ちした。「それまで待てない」

「ベナブルの居所を突き止める方法はあるの?」

「ああ、あいつはCIAの人間だが、長いつき合いだからね」ジョーは一呼吸おいた。

「だが、その前に別の方向を当たってみることにした。ブリックが陸軍にいたとき関わった人物を調べている」

「そこから何がわかるの?」

「CIAとの関連だ。CIAは海外で諜報《ちようほう》活動を行っているし、ブリックは陸軍時代の大半をドイツとトルコで過ごしている。おそらく、このどちらかでベナブルはブリックとドーンに接触したんだろう」

「そういうことだったの。ブリックについてはそれ以外に何かわかった？」

「FBI時代の古いコネを総動員して、陸軍の記録を調べてもらっている。そろそろ返事があるだろう」

「なのにわたしをベッドに追いやろうとしたのね」ジェーンは冷ややかな笑みを浮かべた。

「わたしをかばおうとするのはやめて。今心配しなければいけないのはイヴだけよ」

「そうはいかないよ。きみを守るとイヴに約束したから」ジョーはジェーンの肩をつかんだ。「イヴに言われなくても、きみを守るのはぼくの務めだ。だが、ぼくがいつもそばについていられるわけじゃない。ケイレブはどうした？　なぜいっしょに来なかった？」

ジェーンは肩をすくめた。「彼とはそれほど親しいわけじゃないし。空港で別れたと言ったでしょ」そう言うと、不思議そうにジョーを見つめた。「なぜ気にするの？　あの人を気に入っているわけでもないのに」

「ああ、ケイレブは何をしでかすかわからない危険な男だ。だが、場合によっては役に立つ」ジョーはジェーンの視線をとらえた。「あの男ならきみを守れるだろう」

「わたしは誰にも守ってもらわなくていい。コーヒーを淹《い》れてくるから、早くベナブルと連絡をとって。ここでじっとしていると頭が変になりそう――」ジェーンははっとして言葉を切った。「車が近づいてくる」湖畔の道路を近づいてくるヘッドライトを見つめた。

「ベナブルが戻ってきたのかしら？」

「だといいが」

車がコテージの前に止まり、ポーチの灯《あか》りがフロントガラスを照らすと、運転席の男の顔が見えた。「あら、ケイレブよ」ジェーンは階段をおり始めた。「噂《うわさ》をすれば影ね」

「影より闇の似合う男だが、今回にかぎって歓迎するよ」ジョーが皮肉な口調で言った。

「これが最初で最後だろう」

「愛想よくしてね。彼には借りがあるから。急に頼んで自家用機でロンドンから連れてきてもらったし――」ジェーンは階段の下ではっと立ち止まった。信じられないという顔で、助手席で眠っている人物を見つめた。「どういうこと？　なぜマーガレットが？」

「ちょっと事情があってね」ケイレブが車からおりてきた。「起こしたほうがいいな。空港からずっと眠っているんだ。子猫みたいに丸くなって、一度も目を覚まさない」ケイレブは首を振った。「ほら、起きろよ、マーガレット。乗ったとたんに眠るなんて、おれに失礼だろう」

「疲れてたのよ」マーガレットは手で口元を覆いながらあくびをした。「アトランタに来る方法を見つけるのに必死だったから。あなたが自家用機に乗せてくれていたら、話は簡単だったのに」

「きみを連れていかないとジェーンに約束したからね。そうだろう、ジェーン？」

「その約束は守らなかったみたいだけど」マーガレットが助手席からおりてくるのを見守

りながら、ジェーンはむっつりした顔で言った。髪は乱れ、シャツもジーンズも皺《しわ》だらけだったが、マーガレットはジェーンの記憶にあるとおりの晴れやかな笑みを浮かべている。

「それで空港でわたしと別れたわけね、ケイレブ」

ケイレブはうなずいた。「マーガレットがサンフアンから電話してきて、アトランタまで飛行機に乗せてもらえることになったから、空港に迎えに来てほしいと頼まれたんだ。知らない町をひとりで歩かせるわけにはいかないだろう」

「マーガレットなら世界中どこでもひとりで歩けるわ」ジェーンは言い返した。「サマーアイランドにたどり着いたぐらいだもの」

「それとは話が違う。何かあったらきみだって責任を感じるはずだ」

たしかに、そのとおりだ。ケイレブにマーガレットを乗せないでと釘《くぎ》を刺したのは、巻き込みたくなかったからだ。だが、マーガレットが自分で方法を見つけてやってきたからには、放っておくわけにもいかない。それでも、腹の虫がおさまらなかった。「なぜ来たの、マーガレット？　あなたの助けはいらないと言ったはずよ」

「あなたにはわかってないのよ」マーガレットは後部座席からダッフルバッグを取り出した。「わたしがどんなに役に立つ人間か。そうそう、空港からデボンに電話したら、トビーは起き上がれるようになったって」

「知ってるわ。二時間前にわたしも電話したから。話をそらさないで」

「わたしが役に立つことを思い出してもらいたかっただけ。トビーが重症に陥ったのはそれほど前のことじゃないでしょ」そう言うと、マーガレットはジェーンに笑いかけた。「ケイレブはあなたとの約束を守って、飛行機には乗せてくれなかった。彼を責めないで」

「ケイレブをかばうことなんかないわ。味方がいなくてもやっていける人だから」

「誰だってたまには味方がほしくなるわ」マーガレットは言った。「マーク・トレヴァーが味方になってくれなかったら、わたしはまだサンフアンにいた。あの人がガズデン災害救助犬協会にかけ合ってくれたの」

「マーク・トレヴァーを知ってるの？」ジェーンは反射的に体をこわばらせた。

「知ってるというほどじゃないけど、病院の待合室で会ったの。あなたのお見舞いに行くと言ったら、急にわたしに興味を示して。島で何があったか、よく知ってたわ。カリブ海沿岸には知り合いが多いから、何かあったら電話していいと言ってくれたの」マーガレットは顔を輝かせた。「それで、電話したわけ」

「トレヴァーの世話になったなんて言わなかったじゃないか」ケイレブは不満そうだ。

「訊《き》かれなかったし、トレヴァーに送ってもらったわけでもないから。それに、ケイレブには黙っていたほうがいいと彼に言われたの。ジェーンに知られるのはかまわないけど、自分が関わったのがあなたにわかったら怒るだろうって。そうなの？」

「まあね」ケイレブはジェーンを見た。「トレヴァーはきみに自分の存在を見せつけたかったんだろう」

「そんなところだろうと思ってたわ」マーガレットはそう言うと、ジェーンの前を通り過ぎて、ポーチの階段に立っているジョーに話しかけた。「はじめまして、クイン刑事。ご挨拶が遅れてしまって。イヴ・ダンカンを捜すのを手伝うから、しばらくここに置いてもらえませんか。邪魔にならないと約束するわ」

ジョーはしばらくマーガレットを見つめていた。「しかたがないな。不法入国してしまった以上、当局に通報して強制送還させなければならないが――」そう言うと、首を振った。「それもかわいそうだ。ジェーンの愛犬を助けてくれたんだからね。イヴもぼくもトビーが大好きだ。法的な問題はあとでなんとかしよう」

マーガレットは満面の笑みを浮かべた。「ありがとう。できるだけ迷惑をかけないようにするわ」そう言うと、ジェーンに顔を向けた。「ほら、うまくいったでしょ。クイン刑事はわたしがここにいたほうがいいとわかっているのよ」

「そんなことを言った覚えはないぞ」ジョーが言い返した。

「でも、あなたにはわたしが役に立つのがわかったはずよ」マーガレットはポーチの階段をのぼり始めた。「シャワーを浴びて犬の臭いを洗い流したいんだけどいいかしら？　わたしは犬の臭いは気にならないけど、ほかの人はそうはいかないだろうから。六頭の救助犬といっしょにアトランタまで飛行機に乗ってきたけど、ジャーマンシェパードのブルーノは神経過敏になっていたから、わたしがずっと覆いかぶさるようにして抱いていたの。そもそも、災害救助犬協会がわたしを便乗させてくれたのはそのため。ブルーノは飛行機が大嫌いで、いつも安定剤を使っていたけど、二年ほど前から薬が効かなくなったそうよ。わたしならおとなしくさせられると説得して乗せてもらった」そう言ってから淡々と続けた。「こっちに着くまでにブルーノに言い聞かせて、次からは薬がなくても飛行機に乗れるようにするという条件で」

「そんなことができるのか?」ジョーが驚いた顔をした。「ジェーンからきみの特殊な才能のことは聞いたが。それにしても、すごいな」

「できるわ」マーガレットはまっすぐジョーの目を見た。「だから、わたしに手伝わせて。恩返しさせてほしいのに、ジェーンはわかってくれないの。でも、あなたがいいと言ってくれたら、わたしはここにいられる。ねえ、いいでしょ?」

「そうだな」

「ジョー、マーガレットはまだ子どもよ」ジェーンが反対した。

「少し考えさせてくれ」ジョーは背を向けて玄関に向かった。「コーヒーを淹れてくれないか。その間に彼女の申し出を受けるかどうか決めよう」

「何か考えるところがあるみたいね」ジェーンが言った。「教えて」

だが、ジョーはもう家に入っていた。

「おれもコーヒーをごちそうしてもらえるのかな?」ケイレブが訊いた。「それとも、マーガレットを連れてきた罰として仲間外れにされるのかな?」

「入っていいわ」ジェーンは苦い顔で言った。「マーガレットのことだから、ヒッチハイクしてでも空港からここにたどり着いたはずだもの」

「そのとおり」マーガレットが言った。「だけど、ヒッチハイクは下手すると危険だから、ケイレブに送ってもらえてよかった」そう言うと、含み笑いをした。「ちょっと危ない人だけど、わたしには無害だから」

「そんなことを言っていいのかな」ケイレブが言った。「第一、気に入らないよ、望みどおりにするためにトレヴァーとおれを手玉にとるなんて」何か言いかけたマーガレットに向かって手を上げて制した。「今もクインを味方につけてジェーンの反対を押し切ろうとしている。きみは見かけよりずっとしたたかだな。底ぬけに明るい顔の下に、暗い一面を隠しているんじゃないのかな?」

「そうやって生き抜いてきたのよ。そうするしかなかった。底ぬけに明るいわけじゃないけど、闇には近づかないようにしている。闇はいつもそばにあるけど、ときどき小さな光を当てて切り抜けてきた。そうしていれば平気よ」

「考えが甘いな」そう言うと、ケイレブは肩をすくめた。「もっとも、おれも人のことを言える立場じゃないが」

「そのとおりね」ジェーンが言った。「さあ、それぐらいにして、マーガレットを解放してあげて」玄関のドアを開けた。「バスルームは廊下の突き当たりの左側。旅の疲れと犬の臭いを洗い流してらっしゃい。話はそのあとで」そう言うと、マーガレットと目を合わせた。「ジョーがなんと言うか知らないけど、わたしはあなたを巻き込むのは——」

「言いたいことはわかるけど。でも、あなたはジョー・クインを尊敬しているから、もう決まったも同然よ」マーガレットは足早に廊下を進んだ。「それから、手伝わせてもらえるなら、情報がほしいわ。クインは刑事だし勘のいい人だから、わたしが役に立つと判断したら、情報を共有してくれるはずよ。だから、あなたもわたしの安全のために知っていることは全部話して」

たしかに、ケイレブが言うとおり、マーガレットは見かけよりずっとしたたかだ。「ジョーはイヴを取り戻すためならなんでもするから、あなたに情報を提供するでしょうね」ジェーンは唇をゆがめた。「でも、わたしを当てにしないで。意地悪してるんじゃなくて、本当に何も知らないの。イヴを拉致したのがドーンという男ということ以外は。それに、安全を確保したいのなら、わたしたちに近づかないのがいちばんよ」

マーガレットははっと振り向いた。「ドーン？　犯人の名前がわかってるの？」急に目を輝かせる。「どうやってそれを――」

「シャワーを浴びてきて。あとで話す。気が変わるかもしれないけど」

「大急ぎで浴びてくるわ」マーガレットはバスルームに入ってドアを閉めた。

「マーガレットに優しくすることにしたのかい?」ケイレブが訊いた。

「とんでもない。優しくする気なら、さっさと追い返してるわ」ジェーンは疲れた顔でこめかみをこすった。「今さら言ってもしかたがないけど、マーガレットは来ないほうがよかったのよ。ここにいたら利用されるだけ」

「彼女は利用されるなんて思ってないよ。聞いただろう、きみに恩返しがしたいんだ」ケイレブはまた肩をすくめた。「おれなら彼女の能力を利用するかもしれないな。そういうことに関しては無神経な人間だから。だが、決めるのはきみだ」そう言うと、キッチンをのぞいた。「コーヒーをごちそうしてくれると言っていたが、コーヒーが必要なのはきみのほうらしいね。ここで待っていて。おれが淹れるよ」

「コーヒーぐらい淹れられるわ」

「二日前に撃たれたのはおれじゃないからね」ケイレブはキッチンに向かった。「ここはおれに任せたほうが――」

「言い争ってる場合じゃないだろう、ジェーン」ジョーが足音も荒々しく寝室から出てきた。「つまらないことに体力を使って、また入院するはめになったらどうするんだ?」

「心配しすぎよ。わたしはもうすっかり――」ジョーの表情に気づいて、ジェーンは言葉を切った。「何かあったのね。イヴのこと?」

「いや、陸軍の人事課からブリックの海外勤務に関する問い合わせの返事が来た。それによると、当初はこれといった問題はなかったが、トルコに派遣されてから様子が変わったようだ。酒場での喧嘩《けんか》が三件、地元住民とのいざこざも数回起こしている」

「ベナブルが見せてくれた報告書には出ていなかったわ」

「そこだよ、気になるのは。酒場の喧嘩はかなり派手だったらしいが、死者が出たわけではないし、ブリックが刑務所に送られることもなかった。だが、地元住民とのいざこざはくわしく記録されていた。住民によると、ブリックは外国の兵士は入ることのできない民間居住区域に侵入したというんだ。もうひとりの男とイスラム系の女学校のそばで見つかったんだが、男は逃げてブリックだけが罪をかぶった。地元警察にも連れの身元を明かさなかったし、アメリカ軍警察に引き渡されたあとも黙秘権を行使した。最後までひとりだったと主張したそうだ。酒に酔ってふらつき、トルコ人に捕まったと言って」

「結局、いっしょにいた男のことはわからなかったの？」

「ああ。翌日には起訴が取り下げられた。一カ月後にブリックはアメリカ本国に送還されている」

「隠蔽工作？　ベナブルが関与していると思う？」

「おそらく。だが、何を隠蔽しようとしたのかも、その理由もわからない」

「ブリックはトルコでその謎の男と行動するまではまともだったようね。でも、トルコの刑務所に入れられる危険を冒してまで、その男をかばっている。ブリックのそれまでの経歴から考えると、忠誠を尽くすような男と思えないけど」

「ブリックが罪に問われず本国に送還されたのは、その男をかばったからじゃないかな」ケイレブが言った。「この段階では憶測にすぎないが。ほかに何かわかったのか、クイン？　ＣＩＡやベナブルとのつながりは？」

ジョーは首を振った。「ブリックの部隊がトルコに駐留していた数カ月間の新聞を調べているところだ。まだ調べ終わったわけじゃないが、これまでのところ、国際的に重要な事件は起こっていない」

「ベナブルが陰で糸を引いていた可能性もある」ジェーンが言った。

「たしかに」ジョーはそう言うと、一呼吸おいた。「そういえば、同じころ、イスタンブールでイスラム教の聖職者がふたり、不審な事故死を遂げている。そのふたりは、イラクでアメリカ軍の国境警備隊が四人死亡した自爆テロに関与していたとされている」

「報復というわけ？」ジェーンが眉をひそめた。「ベナブルらしくないわ。感情で動く人じゃないでしょ。国際的な事件を引き起こすとしたら、正当な理由があるはずよ」

ジョーはうなずいた。「ほかにも、イスタンブールからインドのデリーの家に帰る途中で女子学生が失踪したという事件もあったが」

「ＣＩＡが関与しているとは思えないけど」

「とにかく、もっと調べてみる。憶測でものを言ってもしかたがない」ジョーは腕時計を見た。「これ以上待てない。ベナブルを捜しに行く」そう言うと、ケイレブに顔を向けた。「ジェーンを頼む。そばを離れたりしたら――」携帯電話が鳴り出した。発信者IDを見たとたんジョーの顔がこわばった。「ベナブルからだ」

音量を上げてから応答ボタンを押した。「どこにいるんだ、ベナブル？」

「あいにくだが、きみの近くにはいない。声の感じからすると、頭にきているようだな。レリングの調査がうまくいかなかったのか？」

「ちゃんと見越していたんだろう。ドーンもレリングも、どちらも記録は残っていなかった。きみが指示して抹消させたんだな？」

「指示はしたが、何か見落とす可能性もあるからな」

「トルコで何があった？　そのせいでイヴに危害が及ぶことになったとしたら、ただではおかない」

「気持ちはわかるが、まさかこんなことになるとは思っていなかったんだ。もっと慎重にやるべきだったよ。とにかく、あと二時間待ってほしい。そっちに着いたら、きみの言い分を聞こう。電話したのは、バージニア州のジョン・ターサー将軍の家に来ていると伝えたかったからだ。ドーンのことを将軍に話す。飛行機を待たせてあるから、話が終わり次第そちらに戻る」

「ターサー将軍？　また情報を小出しにする気か？　その手は食わないぞ」

「機密情報を提供するつもりがなかったら、将軍の名は出さなかった」

「提供するつもりがあるなら、早く教えろ」

ベナブルはしばらく黙っていたが、やがてきっぱり言った。「今はこれしか教えられない」電話が切れた。

「誰、ターサーって？」

振り返ると、マーガレットがバスルームのドアの前に立っていた。ジーンズとシャツに着替えていたが、濡《ぬ》れた髪にタオルを巻いている。興味津々で目を輝かせながら近づいてきた。「ターサー将軍？　聞いたことないわ」

「有名な軍人よ」ジェーンが言った。「でも、活躍したのはずいぶん前のことでしょ。たしか、イラクで」

ジョーは電話を切りながらうなずいた。「ああ、アフガニスタンでも大きな役割を果たした。引退したのは何年も前だ」

「何があったの？」マーガレットは頭からタオルをはずした。「最後のところしか聞こえなかった。そのターサー将軍と、今回の事件はどういう関係が――」

「わからない」ジョーがさえぎった。「だが、なんらかの関係があるのは確かだ」

「それがわかればイヴを見つけることができるのね。手伝わせてくれるんでしょ？」

「ああ」ジョーがにやりとした。「だがその前に、きみに特殊な能力があることを証明してもらおう」そう言うと、マーガレットの腕を取って玄関に向かった。「ベナブルが戻ってくるまでに二時間ある。その間、できることをしておきたい。ジェーンによると、きみは動物と交信できるそうだね。必ずしもそれを信じているわけじゃないが、ひょっとしたら、森の動物からドーンの居所を聞き出すことができるかな？」

「断定はできない」マーガレットは言った。「どこへ行くの？」

「森へ。ベナブルの部下のデュークス捜査官が、湖から二キロほど離れた森の中で、喉を掻《か》き切られた遺体で発見された。わかっているのはそれだけだ。鑑識がその周辺を捜索しているが、まだ何も見つかっていない。デュークスが殺害された経緯と、そして、ドーンが何か手がかりを残していなかったか知りたい」

ふたりを追ってポーチに出てきたジェーンが首を振った。「マーガレットにそんなことができると思う、ジョー？　デュークスが殺害されたときにはアメリカに着いてもいなかったのに」

ジョーはマーガレットの目をまっすぐ見つめた。「できるか？」

マーガレットは少し考えてから答えた。「たぶん」

ジョーはきらりと目を光らせると、マーガレットを促した。「よし、やってみよう」

12

コロラド州　リオグランデ・フォレスト

「やっとあの子の顔からマーカーがはずれるんだね」ドーンは満足そうに言うと、椅子から身を乗り出した。「やれやれ。あれがついていると悪魔のように見えたよ。ケヴィンはあんなにきれいな子なのに」

「きれいな子って？　れっきとした大人でしょう」イヴは最後の深度計測をしながら言い返した。「正確に言うなら、大人だった。この頭蓋骨から判断すると、亡くなったときは二十代後半ね」

「あの子がもうわたしのそばにいないと思い知らせようとしているのか？」ドーンは穏やかな笑みを浮かべた。「それはないだろう。あんたがボニーをどれだけ深いところで感じているか知っているよ。今もそばにいると信じているのを」

折りたたみ式ベッドに寄りかかって、話しかけてきたボニーの姿が目に浮かんだ。

「子どもを亡くした親は思い出にしがみつくものよ」

「ただの思い出なんかじゃない。あんたの場合はどうか知らないが、ケヴィンとわたしは魂で結ばれているからね」ドーンは小首を傾《かし》げながら椅子にもたれかかった。「今日はやけに仕事が遅いじゃないか。そのブードゥー人形もどきのマーカーをはずしたら、あとはそんなにかからないと言っていただろう」

「慎重にやっているから。彫刻に取りかかるには、土台がきちんとしていないと」イヴは答えた。ガスを吸ったわけでもないのに、吐き気がして気分が悪くなってきた。

〝ガスじゃないよ。ケヴィンのせい〟

ほんとにそんな気がしてきたわ、ボニー。

イヴは吐き気をこらえながら、もうすぐ復顔像になるはずの粘土の塊を眺めた。挑むような表情をしているわけではなく、目も鼻も唇もまだ空洞のままで、のっぺりした粘土細工にすぎない。復顔作業をしていて、被害者との間に交流が生まれるのは、最終的な彫刻作業に入ってからだ。

でも、なぜか今回にかぎって、すでにこの段階で反応を感じる。かすかだが、脅威に満ちた重苦しい空気が伝わってくる。

「やっぱり引き延ばしているとしか思えないな」ドーンが言った。「ケヴィンもさぞじれているだろう。できるだけ早く復顔を完成させたい。完成しないと、わたしたちがしなければならないことを進められない」

「しなければならないことって？」

ドーンは答えなかった。

「わたしを殺すこと？」

「あんたのような親切で有能な女性を殺すような人間に、わたしが見えるかな？」

「あなたは外見と中身が違うから」イヴは一呼吸おいて続けた。「人を殺したことはある？」

「ない」

イヴはまた少しおいてから訊《き》いた。「ケヴィンは人を殺したんでしょう？　それで法廷に立つことになったんじゃない？」

ドーンは答えなかった。

「教えたくないのね。どんな手段を使ってでも調べるから、いずれわかることなのに。それよりも、あなたが話してくれたほうが誤解がなくていいと思うけれど」

「今それを話したら、あんたはケヴィンに反感を抱くにちがいない。そして、それが復顔に悪い影響を及ぼすだろう」

「あなたは自分で言うほど徹底的にわたしのことを調べたわけじゃなさそうね。わたしは仕事に私情を持ち込むようなまねはしない」イヴは肩をすくめた。「どう、試してみる価値があると思わない？　話してくれたら、疑心暗鬼のままでやるよりも作業がはかどるかもしれないわ。ケヴィンは人を殺して法廷に立つことになったのね？」

ドーンはゆっくりうなずいた。

「誰を殺したの？」

「価値のない人間だ」

イヴはぎょっとしてドーンを見つめた。「価値のない人間なんていないわ。命の価値に差なんかない」

「言い古されたたわごとだ」ドーンは顔をしかめた。「わたしも昔はそう思っていたよ。ケヴィンが真実を教えてくれるまではね」

「ケヴィンが教えてくれたって？　普通は父親が息子に教えるものでしょう」

「普通はケヴィンのような息子を持つことはできないからだ。あの子は、なんというか、特別だったよ」ドーンはとろけそうな笑顔になった。「ずいぶん時間がかかったよ。この世には選ばれた人間とそうでない人間がいて、支配する側と従う側に回るものだと理解できるまでに。ケヴィンは生きていたら、支配者――いや、それ以上の存在になったはずだ。神のような存在に。ヒトラーがもう少し利口だったら、世界を変えて崇拝の的になっていただろうとケヴィンは言っていた」ドーンは一呼吸おいて続けた。「ケヴィンはヒトラーよりはるかに利口だった。ただもう少し時間が必要だった。時間さえあったら、自分を律することを覚えて、本来いるべき頂点に立てたはずだ」

「自分を律するって？」イヴは唇を舐《な》めた。「ケヴィンが殺した〝価値のない人間〟って誰のこと？」

ドーンはいらだたしそうに肩をすくめた。「わたしがなんと言おうと信じないだろう？ケヴィンの言ったとおりにしてきたつもりだが、そろそろおしまいだ。あの子は終わらせようとしている。信じてもらえないなら、何を言ってもしかたがない。

「ケヴィンは誰を殺したの？」イヴは繰り返した。

「どこにでもいる女の子だ」短い沈黙のあとでドーンは話し出した。「名前なんかどうだっていい。ケヴィンの手にかかった理由を知ったら、犠牲になれたことを名誉に感じただろう。ケヴィンは本来の力を発揮するために、みずからを抑圧しているものから解放される必要があったんだ。誰からも愛されていたから、あの女の子もケヴィンを知ったら大好きになったはずだ」

イヴは一瞬、目を閉じた。じわじわと恐怖が広がっていくのを感じた。「ヒトラーにも崇拝者がいたらしいけれど、喜んで命を捧《ささ》げた人はいなかったはずよ」

「ケヴィンがヒトラーよりすごいのはそこだよ。どんな相手でも思いどおりにできた」

「あなたも含めて」

「それがわたしの務めとわかっていたからね。あの子の望みはなんでもかなえたし、ほしがるものはなんでも与えた」ドーンはイヴと目を合わせた。「後悔していない。ケヴィンに尽くせたことを誇りに思っている」

イヴは頭がくらくらしてきた。ヒトラーの顔が、そして、殺害された子どもの無残な姿が、目に浮かんだ。ケヴィンが殺害した女の子はいくつだったのだろう？　誘拐されたときのボニーと同じくらいだったのかしら？「死後もケヴィンはあなたを支配しているわけね。精神を病んでいたのがわからない？　〝抑圧からの解放〟は連続殺人犯が口にする決まり文句よ。誇大妄想家でもあったようね。要するに、利己的なモンスターで、父親のあなたを利用していただけ。あなたのことなんかなんとも思っていなかったのよ」

「いいかげんなことを言うな」ドーンの顔に血がのぼった。「あんたに何がわかる？　ケヴィンはわたしを愛していた。出廷が決まったときも、わたしのことを真っ先に心配してくれた。あの子のそばにいて力になりたかったが、わたしに身を隠したほうがいいと言った。いざとなったらブリックがいるからと言って」

「ブリックはケヴィンの友達だったの？」イヴは唇をゆがめた。「それとも、崇拝者と呼んだほうがいい？」

「ああ、ブリックはケヴィンを崇拝していた。ふたりは軍隊仲間で、イスタンブールにいたとき知り合ったんだ。当時、ケヴィンは特殊部隊に所属していて、そこで人を殺すことを教えられた。あの子は優れた才能を発揮したよ――

「殺人マシーンとして？　ケヴィンは軍隊時代に〝抑圧からの解放〟に目覚めたわけね。

ブリックはそれを知っていたの？」

「最初は知らなかったが、そのうちケヴィンの優れた能力に気づいて、あの子を慕うようになった。ケヴィンはそんなブリックを受け入れて仕込んでやったんだ」

「自分と同じモンスターにね」

「当てこすりはたくさんだ」ドーンは声を荒らげた。「あんたにケヴィンが理解できるはずがない」

「それなら、なぜケヴィンのことを話したの？　息子に尽くしたことを後悔していないと言っていたけれど、本当は犯した罪の重さに怯《おび》えているんでしょう？」

「とんでもない」ドーンは立ち上がった。「言っただろう、あの子の父親になれたことも、あの子のためにしてきたこともすべて誇りに思っている」そう言うと、急に猫なで声になった。「あんたに話したのはケヴィンが望んでいるからだ。わたしにはわかる。あんたはケヴィンを恐れていない。それがあの子の気に入らないんだ。存在を感じていながら、あくまで抵抗しようとしているのが。あんたの片割れのように」

「片割れ？」声がかすれた。

「わかっているはずだ」

ボニーのことだ。

〝あたしがママのそばにいるのが気に入らないの。ものすごく強い人だから……〟

「あなたが言うとおり、ケヴィンなんか恐れていないわ」強気に出たものの、声が震えそうになった。「ねえ、知ってる？　ヒトラーは第二次世界大戦中、ひそかに世間で笑いものにされていたわ。モンスターだったけれど、一皮むけば物笑いの種にされる、残忍な小男にすぎなかった」

「今とは時代が違うからな。ケヴィンもあんたと同じ意見だろう。ヒトラーを称賛する一方で批判的なことも言っていたからね。現在は、アルカイダをはじめとするテロ組織を操るのがいちばん効果的だとケヴィンは言っていた。実際、パキスタンのテロ組織に情報を提供して、その見返りに幹部から便宜を図ってもらっていた。しかし、これからというときに陸軍の連中に捕まって刑務所に入れられた」

「アルカイダに捕まっていたら、じわじわ時間をかけて殺されたでしょうに」

ドーンは殴られたようにひるんだ。「なんてことを言うんだ」両手でこぶしを握った。「外の空気を吸ってくる。ここにいたら、あんたを叩《たた》きのめしてしまいそうだ。そんなことをしたらケヴィンは喜ばないだろう。あんたのためにちゃんと計画を立てたんだから」

親切な隣のおじさんというドーンの仮面が初めてはがれた。イヴはもう一突きしてみることにした。「計画を立てられるわけないでしょう。ケヴィンは死んで、もういないのよ、ドーン」

「どうかな」ドーンは玄関に向かった。「わたしにはあの子が見えるし、あの子にもわたしが見える。生きていたときと同じくらい身近に感じることもある。あの子の夢も見る。もしいないなら、なぜあの子があんたやボニーのために計画を立てているのがわたしにわかるんだ?」ドアの前で立ち止まった。「ちゃんと仕事をするんだぞ。戻ってきて進んでいなかったら、ブリックに電話して、ジェーン・マグワイアの件を相談する」そう言うと、荒々しくドアを閉めた。

イヴはスツールに座り直した。落ち着いて。ついにドーンと正面から対決することになった。ドーンの弱みを突いて仮面を取らせることに成功したのだ。これからは堂々と渡り合える。

いいえ、そこまで楽観はできないだろう。まだわからないことがたくさんある。でも、少しずつ探っていけばいい。ドーンの仮面をはがしたのは大きな一歩だ。一瞬で不気味なほど表情ががらりと変わった。今ここから出ていった男は、それまでのドーンとは別人だ。

「化けの皮がはがれたわね、ドーン」イヴはつぶやいた。「正体を見破ったからには、ケヴィンのようにあなたを操ってみせる。あなたたち父子《おやこ》はわたしたちに勝ち目はないわ」

わたしたち。ごく自然にこの言葉が出てきた。わたしとジェーン?　わたしとジョー?

それとも、ボニーといっしょに戦うつもりだったのかしら?

突然、猛烈な吐き気が込み上げてきて、スツールから転げ落ちそうになった。イヴは作業テーブルをつかんだ。

〝ガスじゃないよ。ガスじゃないよ〟ボニーの言葉がよみがえってくる。

かすんだ視界の中で、復顔像を見つめた。ケヴィンの顔を。

ぐいぐい引き込んで、窒息させようとしている。

〝夜になるとぶつかってくるものがあるの〟〝ものすごく強い人だから〟

だいじょうぶ、きっと勝てるから。

でも、こうして座っているだけでは勝てない。せっかくドーンがチャンスをくれたのだから、活用しなければ。

机を探そう。あの鍵のかかった引き出しを。

イヴは頭をすっきりさせようと首を振ると、粘土をならすのに使うスチール製のスパチュラに手を伸ばした。刃は鋭くないから錠を破ることはできないだろうけれど、頑丈にできているから引き出しをこじ開けられるかもしれない。引き出しを荒らしたのがドーンにばれてもうかまわない。堂々と対決するのだから、下手にごまかす必要などない。

さあ、早く。

スツールからおりて、部屋の隅の机に向かった。

どうしたのかしら？　膝ががくがくして力が入らない。

背中に――肩甲骨の間に、強い刺激を感じてイヴははっとした。

誰かが悪意に満ちた目で見つめている。

考えすぎだ。

粘土の塊に生命が宿るわけがない。

でも、死を宿すことはできるのだろうか？

無視しよう。

そう思っても、気になってしかたがない。うなじが痛いほどこわばって、ろくろく息ができない。

さっさと消えて。

心を閉ざして、引き出しの細い隙間にスパチュラをこじ入れることに集中しようとした。スパチュラが隙間に入ると、慎重に前後に動かして、錠のまわりの薄い木の板を削り落とした。スパチュラは思ったとおり頑丈だ。最後までもってくれるといいけれど。

外から物音が聞こえた。

イヴはぎくりとして耳をすませた。

足音はしない。トラックのドアが閉まる音も聞こえない。かすかな声がするのは、ドーンが電話で話しているのだろう。

助かった。それなら、しばらくは家の中の気配に聞き耳を立てる余裕はないだろう。さっきより大胆にスパチュラを動かした。

しばらくすると、錠のまわりの板が裂けた。

やった。

引き出しを抜いた。

中身を見たとたん、愕然《がくぜん》とした。

入っていたのは古いアルバムだった。

思い出がよみがえってきて心がなごむとドーンは言っていたけれど。

アルバムの下に、イヴがドーンに拉致されたときに着ていたジャケットが折りたたんで入れてあった。

ポケットに入れてあった携帯電話と銃は？

アルバムを引き出しから出して机の上に放り投げた。黄褐色の表紙は色褪《いろあ》せ、あちこちすり切れている。ドーンはこのアルバムをいつも持ち歩くほど大切にしているのだろう。いったい、どんな写真を保管しているのかしら？

ちょっとのぞいてみよう。

厚い革表紙をめくった。

だが、ちょっとのぞく程度ではすませられなかった。

黄ばんだ新聞の切り抜きに目が釘《くぎ》づけになった。ドイツのハンブルクの新聞だ。ドイツ語は読めないが、一面の写真を見れば記事の内容は容易に想像がついた。七歳から九歳くらいの女の子たちの写真。全員が連続誘拐殺人犯の被害者だった。同じような悲劇の報道をアトランタやシカゴの新聞でも読んだ覚えがある。

なんてむごいことを！

〝価値のない人間〟というドーンの言葉がよみがえってきた。

この少女たちは価値のない人間だというの？

イヴは思わず目を閉じた。でも、恐怖におののいている場合ではない。

アルバムを閉じて、床に投げた。

大急ぎで引き出しを調べた。ジャケットを引っ張り出してポケットを探ってから、脇に放った。

そう、銃だ。銃を見つけなければ。

引き出しの奥に38口径の拳銃が入っていた。急いで弾倉を調べた。

からっぽ。ドーンが弾丸を抜いたのだ。

銃を机の上に投げ出して、携帯電話を捜した。

これも引き出しの奥に入っていた。

不通になっている。バッテリーが抜かれているのだ。バッテリーを捜そう。まさか弾丸は近くに置いていないだろうが、バッテリーはそれほど危険なものではない。机のほかの引き出しを調べ始めた。

見つからない。

充電器を持ち歩く習慣はなかった。困った。

でも、充電する方法が何かあるはず。

イヴは復顔作業のためにドーンが用意したノートパソコンを眺めた。細いケーブルがマウスとパソコンのUSBポートのひとつをつないでいる。あれを利用できないかしら？

それしか思いつかなかった。

パソコンに近づくと、ケーブルをUSBポートから抜いて両手に巻きつけた。それから、マウスを床に落とし、全体重をかけて踏みつけてケーブルを引き抜いた。ほつれた先端を持って絶縁体をはがすと、それぞれ別の色の細いワイヤーが四本見えた。赤と黒のワイヤーは電源に、それ以外はデータにつながっているのだろう。それなら、赤と黒を利用すればいい。

赤と黒の被覆を歯で噛《か》んではがすと、銅線がむき出しになった。イヴは携帯電話を手に取って、バッテリーコンパートメントの銅管端子を見つめた。二つではなく三つある。たぶん、バッテリー残量ゲージ、バッテリー温度、そして、それ以外のデータ用なのだろう。でも、どれがどれなのかわからない。

外で物音がして、顔を上げた。ドーンが戻ってきたのかしら？

その場に立ちすくんで、トラックのドアの音や近づいてくる足音に耳をすませた。

何も聞こえなかった。

助かった。急いでやりかけていた作業に戻る。

外側の二つの端子から試してみることにした。ショートさせられなかったら、別の組み合わせでやってみればいい。作業テーブルに手を伸ばして、彫刻用粘土の小さな塊を二つ取った。粘土をそれぞれのワイヤーに丁寧に貼りつけてから、バッテリーコンパートメントの両端の端子につないだ。そして、反対の端をノートパソコンのUSBポートに差し込んだ。

お願い！　通話できるだけの電力でいいから……。

息を詰めて携帯電話の電源スイッチを押した。

反応しない。

がっくりして気が抜けた。

こんなことではだめ。もしかしたら、プラスとマイナスを逆にしたのかもしれない。入れ直してみた。

もう一度電源ボタンを押す。

入った！

数秒後にはキャリア名と電波マークが画面に現れた。これでつながる。

そのとき、トラックのドアがばたんと閉まる音がした。

急がないと。ジョーに電話して、ここがどんなところか――

発信ボタンを押したとき、玄関のドアが開いた。

早く出て、ジョー。お願いだから、電話に出て。

応答はない。呼び出し音も聞こえない。本当につながっているのかしら？

悪態をつくドーンの声がした。

次の瞬間、痛みが走った。

事態に気づいて駆けつけたドーンがイヴの横面を張って、床に倒したのだ。

ドーンは携帯電話をつかんで受信者ＩＤを調べ、まだ通話が開始されていないのを確かめると、携帯電話を踏みつけて壊した。それでも足りず、イヴを罵りながら、力任せに破片を床にこすりつける。

イヴは床を転がって膝立ちになると、ドーンに向かって突進していった。ドーンは一瞬よろめいたが、すぐ体勢を立て直して、手の甲でイヴの頬を思いきり殴った。

イヴは頭を低くすると、ドーンの腹に頭突きを食らわして苦悶《くもん》の声をあげさせた。

よし、次は空手の構えをとって……。

「やめろ、もうたくさんだ」ドーンが制した。「こうなるのを見越しておくべきだったよ。あんたもあの男と同じだ。今度わたしに手を出したら、内臓を吹っ飛ばすぞ」

腹部に突きつけられた銃口を感じて、イヴはその場に凍りついた。

「怖いか？　さっきの勢いはどこへ行った？」ドーンはイヴを押しのけると、髪を引っ張って顔を起こさせた。目に怒りが燃え、首に青筋が立っている。「待ってやるつもりだったが、もう我慢できない。ケヴィンはじりじりしている」そう言うと、にやりとした。

「そして、わたしも」

「わたしを撃ったらおしまいよ」イヴはドーンの視線を受け止めた。「あの頭蓋骨を人間らしく見せたいんでしょう。ケヴィンは生きていたときも人間らしかったとは言えないけれど」

ドーンは髪をつかんでいた手を離して、また頬を殴った。「言葉に気をつけろ。あの子は並の人間なんかとくらべものにならなかった」イヴを机の前の椅子に座らせた。「クインに電話する気だったのか？」

「ほかに誰がいるの？」

「あいにく、つながらなかったようだな」床に散らばった携帯電話の破片にちらりと目をやった。「二度とチャンスはないからな。今後ひとりにするときは手錠をはめる」

電話がつながらなかったとしても、ひょっとしたら着信履歴を逆探知できるのではないかとイヴは期待していた。だが、携帯電話を壊されて、その望みも絶たれた。「手錠をかけられていたら、ケヴィンの復顔ができない」

「完成するまでそばを離れない」ドーンは大きな手でイヴの喉をつかんだ。「もう待てないと言っただろう。明日までに完成させろ」

「いやだと言ったら？　完成させた瞬間に撃たれるとわかっていて仕事に励むと思う？」

「復顔の完成だけを待っているわけじゃない」ドーンが言った。「もちろん、きれいだったころのあの子の顔をもう一度見たい。だが、それだけじゃないんだ」

「本人だという証拠がほしいわけ？」そう言ってから、イヴは首を振った。「そうじゃないわね。本人と確信しているようだから。ＤＮＡ鑑定は法的証拠になるから、裁判に証拠として提出できるけれど」そう言うと、イヴは床の上のアルバムに目を向けた。「ケヴィンのようなモンスターを殺した人間を、法に照らして裁こうとは誰も思わないでしょうね」

「ケヴィンの思い出の品を見たのか？」ドーンは舌打ちしながらアルバムを拾って机にのせた。「ずいぶん乱暴な扱いをしたものだ。ケヴィンが気を悪くしているぞ」

「女の子を犠牲にしたと聞いたけれど、ケヴィンは何度同じようなことをしたの？」イヴはアルバムから目を離せなくなった。この世のありとあらゆる災いを封じ込めたパンドラの箱を見ているようだ。

「ケヴィンは数えたりしていなかった。それに、軍隊で海外に出ていた間はわたしはそばにいなかったからね。最初は十四歳ぐらいのときだった」

「何人殺したの？」

「正確な数はわからないと言っただろう」ドーンは肩をすくめた。「五十人はくだらないだろうな。全員が女の子だったわけじゃない。ケヴィンの好みは幼い女の子だが、男の子も成人女性もいた」

　イヴは気分が悪くなった。「なぜ幼い女の子に執着したの？」

「汚れのない相手ほど、抑圧からの解放感が強いと言っていた」ドーンは底意地の悪い笑みを浮かべた。「きっとボニーも気に入っただろう。ケヴィンの好みにぴったりだ。今ごろあの子は向こうの世界でボニーを相手にしているにちがいない」

　殺してやりたい。イヴは腹の底から思った。ドーンはイヴの弱みをよく知っていた。

「いいかげんなことを言わないで」

「あのふたりにつながりがあるのはあんたも知っているだろう？」

「頭が変よ」イヴは声が震えないようにするのに苦労した。「ボニーは天使のような子だった。あなたの悪魔といっしょにしないで」

「このアルバムの女の子の親たちも、わが子は天使だと信じていただろう」ドーンはアルバムの最初のページを開いた。「見てごらん。ボニーに似た子はいないかね？」

「いない」

「見ていないじゃないか」ドーンはイヴの髪をつかんでアルバムに顔を向けさせた。「この真ん中の子はどうだ？　アンナ・グラスカーだ。ボニーみたいに縮れ毛だ」

　だが、赤毛ではなく金髪だった。きらきら輝く目をした愛らしい少女だ。イヴは胸が痛くなった。「なぜこんな目に遭わせるの？」

「わたしを怒らせたからだ。できるだけ快適に過ごさせてやろうとしているのに、あんたはよけいなことばかりする」

「ケヴィンがこの子たちを殺すのに手を貸したの？」

「全員ではないがね」

「手を貸したのは確かなわけね」

「ケヴィンに必要とされたときには。だが、実際に手を下したわけじゃない。そんなことをしたら、ケヴィンの解放感が損なわれるからね」

「殺人に加担したことに違いはないわ」

「それを否定するつもりはない」

「具体的には何をしたの？」

「スカウト役だ。幼い少女をあの子のところに連れてくる。簡単なことだったよ。わたしみたいな人間は信用されるからね。ケヴィンのほうがわたしなんかよりずっと頭がよかったが、わたしにも役割があると思うと誇らしい気持ちになったよ」

心からそう思っているようだ。息子は精神を病んでいたが、父親もそれに輪をかけてゆがんだ心理の持ち主だ。幼い少女がドーンの笑顔を見上げて、疑うこともなくついていく光景が目に浮かんだ。「父親なら止められたでしょうに。なぜ悪いことだと言い聞かせなかったの？」

「ケヴィンは並の人間とは違うんだ。わたしもそれを理解するまでに時間がかかったよ。だが、世間並みの基準で判断できないとわかってからは、気持ちが楽になった」

「陰でそそのかしていたわけね」

「その言い方は気に入らない」ドーンは喉に手を回し、力を込めた。「だが、ケヴィンも同じことを言っていたよ。法廷に立たされたら、幇助罪《ほうじょざい》に問われるだろうと」

「何度も手を貸したのなら、幇助罪ではすまない。裁判になったのは一度だけ？」

「ああ、ダニー・キャブロル殺害容疑で。被害者が複数でも、検察はたいていひとりに的を絞るようだ」

イヴは目の前の写真を眺めた。「どの子？」

「そこには写っていない。ダニーはマルセイユに住んでいたから」ドーンは手を伸ばしてページを数枚めくった。「ああ、これだ。世間の同情を引くために選んだ写真にちがいない。連中はなんとしてもケヴィンを破滅させる気だったからな」

マルセイユの新聞に掲載された写真には、五歳くらいの、縮れた黒っぽい髪の女の子が写っていた。息を呑《の》むほど美しい子だ。

「ケヴィンには勝ち目がなかった」ドーンの声が高くなった。「ダニーの父親のジョン・ターサー将軍にはめられたんだ。それまではダニーのことなど気にとめていなかったのに。

ダニーは婚外子で、親権はターサーにあった。母親は自分の伯母にダニーを預けて、ロンドンに行ってしまった。ターサーは養育費こそ払っていたが、娘に会いに行くことはめったになかった。だからケヴィンは、パキスタンでアルカイダとの連携を妨害したターサーに復讐《ふくしゅう》するためにダニーを殺害しても、逃げきれるものと信じていた。まさか、怒り狂ったターサーがあちこちに圧力をかけるなんて夢にも思っていなかった。だが、ターサーは何人も探偵を雇ってケヴィンがダニーを殺害したことを突き止めたんだ。そして、マスコミに写真や情報を提供すると同時に政治家を買収した」

「当てがはずれたわけね」イヴは皮肉な口調で言った。「婚外子かどうかは愛情とは関係がなかった」それ以上ダニー・キャブロルの写真を見ていられなかった。神々しいほど美しい女の子がケヴィンのような男に汚されたと思うと、痛ましくて胸が潰れそうになった。「ダニーの写真の前に何ページか飛ばしていたけれど」

「同じような記事ばかりだよ。ナポリ、イスタンブール、リバプール、場所が変わっただけだ。それでも見たいか？」そう訊いてから、また言った。「いや、見る価値があるのはこれだけだ。ケヴィンが起訴されたのはこの事件だけだから」

「死刑を宣告されたの？」

「いや、ブリックが手を回して証人を買収してくれたおかげで、訴えは却下された。ケヴィンは刑務所に連れ戻される途中で脱走したよ。それを聞いたときはうれしかった。あの子のために安全な隠れ家を用意して、ほとぼりが冷めるまで匿《かくま》うつもりだった」ドーンは唇をゆがめた。「しかし、二度と会うことはなかった。ターサーがブラッドハウンドを差し向けたんだ」

「猟犬を？」

「いや、ザンダーという執拗《しつよう》な追跡者だ」

「探偵？」

「探偵なんかじゃない」ドーンは乾いた笑い声をあげた。「殺し屋だ。ターサーはケヴィンを殺し屋と呼んだくせに、あの子とくらべようのないほど残忍な男を送り込んだ」ドーンは目を伏せて、アルバムを見ているふりをした。「ケヴィンとはアテネで落ち合うことになっていた。アテネで船をチャーターして、イスタンブールに行くことにしていた。ケヴィンはイスタンブールのテロリスト組織にコネがあったからね。だが、ついに待ち合わせの場所に現れなかった。波止場の近くの路地で撃ち殺されたとブリックが知らせてきた。ザンダーの仕業だ」

「どうしてザンダーと断定できるの？　ケヴィンが連続殺人犯なら、敵はいくらでもいただろうし、訴えが却下されて怒りがおさまらない人もおおぜいいたはず。わたしだって娘を殺した犯人を殺してやりたい」

「そうだろうとも。あんたはザンダーと同類だ。顔を見ているだけで不愉快になる」

挑発に乗ってはいけないとイヴは自戒した。冷静になって、できるかぎり探りを入れなければ。情報が多いほど、それを武器に使える。「ブリックはケヴィンを殺した犯人を知っていたの？」

「いや、ケヴィンは路地をはさんだ反対側の店から狙撃された。心臓を撃ち抜かれていた。ザンダーは超一流のスナイパーだから、頭を狙ったりしない。ブリックは脱兎《だっと》のごとく逃げ出したが、あとで現場にこっそり戻ってきて、ケヴィンがナラロ火葬場の車で運び去られたのを目撃した」ドーンは唇をゆがめた。「だが、わたしが火葬場に駆けつけたときには、ギード・ナラロはケヴィンを火葬炉に投げ込んだあとだった。かろうじて頭蓋骨だけは救い出したが」ドーンは一呼吸おいてから、底意地の悪い声で続けた。「ナラロを炉に投げ込んで、ケヴィンの道連れにしてやったよ」そう言うと、肩をすくめた。「早まったことをしたものだ。あのときはかっとなって、ケヴィンのことしか考えられなかった。冷静になって、ケヴィンを殺した犯人をナラロから聞き出せばよかった。そのあと火葬場の事務所をくまなく探したが、手がかりになるようなものは見つからなかった」

「それでも、ザンダーと断定できるの？」

「ああ、何年もかかって突き止めた。あのあとすぐ動くのは危険だった。それで、ほとぼりが冷めたころ、ブリックをアテネにやってナラロの家族に探りを入れさせた。当人の周囲の人間に当たるのが早道の場合もあるからな。だが、あいにく、ナラロは家族に仕事の話をする男ではなかったようで、妻と子どもたちは、彼が遺体をひそかに火葬したことも、誰かに買収されたことも知らなかった。だが、ブリックは諦めずにやってくれたよ。そして、ついにナラロの父親が真相を知っていることを突き止めた。ブリックがどうやってザンダーの名前を聞き出したか知りたいかね？」

「いいえ」

「おやおや、怖《お》じ気《け》づいたのか？　とにかく、なんとしても犯人を突き止めなければならなかった。陰で糸を引いているのはターサーだとわかっていたから、まずターサーから始めた。怒りに任せてナラロを殺したときのような間違いを繰り返すわけにいかない。第一、ターサーには陸軍 諜 報《ちようほう》部やＣＩＡが身辺警護についているから、辛抱強くチャンスを待つしかなかった。それに、ケヴィンを殺した犯人だけでなく、殺害に関わった全員を突き止めたかった。全員に思い知らせてやらないとわたしの気がすまない。わたしはケヴィンほど頭がよくないが、必ず方法はあると思っていた。ケヴィンからそれを実行するための手段も提供されていた。わたしの安全を考えてのことだったんだろうが、おそらく、こんな日もあるかと……」

「どんな手段？」

「ケヴィンはタリバンからディスクを手に入れていた。ビンラディンを安全な場所へ移動させていたパキスタン政府の高官数人を始末するために、ターサーが暗殺チームを送り込んだことを立証するディスクを。アメリカ政府はパキスタンからアフガニスタンに出るルートを確保するために、パキスタン側に強硬な態度をとれなかったが、ターサーはそんなことにはおかまいなしに、ビンラディンを捕まえ支援者を除去することだけを考えていた。微妙な勢力均衡を破るようなまねをしたことが政府に知られたら、当然、任を解かれるだろう。ターサーに協力していたパキスタン政府の役人やＣＩＡの支援者もろとも転落する。だから、あのディスクを持っているかぎり、誰もわたしに手を出せない」

「脅迫したの？」

「脅迫も武器のひとつだとケヴィンはよく言っていた。わたしの身に何かあったら、あのディスクを三つの報道機関に送るとターサーに通告した。わたしの安全を保証するために連中がどんなに手を尽くしたか教えてやろうか？　すぐさまベナブルというＣＩＡの男が飛んできて、わたしを証人保護プログラムの下におくと言った。五年前のことだ。その結果、ＣＩＡの保護下で心置きなくケヴィンの死の真相を探ることができた。時間をかけて計画を練り、そして、ついに行動に出た」

「わたしを拉致したわけね。なぜ？　わたしはなんの関わりもないのに。なぜブリックにジェーンを撃たせたりしたの？」イヴは作業テーブルの上の復顔像に視線を向けた。「この頭蓋骨を少しでも人間らしくしたい理由がやっとわかった。黒焦げの頭蓋骨を火葬炉から救い出したときのことが忘れられないんでしょう？　でも、何もここまで手間をかけなくても。それとも、そこまで正気を失ってしまったということ？」今さらドーンが息子と同様に、精神のバランスを失っている理由を詮索してもしかたがない。「わたしより、ターサーやそのザンダーという男を狙ったらどうなの？」

「何事にも潮時がある。道筋をつけておくためにあんたが必要なんだ。ケヴィンのすべてを滅ぼしたわけじゃないことをあの連中に思い知らせてやる。それに、ケヴィンはすでにターサーへの報復を果たしている。どうしてあいつの娘のダニーを選んだと思う？　ケヴィンはターサーが狙っていたアルカイダの一味とつながりがあったんだ。ダニーを殺害したのは、テロリスト組織に認められるためだった。だから、わたしはとどめの一撃を加えるだけでいい」

「ザンダーは？」

「思案中だ。あの男はターサーより手ごわい。だが、あいつの弱みをつかむことができた。ターサーがケヴィンを亡き者にするためにザンダーを雇ったと突き止めてから、ザンダーのことをじっくり研究したから、どんな人間か、どんな秘密を持っているか、世界中の誰よりもよく知っている」

「それなら、さっさとザンダーに仇討ちしたらどう？　わたしの家族は放っておいて」

「ザンダーは姿をくらませるのが得意で、居場所を突き止められない。向こうから近づいてくるように仕向けたいんだ」

「のこのこ出てきたりする？」イヴははっと思いついた。「ケヴィンの頭蓋骨という証拠を握っているかぎり、ザンダーは不安になって回収に来るということ？」

「なかなか鋭いな。たしかに、その可能性もなくはない」ドーンはようやくイヴの喉をつかんでいた手を離した。「しゃべりすぎたようだ。なぜあんたにここまで打ち明けたか、聞きたくないか？」

「いいえ。いずれわかることだし。とにかく、あなたはケヴィンのことを話したくてたまらないのよ。ケヴィンのことしか頭にない。だから、息子のためにかどわかしてきた女の子のようにわたしを騙《だま》せている間はよかったけれど――」イヴは手を伸ばして喉をさすった。まだドーンの手が食い込んでいるような気がする。「簡単に騙せないと気づいて腹を立てた。信用させるのが得意だと思い込んでいるから」

「ケヴィンはわたしの特技だと言っていた。わたしは威圧的な態度をとったわけじゃない。どの子もわたしといれば安全だと信じていたよ」

「たいした自信ね」

「あんただってわたしを信用しかけただろう」ドーンは眉根を寄せた。「それに――」何か言いかけてやめた。「あんたは思ったほど利口じゃないな。机の引き出しをこじ開けたりしたら、どうなるかわかっていたはずだ」

「どうせ同じことでしょう。何をしようと、結局、あなたはわたしを殺す」

ドーンはゆっくりうなずいた。「気の毒だが、しかたがない」

「それなら、復顔を完成させてもさせなくても同じことね」

「ジェーン・マグワイアはどうなる？」

「その手はもう通用しないわ。ジェーンの安全を確保するようにジョーに頼んでおいた。ブリックには手出しさせない」

「時間稼ぎをして、クインが助けに来るのを待つつもりか」ドーンはいぶかしげに目を細めてイヴの顔を見た。「あんたが死を恐れていないのは知っている。それでも、ジョー・クインとジェーン・マグワイアを悲しませたくはないだろう？　ケヴィンを見つけたわたしのように、ふたりが黒焦げになったあんたの頭蓋骨を見つけるはめになったら――」

「やめて。そんな目に遭わせたくない」もしもそうなったら、ふたりとも生きているかぎりその記憶から逃れられないだろう。

「そうだろうとも」ドーンはわざとらしくケヴィンの復顔像を指した。「それなら、続けるしかない。あの子が待っている」

たしかに、ケヴィンは待っている。

イヴは渦に引きずり込まれるような無言の圧力を感じた。

「ほら、早く。ふたりはケヴィンを見つけたわたしのようにはならないと約束するから」

ドーンの口調が急に優しくなった。「わたしを信じてほしい」

信じる気にはなれなかった。ドーンはケヴィンの死に少しでも関係のある人間を残らず始末する気でいるのだ。

それでも、ドーンが言ったように、時間稼ぎにはなる。ドーンとケヴィンに負けたくない。なんとかして生き抜きたい。

「ふたりはぜったいにそんな目に遭わせない」イヴは立ち上がると、作業テーブルに向かった。「わかったわ、復顔像は完成させる。モンスターの顔を再現したことはないから、そんなことがやれるのか興味があるし」

イヴはゆっくりとスツールに腰をおろして、頭蓋骨と向かい合った。

さあ、またふたりになったわね、ケヴィン。

でも、今度は前よりわたしの立場が強くなった。あなたがどんな人間だったか——いえ、どんな卑劣な獣《けだもの》だったかわかったから。邪悪な怒りの塊だったあなたは、死んでからもまだその怒りから解放されない。邪悪さが死後も残るなんて知らなかった。命の灯とともに消えるものだと思っていた。

ボニーが教えようとしてくれたのに。

ボニー。一瞬、重苦しい闇の中を爽やかな風が吹き抜けた。

激しい怒り。闇。吐き気。

息苦しくなって、全身に震えが走った。心臓をわしづかみにされたように息ができない。

ボニーのことを考えたのが気に入らないのね、ケヴィン。なぜ？　ボニーがわたしに力をくれるから？

〝きっとボニーも気に入っただろう。ケヴィンの好みにぴったりだ。今ごろあの子は向こうの世界でボニーを相手にしているにちがいない〟

抑えきれない怒りが込み上げてきて、気弱になりかけていた心を奮い立たせた。

やめて。ボニーに近づかないで。ぜったいにそんなまねはさせない。

「悪いことをするからだ」ドーンはそばの椅子に座った。「ケヴィンに罰を受けたんだろう？　あの子は親思いだから、わたしを怒らせたあんたが許せなかったんだ。自分の力を見せつけるのも目的だっただろうがね」

「ケヴィンが親思い？　笑わせないで。あなたを生かしておくのは、自分の意のままに動く人間を確保しておきたいからよ」

「いいかげんなことを言うな」ドーンの頬に血がのぼった。「あの子がどれだけ親思いか、そのうちわかる」

「それまでわたしを生かしておくという意味？」

「ああ。ケヴィンは敵を全滅させるのをあんたに見せたいだろうからな」ドーンは椅子にもたれかかった。「早くしろ。時間を無駄にする気か」

イヴは覚悟を決めた。こうなったら、やるしかない。思いきって手を伸ばして、粘土を体中がちくちくする。動悸《どうき》がして胸苦しい。

深呼吸して、作業を続けようとした。

ケヴィンは作業の邪魔をしようとしているらしい。早く復顔を完成させたがっているのは父親のドーンだけなのだろう。とにかく、早くけりをつけて、ここから逃げ出すことを考えよう。この状況はわたしだけでなくジェーンにもジョーにも危険だ。そして、ボニーにも。いちばん危険なのはケヴィンに近いところにいるボニーかもしれない。

考えてはだめ。ケヴィンを心から締め出さなくては。

何も考えずに粘土をならして彫刻を始めよう。

ケヴィン、どちらか教えて。あなたは見るからに邪悪な面構えをしている？　連続殺人犯には見えない、邪気のない優しい顔をしていた？　父親のドーンのように簡単に相手を信用させられた？　それとも、見かけもモンスターだったの？

こね始めた。

13

バージニア州　リーズバーグ

最後に会ったときとくらべると、ずいぶん老けた。屋敷の奥にある庭園の小道を進みながらベナブルは思った。まだそれほど年でもないのに、きっとあの悲劇が応えたのだろう。痩せて背中も丸くなった。

何よりも、やつれた感じがする。

人の気配に気づいて、イチゴ畑の草むしりをしていた老人が顔を上げた。ベナブルだと気づくと、はっとして地面に腰をおろした。「久しぶりだな、ベナブル」そう言うと、作り笑いを浮かべた。「その様子では、会えてうれしいとは言えないようだ。何かあったのか？」

ベナブルはうなずいた。「はい、残念ながら、ターサー将軍」

将軍はゆっくり立ち上がった。「わざわざきみが訪ねてきたということは、事態は深刻なんだな」眉をひそめると、そばにある縞《しま》模様のカンバス地の椅子に向かった。「年はとりたくないものだよ。少し動いただけで、体のあちこちが痛くなる」そう言いながら椅子に座った。「ついこのあいだまで若くて元気だったのに」将軍は隣の椅子を指さした。「座ったらどうだ、ベナブル。獲物を狙うハゲタカみたいに見おろしてないで」

ベナブルは言われるままに腰をおろし、苦笑した。「ハゲタカはないでしょう。将軍に敬意を表していただけです。その後、お変わりありませんか？」

「変わりがないわけはないだろう。健康面でいくつか問題を抱えているが、それ以上に厄介なのが精神面だ。最近、たびたび奇襲攻撃を受けるようになった」

「奇襲攻撃というと？」

「ふいに思い出がよみがえってくる。そして、ああすればよかった、こうすればよかったと後悔の念に襲われる。年をとると、気が弱くなって、この種の奇襲攻撃を持ちこたえられなくなるんだ。軍人として面目のない話だ」将軍はベナブルに笑いかけた。「申し訳ない。久しぶりに会ったというのに、愚痴ばかり聞かせて」

「将軍はさんざん戦って、数えきれないほど多くの勝利をおさめられた。しかし、老いとの戦いには誰も勝てませんよ」

「そうだな」将軍は目をそらした。「用件は？　悪い知らせだろう？」

「ドーンが隠れ家を出ました」

「それで？」

「女性を拉致しました。危害を加える恐れがあります」

「ドーンは息子のような危険人物ではないと言っていたじゃないか」

「わたしの知るかぎりでは、その可能性が高いと申し上げましたが、誤りだったようです。息子ほどではないとしても、きわめて危険です。すでにイヴ・ダンカンの警護に当たっていたわたしの部下の捜査官を殺害しています」

「また殺人事件か」ターサーはしばらく黙っていた。「それほどの危険人物なら、ケヴィン・レリングがわたしの娘のダニーを殺害した事件にも関与していたのか？」

「いいえ、ドーンは当時ヨーロッパにいませんでした。証人保護プログラムの対象にすると決めたときに申し上げたはずです。そうでなければ、保護の対象にはならなかった」

「監視下においていたはずなのに」ターサーはベナブルに視線を向けた。「それで、あのディスクは取り戻したのか？」

当然、訊《き》かれると覚悟していたが、答えるのはつらかった。「いいえ、それがまだ」

「ドーンはあれを利用する気でいるにちがいない。わたしの部下を守るための手は打ってくれたんだろうな？」

「すでに取りかかっています」ベナブルは一拍おいてから続けた。「それに、わたしの見るところ、ドーンは目先のことにとらわれていて、情報提供することはまだ考えていないようです。ディスクを取り返す機会はこの先にもあります。全力を尽くしてドーンを追跡しますから。これ以上死者を出すわけにいきません」

「わたしの部下の命がかかっているんだ。あのモンスターの父親を保護してやったのはどうしてだと思う？　あの男が存在したことも、ケヴィン・レリングをこの世に送り出したことも忘れたかったからだ。しかし、現実にはどうだ？　その親にしてその子あり、と思い知らされる。こんなはずではなかった」

「必ずドーンを捕まえます」ベナブルは真剣な顔で言った。「そして、ディスクを取り戻します」

「わたしの願いは部下の安全だけだ」

「できるかぎりのことをすると誓います」

「きみの誠意はわかっている」ターサーはぐったりと椅子に寄りかかって目を閉じた。

「きみは優秀な捜査官だ」

「優秀だったら、ドーンを逃がしたりしなかったでしょう」

ターサーは目を開けて、かすかな笑みを浮かべた。「ドーンに奇襲攻撃をかけるといい、世にも残酷な奇襲攻撃を」そう言うと、草むしりをしていたイチゴ畑に目を向けた。「毎年、イチゴを植えているんだよ。ダニーはイチゴが大好きでね。口が真っ赤になるまで食べて、その口をわたしの頬にくっつけて笑っていた。あの子はわたしの生きがいだった」

「存じています、将軍」

「あの子が生まれたのは退役間近で、わたしは人生に希望が持てなくなっていた。子どもがほしいと思ったことはそれまで一度もなかった。あの子の母親にまとまった金を渡して縁を切るつもりだったよ。今さら娘を持ってどうする？　六十歳近くになって、そんな責任を負うなんて、考えただけでも気が遠くなった。軍人としての人生しか知らなかったが、わたしにはそれ以外に望むものはなかった」そう言うと、ターサーは首を振った。「国家のために尽くしてきたつもりだった。しかし、世界情勢は悪くなる一方だ。こんな世界に生まれても幸せになれるはずがない。そう思っていたが、いざあの子が生まれてみると、考え方が百八十度変わった」

「子どもを持つとそういうことがあるようですね」

「きみに子どもはいなかったな、ベナブル」

「家族を持つことを考える時間がなくて」

「無理をしてでも時間をつくったほうがいい。それ以外のことは、出世もイデオロギーも世界の救済も二の次でいいんだ。ダニーが生まれるまで、わたしは自分がむなしい人生を送っていたことに気づいていなかった。あの子は奇跡だった」そう言うと、また首を振った。「だが、奇跡はいつまでも続くわけではない。もっとあの子と過ごせばよかった。あのころはいつも忙しかった。そのうち時間ができたらと思っているうちに、まさかあんなことになるとは。ダニーを守れなかった自分を一生許せないだろう」ターサーは豊かな大いる」

地から伸びたイチゴの茎を眺めた。「それでも、ダニーが許してくれるように毎日祈って

「とっくに許してくれていますよ」

「どうしてきみにわかる？　わたしにもわからないのに」ターサーは口元を引き締めた。

「だが、最近は許してくれたような気がするようになってきた。あの子を身近に感じられるようになったからね。笑い声が聞こえたこともある。思い込みと言えばそれまでだが。きみはどう思う、ベナブル？」

「思い込みでもかまわないではありませんか。将軍が信じておられるなら」

「そうだな。ここにいると、あの子を身近に感じられる。あの子が待っていると思うと、若者みたいにいそいそとここにやってくるんだ。またあの子といっしょにいられる日が来るのが楽しみだよ」

ベナブルは咳払《せきばら》いした。「そろそろお暇《いとま》しますから、心置きなくお仕事なさってください」そう言って立ち上がった。「悪い知らせで申し訳ありませんでした。何か進展があればお知らせします」

「そうしてくれ」ターサーも椅子から立ち上がってイチゴ畑に向かった。「わたしの望みは部下を守ること、そして、あのディスクを取り戻すことだけだ」

「かしこまりました。ああ、もうひとつお知らせしておきたいことがありました。将軍を

警護するために捜査官に屋敷を見張らせています」

ターサーは足を止めて振り向いた。「ああ、忘れていたよ、わたしが狙われる可能性があったことを。人生は最後までわからないものだな」そう言うと、ねぎらうような笑みを浮かべた。「心遣いには感謝するが、わたしのことは心配しなくていい。落ち着くべきところに落ち着くような気がする」そう言うと、地面に膝をついてまた雑草を抜き始めた。

「ご苦労だった、ベナブル」

ベナブルはしばらくその場に立ち尽くしていた。将軍は何もなかったように庭仕事に没頭している。規則的に手を動かして、単純作業に全身全霊を傾けているように見える。いや、将軍にとってはただの単純作業ではないのだろう。ダニーに会える日を待つ間、彼女へのプレゼントを用意しているのだ。

心を込めたプレゼントをのぞき見てはいけないような気がした。「それでは、これで失礼します」

ベナブルは背を向けて庭園をあとにした。

湖畔のコテージ

「ジェーンも連れてきてあげればよかったのに」マーガレットはジョーの歩調に合わせて早足で森を進みながら言った。「そばに何人いてもわたしは平気よ。大切なのは集中力だから」

「ジェーンがそばにいたら厄介だな。きみの繊細な感受性を傷つけるような行動は許されないだろうから」

「わたしは繊細な人間じゃないわ」マーガレットは顔をしかめた。「自分で言うのもなんだけど、これでもけっこうたくましいの。少々のことではへこたれない。ジェーンはわたしを守らなくてはいけないと思っているみたいだけど」

「トビーの命を救ってくれた恩人だからね。ジェーンはおおっぴらに愛情を示すタイプじゃないが、あの犬を心から愛している。だから、きみに感謝を伝えたいんだろう」ジョーはマーガレットをしげしげと眺めた。「それに、きみには相手に警戒心を抱かせないところがある」

マーガレットはうなずいた。「たいていの人はそう思うみたいね。人間は自分が見たいものしか見ないのよ」そう言うと、にっこりした。「どう、クイン刑事、あなたもわたしに気を許している?」

「ジョーと呼んでいい。今のぼくの関心は、きみが結果を出せるか否かだ。きみを信用したから協力を求めたわけじゃない。ベナブルが戻ってくるまでの限られた時間で、きみがイヴのために役立つか確かめたい。それ以外のことに関心はない」

「言われなくてもわかってる」マーガレットは言い返した。「藁《わら》にもすがる思いなんでしようね」

「すがれるものがあるなら、藁だってなんだっていいさ」ジョーはそっけなく答えた。「犬と話ができる子どもなんて聞いたことも見たこともない。何も期待していないよ。やってみてだめなら、それでもかまわない」

「わたしは子どもじゃないわ。それに、わたしも何も期待していない。希望を持っているだけ」

「希望を持てばうまくいくのか？」

「トビーのときのように何から始めたらいいかわかっている場合もあるし、人間と暮らしている知能の高い動物の場合は、体験したことを人間の言葉で伝えてくれる場合もある。でも、いつもそうとはかぎらない。特に、相手が人に慣れていない野生動物の場合はね。そういうときは、あれかこれかと探りを入れて、探し当てようとするしかないの」

「いつからこんなことができるようになった？」

「さあ、物心ついたときにはできていた。わたしにしかできないとわかったのは五歳のとき。特に意識しなくても、相手が伝えたいことが漠然と伝わってくるから、みんなもそうだと思い込んでいたの。それで、隣の犬のブランディが胃がきりきり痛むとわたしに言ったと父に伝えた」

「それで？」

「嘘《うそ》をつくなと殴り倒された」

「五歳の子どもを？」

「そのときが初めてじゃなかった。父は酔っ払うとわたしを殴った。母がわたしを産んだあとすぐ亡くなって、父ひとりでは育てられないから養護施設に預けられたけど、四歳のときに連れ戻された。生活保護費目当てだったとわかったのはずっとあとになってから。ふだんからできるだけ父の目に触れないようにして暮らしていたわ。でも、あのときはブランディを助けたい一心で」マーガレットは肩をすくめた。「父に殴り倒されて、動物と話せることは誰にも言ってはいけないと気づいた。結局、その翌日、隣のアンダーソン夫妻のところに行って、ブランディの具合が悪そうだと教えたの。吐いているところを何度か見たし、とても苦しそうにしてたと言って。アンダーソン夫妻はブランディを動物病院に連れていってくれたわ。それで、胃に腫瘍ができていたことがわかった」そう言うと、マーガレットは鼻に皺《しわ》を寄せた。「わたしのおかげで早く見つかって命拾いしたとアンダーソン夫妻がお礼を言いに来てくれたの。父は愛想よく応対していたけど、夫妻が帰るとすぐ、よけいなことを言ってと怒ってまたわたしを殴った。そして、近所の人と口をきいてはいけないと命じた。児童相談所が四半期ごとに報告書の作成のために近所で訊き込みをするのを知っていたから、妙な噂《うわさ》が立つと困ると思ったんでしょうね。それからは、言われたとおりに誰ともしゃべらないようにした。寂しくないわけじゃなかったけど、そのうちに気づいたの。父や近所の人としゃべらなくても生きていけるって。それからは、とても気が楽になった」マーガレットはジョーにほほ笑みかけた。「虐待と孤立した環境のせいで幻覚を見るようになった――たいていの人がそう思うのは知ってるわ。あなたもそうじゃない？」

ジョーはうなずいた。「そのとおりだ。それを覆すためにも、きみに実証してもらわないと。こういう資質は遺伝するものかな？」

マーガレットは肩をすくめた。「さっき言ったように、母はわたしを産んですぐ亡くなったから、そういう能力があったかどうかわからない。あんな父と十年近く結婚生活を続けていたらしいから、達観していたのか、よっぽど無神経だったのか。とにかく、わたしは我慢して暮らしていたけど、八歳のとき家を出た」

「八歳で家出を？　ひとりで生きていける年齢じゃない」

「自分のことは自分でできたし、ひとりで生きる覚悟をしていたから。父のところに連れ戻そうとする人には近づかないように気をつけた。なるべく人里離れたところで暮らすようにしていたし。わたしを受け入れてくれて、導いてくれる人としかつき合わなかった。世の中には、必ずしも規則に従わなくていいと考える人もいるのよ。そういう人を見つければいいだけ」言葉を切ってから続けた。「サマーアイランドの人たちもそう。そして、ジェーンも。あなたもそうでしょ、ジョー」

「ぼくは規則を重んじるタイプだ」

「家族が関わっていたら話は別。規則なんか守っていられない。ケイレブもそうだけど、あの人は例外を認めない頑《かたく》なところがあるから、同等に扱えない」

「ケイレブと同等に扱われるのは願い下げだな」ジョーはそう言うと、しばらく黙っていた。「それにしても、ぼくのような会ったばかりの人間によくここまで打ち明けてくれたね」

「偽造パスポートを持っているから、犯罪者の可能性もあると疑っていたでしょ。だから、納得してもらえるように話しただけ。信用してほしいとは言わないわ。手に入るもので満足するしかないから」そう言うと、マーガレットは顔を上げて耳をすませた。「捜査官が埋められていたのは次の丘を越えたところね」

「さすがだな。鳥たちが動揺していたからわかったのか？」

「そうよ」マーガレットはうなずいた。「ケイレブから聞いたけど、あなたは海軍の特殊部隊にいたんですってね。それなら、人間の死は見慣れているはず」丘を越えると、黄色いテープをめぐらした一画があった。制服警官が松の木のそばに待機していて、ジョーが近づくと敬礼した。

マーガレットの視線はテープで囲まれた一画の中央に引き寄せられた。無念と悲しみが押し寄せてくるのを感じた。「かわいそうな人。不慮の死に見舞われて。死因は？」

「喉を掻《か》き切られた。近づいてみるか？」

「これで充分。わたしは何をすればいいの？」

「情報がほしい。デュークスがどこで殺害されたか、何か手がかりは残っていないか。デュークスはドーンを尾行していて、ここから数キロ離れたハレット農場からトラックを盗むところを目撃した可能性がある。農場主のハレットも、ドーンが乗り捨てた車もまだ発見されていない」ジョーは苦い顔で続けた。「捜索チームを結成して一帯を捜しているが、何しろこの広さだ。なんでもいいから情報がほしい」

「急《せ》かさないで」マーガレットは心ここにあらずといった表情で答えた。「今、何か知っていそうな知能の高い動物を探しているところだから」そう言うと、地面にあぐらをかいた。「あなたが言ったとおり、鳥たちは動揺していたわ。遺体が埋められたのを見て飛び去った鳥もいたし、掘り返されたときに離れていった鳥たちもいた。もともとここにいた鳥はほんのわずかで、今ここにいるのは、ほとんどが何も知らない鳥たち」ジョーのいぶかしげな視線に気づいて補足した。「デュークスが喉を掻き切られるのを見ていたとしたら、すごくショックを受けているはずよ。死の意味がわからなくても、何か感じるところはあるから」

「信じるよ」そう言うと、ジョーはちょっとためらってからマーガレットのそばに膝をついた。「これからどうする？」

「同じようにショックを受けてもここにとどまったか、一度は逃げたけど戻ってきた動物と交信できるかどうかやってみる」マーガレットはデュークスが埋められていた場所を見おろした。「時間がかかるかもしれない」

ジョーはマーガレットの真剣な顔をしばらく見つめていた。「どれぐらい？」

マーガレットがようやくジョーに視線を向けた。「わからない。あなたは先にコテージに戻っていて。わからないだろうけど、これはとても大切なことなの。何かわかったら、コテージで報告するから」

「いや、ここに残る。コテージに戻っても、ベナブルが戻ってくるまですることも――」

携帯電話の着信音がして、ジョーははっとして言葉を切った。「ジェーンかな。ベナブルが着いたら知らせてくれることに――しまった！」発信者ＩＤを見て凍りついた。「イヴだ！」応答ボタンを押した。

反応はない。

機械音がするだけだ。

ジョーは弾《はじ》かれたように立ち上がると、ベナブルに電話した。「たった今、またイヴから電話があったが、すぐ切れてしまった。逆探知の件はどうなっている？」

「取り組んでいる」ベナブルが答えた。「通話時間が短かったから難しそうだが、基地局を特定できるかもしれない」

「かもしれない？」ジョーは言い返した。「イヴがどんな危険を冒して電話してきたかわかっているのか？　GPS衛星班は何をしてるんだ？」

「だから、できるかぎりのことをしていると言っただろう。一時間以内にコテージに戻れる。くわしい話はそれからだ」そう言うと、ベナブルは電話を切った。

ジョーは振り向いて、丘の向こうのコテージに通じる道を眺めた。

「ジョー」マーガレットが背後から遠慮がちに呼びかけた。「今はそれどころじゃないかもしれないけど、探していたものが見つかったわ」

ジョーははっとした。イヴの電話に気をとられて、マーガレットがそこにいることすら忘れていた。「もう見つかったのか？　時間がかかると言っていたのに」

「野良猫よ。運がよかった」

「どういう意味だ？」

「猫は利口だし、野良猫なら餌を探して移動しているから。この猫もこのあたりの農場や森で獲物をあさっていて、ドーンがトラックを盗んだ農場でも、奥さんによく餌をもらっていたそうよ」

「それで？」

「その猫は農場主のことも知ってるって。農場のトラックの荷台によく穀物が落ちていたから、獲物がとれないときはそれを食べていたの」

「それがデュークスの死とどういう関係がある？」

「デュークスは、ドーンが自分の青い車と農場主を始末するところを目撃したけれど、運悪くドーンに見つかって襲われた。ドーンはデュークスをその場で殺してから、遺体を埋めるために別の場所に運んだの。発見を遅らせるために」

「その野良猫が何もかも話してくれたのか？」ジョーは皮肉な口調で訊いた。

「まさか。猫が見た情景の漠然とした印象が伝わってくるだけ。それをわたしなりに解釈して、あなたから聞いたことと結びつけたわけ」

「ドーンの車と行方不明の農場主はどこに？」

マーガレットは湖の北側に目を向けた。「あのあたりは深い？」

「ああ、かなり深い」

「だったら、車は引き上げられないかもしれない」

「車を沈めた痕跡はないか、湖岸をくまなく調べた」

「あの夜は雨が降っていたし、きっとドーンは痕跡を消すのがうまいのよ」

「それも野良猫の意見か？」

マーガレットはその皮肉に取り合わなかった。「車を沈めた岸の近くに苔《こけ》むした大きな石がある。知ってる？」

ジョーはゆっくりうなずいた。「ジェーンが小さいころ、よくその石から飛び込みを教えた」

「まずそこを捜してみたらどうかしら？」

「そうだな」当てずっぽうで〝湖岸の苔むした大きな石〟と言ったのかもしれないが、マーガレットはコテージに来たばかりなのだから、偶然にしてはできすぎだ。そもそも、彼女の話そのものが偶然ではすまされない。といって、まだ頭から信じる気にはなれなかった。

とにかく、マーガレットの言う場所を捜してみよう。事実かどうかは調べればわかることだ。ジョーは来た道を戻り始めた。「改めて捜索チームを編成して、湖岸のそのあたりを捜させる。さあ、これぐらいにしてコテージに戻ろう。ベナブルが戻ってきたらすぐ会いたい」

「わたしを信用してくれるの？　じゃあ、ジェーンを助けるのを手伝わせてくれるわね？」

「助けるのを手伝ってほしいのはイヴだ。車が湖に沈められた痕跡が見つかればだが」

「イヴもジェーンもわたしにとっては同じよ」

「ぼくにとってはそうじゃない」

「そうね。今のイヴはひとりぼっちだもの」マーガレットは悲しそうな口調で言った。

「あなたは心からイヴを愛しているのね。そして、そのことを隠そうとしない。それって……すてきなことだわ。たいていの人は感情をおおっぴらに表さないのに」

「みんな自分の気持ちをごまかしているんだ。どうした、いっしょに来るのか、来ないのか？」

マーガレットは動かなかった。「すぐ追いかける。まだすることがあるから」

「することって？」

「猫。人がたくさん来たのを見て逃げ出したから、デュークスの遺体が回収されたのを知らないの。もうこの近くにいてもしかたがないと教えておかなくちゃ」

ジョーは眉をひそめた。「どうしていつまでも近くにいるんだ？　猫が墓守りするなんて聞いたこともない」

「そうじゃない」マーガレットは首を振った。「先に行って。すぐ追いかける」

「どうしてだ？」ジョーは問いつめた。

マーガレットはしばらく無言だった。「野良猫なのよ」やがて静かな声で言った。「いつも食べ物をあさっている。なぜデュークスが埋められた場所を知っていたと思う？　お腹がすいていたから、ドーンが遺体を隠そうとしたときついてきたのよ。でも、ドーンが埋めてしまったから、手が出せなかった。ほかで食べ物を探すように教えておかなくちゃ」

ジョーは顔をしかめた。「なるほど。親切なことだな」

「それが自然の掟《おきて》。人間の価値観をほかの動物に押しつけることはできない。あの猫は生きるために本能に従っているだけ」

「きみはそれを受け入れるのか？」

「基本的に。感情にとらわれたときは別だけど」マーガレットは背を向けて遺体が埋まっていた場所を眺めた。「それに、この猫が好きだから。この子は森で日向《ひなた》ぼっこしたり狩りをしたりするのが大好きなの。手ごわい子だけど、人に危害は加えない。あの農場の奥さんに、これからも野良猫たちにときどき餌をやってもらえないかって頼んでおこうかしら？」

「奥さんの知り合いは食べないように釘《くぎ》を刺しておいたほうがいい」

マーガレットは肩をすくめてまた言った。「それも自然の掟」


「そろそろ帰ってきてもよさそうなものだが」ケイレブがポーチで待っているジェーンに声をかけた。「心配ならクインに電話したらどうだ？」

「さっき向こうからかかってきたわ。もうこっちに向かっている。森にいる間にイヴの携帯電話から一度だけ信号を受信したらしいの」ジェーンは手を上げて、何か言いかけたケイレブを制した。「でも、ベナブルは前の電話も逆探知できる可能性は低いと言ってるそうよ。イヴが必死で何か伝えようとしたのに、どうすることもできないなんて」

「可能性がゼロというわけではないだろう？」

「どうかしら」

「だが、電話してきたということは、少なくともイヴは無事で、窮地を脱するためにがんばっているわけだ。それだけでも慰めになる」

「慰めになんかならないわ。何もできない自分に腹が立ってしかたがない」ジェーンはうなじをこすった。「イヴは助かるために精いっぱいやっているのに、わたしには何ひとつできないなんて。せめてマーガレットについていきたかったけど、ジョーがさっさと連れていってしまったし。誰かを力いっぱい揺さぶってやりたい気分。できればジョーを」

「大怪我《おおけが》をしたばかりのきみに無理をさせたくないんだよ」

「それぐらいわかってるわ」ジェーンは胸の前で腕を組んだ。寒い。きっと睡眠不足のせいだ。傷が治っていないからだとは認めたくなかった。「ジョーをかばうの？　あなたらしくないわね、ケイレブ」

「おれがかばいたいのはきみだけだ。今のきみには支えてくれる人間が必要だよ」ケイレブはため息をついた。「どうやら、おれは力不足らしいが」ポーチのブランコに腰かけて、両脚を突き出した。「きみがおれを必要としてくれるのを辛抱強く待つよ」

「ずいぶん変わったわね」ジェーンは驚いてケイレブの顔を見た。「他人の意見を聞くような人じゃなかったのに」いったん目を向けると、視線をそらすことができなくなった。ゆったりブランコに腰かけているだけなのに、強烈な魅力を発散している。白いシャツの下のたくましい筋肉や黒い胸毛がすけて見える。思わず手を伸ばして触れたくなった。

でも、いくら魅力を感じても、信頼しきれない相手と親密になるのは危険だ。ケイレブに近づかないようにしてきたのは正解だった。

「他人はともかく、おれはきみの意見はいつも尊重している」ケイレブは薄い笑みを浮かべた。「だが、きみは少し心を開いてくれたかと思うと、次の瞬間、さっと身を引いてしまう。こんな関係にはいいかげんうんざりしてきたよ。安全ばかり考えていないで、もっと大胆になってくれないか、ジェーン」

「あなたにはイヴの捜索に協力してもらう以外に何も期待していないわ」

「もちろん、できるだけの協力をするが、おれはほかにもきみのほしいものを持っているかもしれないよ」ケイレブは急に背筋を伸ばすと、すっとブランコから立ち上がった。ジェーンは反射的に身構えた。「どうかな、ささやかな気分転換になると思うが」そう言うと、ケイレブは近づいてきた。「きみを楽しませる自信があるし、いつでも喜んで――」

携帯電話が鳴り出して、ジェーンは発信者も確かめずに急いで電話に出た。

「マーガレットと連絡はついた?」トレヴァーの声だった。「災害救助犬協会に電話したら、アトランタ空港に出迎えの人が来ていたと言っていたが」

「もうこっちに着いてるわ、トレヴァー」ジェーンがわざとトレヴァーの名前を口にすると、ケイレブがはっとした顔で足を止めた。トレヴァーから電話があったのが気に入らないのだ。ジェーンは胸を撫《な》でおろした。トレヴァーの電話を歓迎しているわけではないけれど、いいタイミングだったのは確かだった。「どうして災害救助犬協会の飛行機にマーガレットを乗せたりしたの？　こっちに来させたくなかったのに」

「本人がなんとしても行きたがったんだ。ぼくとしても、きみのそばにケイレブとジョー・クイン以外の人間にいてもらいたかったからね」トレヴァーは一呼吸おいた。「イヴのことはその後どうなった？」

「進展がないの」ジェーンはこれまでにわかったことをざっと説明した。「ベナブルがもうすぐ戻ってくるから、何かわかるはずだけど」

「ぼくも情報提供者に当たってみるよ。ぼくの携帯番号は知ってるね。何かあったら電話してほしい」そう言ってから、つけ加えた。「きみに気分転換をさせてあげたいが、そっちに着くまでにまだ二日ほどかかりそうだ。それまでおとなしく待っているんだよ」

「二日後にはここにいないかもしれない。ベナブルが情報を提供してくれたら、ドーンを追跡しているだろうから」

「必ず会えるよ」そう言うと、トレヴァーは電話を切った。

「ここに来るって？」ジェーンが電話を切ると、ケイレブが不満そうな声を出した。「あいつのことだから、時間の問題だと思っていたよ」

ジェーンも同感だった。トレヴァーはこうと決めたら押し通す。ジェーンとの関係を一歩進めることに決めたらしいが、ジェーンとしてはイヴを助け出すまではそっとしておいてほしかった。「明日かあさってに着くって」

「躍起になってきみの力になろうとするだろう」ケイレブは唇をゆがめた。

「ケイレブ、お願いだから、これ以上面倒を起こさないで」

「だいじょうぶ。相手は洗練を絵に描いたようなトレヴァーだ。見かけはアポロ神さながらで、教養も知性も非の打ちどころがない」

「やめて。こんなときに皮肉を言わないで」

ケイレブはしばらく黙っていた。「悪かったよ。きみの言うとおりだ」しばらくすると、ぽつりと言った。「トレヴァーが来ると聞いて動揺してしまった。きみたちは恋人だったから」

「もうそんな関係じゃないと何度言ったらわかるの？」

「おれがとやかく言うことじゃないのはわかっている」ケイレブは自嘲的な笑みを浮かべた。「そんなことを気にするのは野暮だ。だが、気にするという表現では足りないな。おれの望みは――」そこで急に言葉を切った。「おれが何を望んでいるか知りたくないか？」

「知りたくない」

ケイレブが自信に満ちた晴れやかな笑顔になった。「それなら、言わないことにしよう。わかったよ、トレヴァーを敵に回さないように気をつける。きみを困らせたくないからね。

おれたちはどちらも男として同じ望みを抱いているが、トレヴァーは礼儀をわきまえているし、おれもできるだけ空気を読むように努めるから、きっとうまくいくさ」

「それを期待してるわ」ジェーンは言った。「わたしがイヴを捜すのを邪魔するようなことだけはしないで」

「了解」ケイレブが道路に視線を向けた。「車が近づいてくる。ベナブルが戻ってきたのかな?」

「そうだといいけど」ジェーンもケイレブの視線を追った。黄褐色のカムリが見えた。

「よかった、ベナブルの車よ」急いで階段をおりながら、ジョーの携帯番号を呼び出した。これでようやく動くことができるだろう。もう不安にさいなまれながら待たずにすむのだ。

14

コロラド州　リオグランデ・フォレスト

「生き返ったみたいだ」復顔像を眺めながらドーンは目を輝かせた。「これはあの子だ。あの子の唇だよ。こんなふっくらした、形のいい唇をしていた。どうしてわかった？　頬骨や輪郭はともかくとして、唇まではわからないだろう？」

イヴは肩をすくめた。「あなたの唇を参考にしたの。親子なら似ているはずだから、それも正確な復顔像をつくるための方法のひとつ」

「だが、ふだんは被害者の写真も見ないそうじゃないか」ドーンは笑みを浮かべた。「何年もかけてあんたを研究したと言っただろう」手を上げて自分の唇に触れた。「それに、わたしの唇はもっと薄いし、左右対称でもない」視線を復顔像に戻した。「いや、似てなんかいない。ケヴィンがあんたのためによみがえったんだ」

「違うわ！」

とっさに否定したが、ドーンは取り合わなかった。「被害者がよみがえってくるとインタビューで話していたじゃないか。最終段階では創造力が勝負だと」

「創造力が大切なのは彫刻家なら当然よ。何か勘違いしてるんじゃない？」イヴはドーンと目を合わせた。「わたしは怪物をつくり出したフランケンシュタインじゃないわ」

「つくり出せたらよかったのに」ドーンは無念そうに言った。「だが、その気になったら、できるんじゃないか？　能力はありそうだ。あの唇を見たら……」

「単なる偶然よ」イヴはいらだたしげに言い返した。仕事に没頭していた最後の二時間ほどのことは思い出したくもなかった。何も考えないように心を閉ざそうとしているうちに、いつのまにか無心になって機械的に手を動かしていた。

そして、やがて我に返ると、自分の指の下でケヴィンの顔ができあがりつつあった。

「こうなるのはわかっていたよ」ドーンが穏やかな声で言った。「あの子がよみがえってくるのは。わたしたちは一心同体だった。ふたりであの連中に復讐《ふくしゅう》する日をずっと待っていた」

「唇がそこまで似ているのは単なる偶然だと言ったでしょう」イヴはそう言うと、腰に手を当てて背中をそらせた。「もう限界。少し休むわ」

ドーンの顔から笑みが消えた。「完成させるまで続けろと言ったはずだ。もう少しじゃないか。やってしまおう」

「それなら自分でやれば？」イヴは勇気を奮い起こして復顔像を見た。まだ半分ほどしかできていないが、ケヴィンがそこにいるような気がした。ベールに覆われた顔が、粘土の層の下から浮かび上がってきそうな気がする。「一心同体なら、彼に手伝ってもらえばいい。言っておくけど、鼻には苦労するわよ」

「馬鹿なことを言うな。これ以上時間を無駄にできない。さっさと完成させろ」

「少し眠って目を休ませないと」イヴはスツールから立ち上がった。「あなたなんか怖くないわ。殴りつけるなり殺すなり、したいようにすればいい。これ以上あの怪物に取り組むのはうんざり。あとでやると言ってるでしょう」

ドーンは眉をひそめた。明らかに困惑しているが、それでも、やがて笑みを浮かべた。

「ケヴィンはがっかりしているだろうが、これまでさんざん待ってきたんだから、わかってくれるだろう。あんたをあまり脅さないように言っておくよ」

「脅されたわけじゃないわ。わたしは復顔彫刻家として仕事しているだけ。見るも無残な残骸になったあなたの息子を元どおりにつなぎ合わせようとしている。それだけのことよ」

「言葉が過ぎるぞ」

「なんとでも言って」イヴは背を向けて寝室に向かった。今夜ここから逃げ出そうか？　それとも、念のためにもう一度ガスを吸っておいたほうがいいかしら？　どれだけ吸っておけば耐性がつくのか見当もつかなかった。何もかも推測の域を出ない。第一、ドーンはこれまで以上に警戒しているだろうから、眠らずに見張っていないともかぎらない。

「待て」

イヴは振り返らなかった。「今はこれ以上仕事をする気はないわ」

「何がなんでも仕事しろとは言わない。だが、時間をまるまる無駄にしたくない。電話を一本かけてほしい」

イヴはためらいながら振り向いた。「電話？」

「そろそろ、ケヴィンのアルバムの中であんたが関心を示した男のひとりと近づきになってもいいだろう。向こうはあんたほど関心を持つかどうかわからないが、面白いことになりそうだ」

「なんの話？　あのアルバムで見たのは被害者の子どもたちだけよ」

「たしかにそうだが、しつこく訊《き》くから、ターサーとザンダーのことを教えただろう。アルバムで見たのと違いはない」

「それはこじつけよ。被害者の子どもの父親に電話するの？」

「いや、そんなことに興味はない。ザンダーだ。ザンダーに電話するんだ」

イヴは目を丸くした。「殺人犯と話なんかしたくない。といっても、あなたの息子をこの世から抹殺したのはいいことだけれど」ドーンと目を合わせた。「どうしても電話しなきゃいけないなら、まずそのことをほめるわ。だけど、どうして彼に電話させたいの？

プロの殺し屋なら、わたしが復顔像をつくってもどうってことはないはずよ。ＤＮＡ鑑定ならともかく、復顔像は法廷で証拠と認められないから」

「ケヴィンの死に関わったやつはひとりものがさないと言っただろう。復顔をする気がないなら、こっちで協力してもらおう。手始めにはいいチャンスだ」ドーンは携帯電話を取り出した。「ザンダーを感動させたら、助けに来てくれるかもしれないぞ。あの男はわたしを憎んでいるから、わたしの思いどおりにさせたくはないはずだ」ドーンは含み笑いをした。「さっきのは冗談だ。ザンダーは助けに来たりしない。だが、あいつがどれほど冷酷無比な男か知っておくのもいいだろう」ドーンの顔から笑みが消えた。「火葬炉に投げ込まれたわたしの大切な息子の姿を見たら、あんたですら胸が悪くなっただろう」

「病原菌を運ぶネズミを焼却したようなものよ」

「なんてことを言うんだ！」

「どうやってザンダーの電話番号を探り出したの？　あなたが言うほど頭の切れる男なら、簡単に捜せないようにしているはずよ」

「ああ、さんざん苦労した。だが、時間も根気もあったし、ブリックが手伝ってくれたからな」小首を傾《かし》げて、呼び出し音が鳴るのを待った。「ザンダーはわたしが見つけるのを待っているような気がする。獲物に飛びかかるのを待っている、檻《おり》のトラみたいな心境じゃないかな。向こうもいいかげんじりじりしているだろう」ドーンの顔にさっと緊張の色が浮かんだ。「出たぞ。スピーカーフォンにして聞かせてやろう」そう言ってから、電話に向かった。「ザンダーか、ドーンだ」

「ドーンではなくレリングだろう」ザンダーの太い声にはからかうような調子があった。
「ベナブルから新しい名前と隠れ家をもらっても、わたしから見れば、あんたはあいかわらず息子と同様、人間のくずだ。いや、息子以下だな。少なくとも、あいつはモンスターになるだけの肝が据わっていたが、あんたは息子にしがみついている寄生虫にすぎない。ずっと電話を待っていたよ。訪ねてくる勇気はなかったらしいな。それにしても、ずいぶん時間がかかったものだ」

「たっぷり時間をかけて楽しみたかったからね」

「下手な言い訳をするな。執念だけでもある程度まではやれるが、その先は知力が必要になる。ケヴィン・レリングみたいなやつの手先になるのは頭のからっぽな人間だけだ」

ドーンの頬に血がのぼった。「挑発する気か？」

「あんたにはそんな手間をかける値打ちもない。なぜ電話してきた？　やっと勇気を奮い起こしたのか？」

「紹介したい人間がいる。わたしがコロラドを離れたのはベナブルが注進に及んだだろう。あんたから地獄の火に投げ込まれる前のケヴィンを取り戻す手伝いをしてくれる人物を見つけた。引き合わせておきたい」

短い沈黙があった。「イヴ・ダンカンだな。引き合わせてくれなくていい。彼女にはなんの関心もない。あんたに関心がないのと同じだ」

「そうはいかない」ドーンは電話をイヴに押しつけた。「話してやれ、イヴ。息子の復顔がうまくいっていると。あいつはわたしの息子を本当に殺したわけじゃないと」

「そんなことを言う気はないわ」電話を受け取りながら、イヴは冷ややかに言った。「あなたの息子は死んだ。ありがたいことよ」そう言うと、電話に向かって言った。「わたしも引き合わせてもらわなくていいわ、ザンダー。殺し屋と知り合いになりたくないし、あなたが殺した相手とどこが違うのか疑問だから。たぶん、同じレベルよ」

また沈黙があった。「いくつか違いがある。わたしは子どもを殺さないし、プロとしての基準に従って行動しているから感情に左右されない。ケヴィン・レリングが並の殺し屋だったとすれば、わたしはきわめて優秀な殺し屋だ。それ以外の点はあんたが判断するしかないだろう。結論に達するまで、ケヴィンの父親があんたを生かしておいたらの話だがね。もうわかっているだろうが、そいつは目的を達したら、それ以上あんたを生かしておく気はない。そいつがそれ以外のことを言っても信じるな。全部でたらめだ」

「わたしをなんだと思ってるの？　ドーンがケヴィンのためにかどわかしてきた子どもじゃないわ。悪魔のような人間がいるとしたら、ドーンがまさにそれよ。あなたに教えてもらわなくても、信用する気なんかない。わたしにかまわないで。ふたりとも地獄に落ちるといい」そう言うと、電話をドーンに返した。「地獄の火が凍るまでそこにいることね。わたしはもう寝るから、ふたりで心ゆくまで罵り合ったらいかが？」

ドーンが笑いながらザンダーに話すのが聞こえた。「どうだ、才能豊かな楽しい女性だろう。ケヴィンとわたしは、彼女とずいぶん親しくなったよ。彼女がつくったケヴィンの復顔をあんたに見せるのが待ち遠しくてたまらない」一呼吸おいて続けた。「あの子がいる部屋で、あんたの喉を掻《か》き切ってやる」

「言いたいことはそれだけか？」ザンダーは抑揚のない声で言った。「始めたことをやり遂げる覚悟らしいな。面と向かって知らせる勇気はないにしても。イヴ・ダンカンという餌をぶら下げれば、わたしの関心を引けるとでも思っているのか？　脅しをかけているだけじゃないか。息子のような悪党のつもりかもしれないが、それはうぬぼれというものだ。聞いているだけでうんざりしてきた」

「あんたが関心を持とうと持つまいと、そんなことはどうだっていい。覚悟を決めさせたかっただけだ。近いうちに会おう、ザンダー。ケヴィンとイヴと三人で待っている」そう言うと、ドーンは電話を切って、寝室のドアの前で立ち止まっていたイヴを見た。「ザンダーはあんたが気に入ったようだな。わたしを警戒しろと言っていた。いい兆候だ」

「どういうこと？　ザンダーはわたしのことなんかなんとも思ってないわ。あなたが仕掛けた邪悪なゲームの駒にすぎないと知っている」

「始めたことをやり遂げる覚悟らしいとザンダーも認めていただろう？　これでやっと合意に達した」

イヴはドーンを無視して寝室に入った。ドアを閉めたとたん、詰めていた息を吐いた。自分でも不思議なほど、ザンダーとのやりとりに動揺した。ケヴィンを殺した犯人と話したことで、いやおうなくドーンの計画に引きずり込まれ、役割を押しつけられた。急に息苦しくなってきた。

あの男が窒息させようとしている。ザンダーではない。ケヴィンだ。

ケヴィンの顔が目の前に浮かんだ。形の整った唇、ぽっかり空いた眼窩《がんか》、ほかはまだ粘土の塊だ。

ケヴィンの声が聞こえる。早くよみがえらせてくれ。おれを連れ戻してくれ。おまえをやっつけるために。あの子をやっつけるために。

気のせいに決まっている。でも、もしそうではなかったら？

早くここから逃げよう。あの復顔像には二度と手を触れたくない。ドーンから逃げなければ。

うろたえてはだめ。落ち着いて。よく考えて。

ザンダーに電話している間、ドーンは生き生きしていた。一分、一秒を楽しんでいた。きっと興奮しているだろう。今夜はタイミングが悪いかもしれない。

でも、もうこれ以上我慢できそうにない。早く自由になりたい。ボニーに無事だと知らせて、邪悪な魂がボニーに近づくことはないと教えたい。

ボニー。

でも、ケヴィンに邪魔されてボニーはわたしに近づけない。イヴは天井の小さな穴を見上げた。もう一度試してみたら、またボニーに近づけるかもしれない。

〝ガスを吸い込みすぎちゃだめだよ〟

イヴはこぶしを握って、手のひらに爪を食い込ませた。ザンダーには強がってみせたけれど、今になって孤独が身にしみた。

弱音を吐いてどうするの？　やるべきことをやるしかない。脱出するまでガスには手を出さないことにしよう。耐性ができていることを祈るばかりだ。下手にガスを吸い込んで命を落とすような愚かなまねはしたくない。

イヴはベッドに近づいた。とにかく、体を休めよう。少しでも眠ったほうがいい。逃げ出すとなったら、何よりも体力が必要になる。壁越しにそっと聞き耳を立てた。案の定、ドーンはいつも以上に警戒している様子だ。やっぱり今夜はやめておいたほうがいい。

壁越しにオーク材の床を歩き回る気配が伝わってきた。足早に勢いよく歩いている。作業テーブルに近づいて、そこで足を止めて、ケヴィンの復顔像の前でたたずんでいるのだろう。半ば完成した像を食い入るように眺めている姿が目に浮かぶようだ。

闇が迫ってくる。

復顔像から闇がどんどん広がってきてドーンを包み込む。ドーンは闇が好きなのだ。だが、闇はドーンを通り越して、こちらに近づいてくる。イヴは大きく息をついて気を引き締めた。

吐き気がする。

イヴは必死になってこらえた。思いどおりになんかならないから、ケヴィン。あなたにはわたしを意のままにする力なんかない。

吐き気は一時的にひどくなったものの、やがて、いかにもしぶしぶといった感じで引いていった。

一瞬、勝ったと思ったが、その思いはすぐ消えた。闇が実体のあるもののように身近に感じられる。これまでは、そこまで気配が強くなかったし、気のせいですますこともできた。だが、ドーンが息子の復顔像の前に立っていると、闇は信じられないほど強く大きく広がってくる。

〝わたしたちは一心同体だった〟――ドーンの言葉がよみがえってきた。ひょっとしたら、父と子が力を合わせて……。

まさか。どこからこんなことを思いついたのか、イヴは我ながら不思議だった。それでも、闇は時間が経《た》つにつれて深くなっていくようだ。

復顔ができあがるにつれて。

ということは、わたしもそれに加担しているということ？

イヴは目を閉じた。寒気がする。

どんな危険が待っていようと、明日はここから逃げ出すしかない。

「どうだ、面白かっただろう？」ドーンはケヴィンの顔に向かって話しかけた。「ザンダーもついに観念したぞ。いよいよだな」

ケヴィンはうつろな眼窩から見つめ返しているだけだった。目がないのが残念だ。黒焦げになった頭蓋骨は粘土できれいに肉付けされたが、目があれば、あの子の魂が見つめているような気になれるのに。

しかたがない。もう少しで完成だ。

「どう思う、ケヴィン？　リストの順に始めようか？」ドーンは携帯電話を取り出した。

「ああ、父さんもそう思うよ。さんざん待ったんだからな」ブリックの番号にかけた。「行動開始だ」

「ジェーン・マグワイアからか？」

「おまえの頭には彼女のことしかないのか？　ああ、おまえのリストにある順番でいい。あとで知らせてくれ」そう言うと、ドーンは電話を切った。「終わったよ、ケヴィン」

頭蓋骨から目を離して、ソファに向かった。あのうつろな目を見ているとつらくなる。ソファに横になり目を閉じて、ザンダーに殺される前の、ケヴィンの整った顔を思い出した。

こうして思い出していれば、今夜もケヴィンが戻ってきてくれるだろう。

「ドーンはやっとその気になったらしいな。いつになったら行動を起こすのかと思っていたよ」電話を切ると、ザンダーはスタングに顔を向けた。「それにしても、やり口が卑劣だ。イヴ・ダンカンを拉致したとベナブルから聞いてはいたが。息子の復顔を強要しているらしい」

「殺す気でしょうか?」スタングが訊いた。

「それは間違いない。あとはいつ実行するかだ。ドーンは復顔を完成させてからにしたいだろうが、それまで我慢できるかどうか」ザンダーは薄い笑みを浮かべた。「彼女はドーンを恐れていない。わたしのことも。あの毒舌を聞かせたかったよ。なかなか……興味深かった。だが、あの調子でドーンを怒らせたら、危険なことになる。怒らせないようにせいぜい気をつけることだな」

「そうは言っても、なんの落ち度もないのに板挟みになったのですから。あなたに渡されたイヴ・ダンカンの調査書を読みましたよ」短い沈黙のあとでスタングは続けた。「たいした女性ですね。死なせるのは惜しい」

ザンダーは驚いてスタングを見た。「珍しいな、きみがそこまではっきり言うなんて。よほど強い印象を受けたようだな」

「ええ、あなた以上に」

「それは違う。わたしも勇気のある人間には感銘を受ける。しかし、正直なところ、称賛の念を抱くというより好奇心を刺激された。きみならわかってくれるだろう」

「好奇心は対象から距離をおいた、冷静で知的な反応です。今夜はほかに何かご用はありませんか？　ないようなら、さがらせていただいていいですか？」

「どうした、何か気にさわることを言ったかな？」

スタングは首を振った。「いいえ、そういうわけではありません。あなたが好奇心しか抱けなくても悪いとは言っていません。あなたはあなたです」そう言うと、その場を離れようとしたが、足を止めた。「ドーンがイヴ・ダンカンを殺すのを止められますか？　ベナブルに少し待つように言われなかったら、あのあとすぐドーンを追うつもりだったのでしょう？」

「ああ。しかし、それでは向こうの思うつぼだ」ザンダーは肩をすくめた。「ドーンはそのために電話してきたんだ。わたしを挑発して捕まえに来させるために」

「罠《わな》ですか」

「何年も前から計画していたにちがいない。イヴ・ダンカンという餌までちらつかせた。わたしが彼女を助けに行くと本気で考えているらしい。ドーンはきみほどわたしのことがわかっていないからな」

「あなたに彼女が助けられるんですか？」

「助けられなくはないだろうが、ドーンのほうから来るように仕向けたほうが戦略的に堅実だし、リスクも低い。それなら、こちらが罠を仕掛けられる」

「イヴ・ダンカンは復顔を完成させたら殺されるわけでしょう？」

ザンダーは無言でスタングを見つめただけだった。

「わかりました」スタングはドアに向かった。「あなたにはどうでもいいことですね。よけいな口出しをするなと言いたいんでしょう？　それなら、なぜわたしにあの調査書を読ませたんですか？　ひょっとしたら、わたしの反応を見越して――」スタングは急に言葉を切った。「どうしてドーンはあなたがイヴ・ダンカンを助けに来ると思ったんでしょうね？」

「人を見る目のないやつだからな。わたしが年を重ねて穏やかになって、罪のない女性に同情するとでも思ったんじゃないか？」

スタングは眉をひそめた。「どこか変ですよ。ドーンがイヴ・ダンカンを拉致するのを予想していたんじゃありませんか？」

「ドーンは息子の頭蓋骨を救い出した。あの女は復顔のプロだ。それだけのことじゃないか」

「たしかに、理屈では――」

「わたしは冷静で知的な反応をする人間だ」ザンダーはからかうような口調になった。

「きみがさっき言ったばかりじゃないか」

「たしかに」スタングは一呼吸おいた。「なぜイヴ・ダンカンや彼女の家族のことをわたしに教えてくれたんですか？　情報をわたしと共有しようとしたことはなかったのに」

ザンダーは表情を変えなかった。「その話はもううんざりだ、スタング」

「しかし、気になります。どこか引っかかる。自分で調べるしかなさそうですね」スタングは顔をしかめた。「わたしに調べさせるのが狙いだったんじゃありませんか？　わかりました、この件は二度と口にしません」スタングはドアに向かった。「何かあったら、電話してください」

ドアが閉まったとたんにザンダーの顔から笑みが消えた。

これでよかったのだろうか？　スタングは頭のいい男だ。その場の思いつきで口にした言葉の裏にある動機に気づいたかもしれない。

ザンダーには自分の行動や動機を分析する習慣はなかった。昔から自分の性格は、欠点も含めて、そのまま受け入れてきた。だが、今回にかぎって、生来の冷酷さをイヴ・ダンカンの運命のために抑えようとしているのではないか？

　ばかばかしい。

　ザンダーは舌打ちすると、机に近づいてファイルを取り出した。

　イヴ・ダンカンが見上げている。知的で思慮深く、強い女性という印象を受ける。結んだ唇がどことなく悲しそうだ。スタングが同情するのも無理はない。

　だが、スタングは彼女に毒舌を振るわれたことがないからだ。イヴ・ダンカンは拉致されて、なんの抵抗もせずに漫然と助けを待っているような人間ではない。ザンダーは、ドーンに狙われていると知ったときに感じた不思議な感情の高ぶりを思い出した。あれはなんだったのか？　驚愕《きょうがく》でも後悔でもない。強いて言うなら、スタングに言ったように、好奇心を刺激されたのにちがいない。それにしても、なぜドーンはわたしがイヴ・ダンカンを助けに行くと信じているのだろう？

　ベナブルに電話してドーンのことを伝えておこう。

「さっきドーンから電話があった」ベナブルが出ると、すぐ切り出した。「名乗りを上げて、さんざん脅していた。戦闘開始を知らせたかったようだ。ターサー将軍に警告しておいたほうがいい」

「将軍にはもう伝えた。バージニアの屋敷を訪ねて。捜査官をひとり警護につけてある」ベナブルは一呼吸おいて続けた。「あんたがターサー将軍の身の心配までするとは意外だな。それで、ドーンはイヴ・ダンカンのことを言っていたか？」

「ああ、イヴ・ダンカンとわたしに直接話をさせた。ドーンは彼女を餌にわたしをおびき出すつもりらしい」

「その手は食わないと釘《くぎ》を刺しておいただろうな。彼女は元気だったか？」

「ああ、たぶん。そこまで注意していなかったから、よくわからない。もう切るぞ」ザンダーは終話ボタンを押すと、またイヴ・ダンカンの写真を眺めた。

〝あなたに彼女が助けられるんですか？〟

スタングの言葉がよみがえってきた。挑戦する価値はあるかもしれないが、これまでの仕事のやり方にも人生観にも合わない。

悪いな、イヴ・ダンカン。あんたは自分で言っていたように、ひとりでやるしかない。

ザンダーはファイルを閉じた。

湖畔のコテージ

ジョーとマーガレットがコテージに戻ってきたのは、ベナブルが到着した五分後だった。

「約束は守るんだろうな」ジョーは厳しい表情で階段を一段抜きに駆け上がると、ポーチにいたベナブルに詰め寄った。「言い訳は聞かない。引き延ばしももう通用しない。さっさと知っていることを全部話せ」

「話す気がないなら、戻ってきたりしない。今ごろどこかに雲隠れしている」

「どこに隠れても見つけ出してやる」

「話すと言っているだろう」そう言うと、ベナブルはジェーンに顔を向けた。「顔色が悪いぞ。突っ立ってないで座ったらどうだ？」

「わたしの心配をしている場合じゃないでしょ」ジェーンはいらだたしげに答えた。「どういう事情か説明して」

「わかったよ」ベナブルは肩をすくめた。「きみを負傷させたことでは良心のとがめを感じている。まさか、こんなことになるとは思っていなかった。何もかも把握しているつもりだった。ドーンには息子ほど向こう見ずなところはないし、息子が起こした一連の殺人事件に積極的に加担していたという証拠もなかった。息子の死を悼んでいる父親にすぎないと甘く見ていたんだ。イヴを拉致したとわかったときも、復顔をさせるのが目的で、危害を加える恐れはないと思っていた。行方のわからない農場主のハレットに関しても、事件に巻き込まれた証拠はなかった」

「今、地元警察が湖を浚《さら》ってハレットを捜している。森の奥にはデュークスが喉を掻き切られて埋められていた」ジョーが言い返した。「デュークスはきみの部下だ。責任はきみにある」

「言われなくてもわかってる」ベナブルが声を荒らげた。「デュークスの遺体を見つけた時点で、自分の過ちを悟った。ドーンは息子のケヴィンに劣らぬ悪党だ。いや、外見からは想像できないが、息子以上かもしれない。また犠牲者を出すとしても、ドーンを捕まえるしかない」

「犠牲者を出すって、誰を？」ケイレブが訊いた。

ベナブルはじろりとケイレブを見た。「どうしてきみがここにいるんだ？　関係者でもないのに」

「イヴを助けようとしてくれている人はみんな関係者よ」ジェーンが激しい口調で反論した。「考えなければいけないのはイヴのことだけでしょ」

「やっとわたしも関係者にしてもらえたわね」マーガレットがポーチの手すりにもたれながら言った。「ベナブル捜査官、さっきの話だけど、誰を犠牲にすることになるの？」

「リストにしてみせようか。まず、ジョン・ターサー将軍。国家を守ることに生涯を捧《ささ》げた偉大な軍人だ。次に、パキスタン政府の数人の役人。ビンラディンの逃走に手を貸したことがばれたら、処刑されるか、投獄されるかだろう」ベナブルはいったん言葉を切った。「そして、潜入捜査を行っている、少なくとも五人のＣＩＡ捜査官。政府の役人が拷問されて情報をもらしたら、正体を見破られる。芋づる式に逮捕者が出るだろう」

「イヴに危害が及ぶようなまねはさせない」ジョーが冷ややかに言った。「その前にドーンを捕まえる」

「ああ、そうするしかない」ベナブルは疲れた声で言った。「捜査官をパキスタンから撤退させる手はずはつけたが、それには時間がかかる。最大の懸念は、ドーンがいざとなったら、あのディスクをマスコミに渡すんじゃないかということだ」

「ディスク?」ジェーンが訊き返した。「なんの話? わかるように最初から説明して」

「最初からとなると」ベナブルは湖に目をやった。「ケヴィン・レリングという悪党が生まれた日から始めなければならないが」そう言うと、首を振った。「きみたちはそこまで関心はないだろう。関係のあることだけ簡単に説明しよう。数年前、わたしが中東で勤務していたころ、ビンラディンを追跡している組織と関わりを持った。当時、ケヴィン・レリングはアルカイダの人間に対する忠誠の証《あかし》としてターサー将軍の娘を殺害していた。写真をテロリストたちに送っていたんだ。鮮明で無残な写真を」ベナブルは一呼吸おいた。「同じ写真をターサーにも送った。ターサーは打ちのめされたが、ケヴィン・レリングを逮捕して、殺人罪で有罪判決を受けさせたい一心で闘った」

「ケヴィン・レリング」ジェーンが言った。「ジョーがレリングの記録を調べたけど、何も出てこなかった。あなたが抹消したんでしょう?」

「そうだ」ベナブルは肩をすくめた。「始まりはレリングだと言っただろう。できるだけ手短に話すが、聞いて楽しい話ではないから……」

15

「それで、ケヴィン・レリングの父親がそのディスクを持っているわけか」ベナブルが話し終えると、ジョーが訊《き》いた。「住んでいたコロラドの家は捜索したんだろうな?」

「人をなんだと思ってる?」ベナブルが皮肉な口調で言い返した。「ドーンが逃亡したとわかるとすぐ捜索させたが、何も見つからなかった。その直後に捜査班を編成してドーンを追跡した」

「そっちも収穫ゼロだったわけだ」ジョーが冷ややかに言った。「だが、ぼくにドーンの情報を提供しようとしなかった」

「今、提供しているだろう。ドーンをとらえられず、実際に脅威となるかどうか決めかねている間に、多くの無辜《むこ》の市民を危険にさらしたことを正当化するつもりはない」

「とらえられたとしても、隠れ家に連れ戻して元どおり取り引きを続けるつもりだったんだろう?」

「その可能性は否定しない。ドーンが脅威にならないと判明して、かつコントロールできると確信した場合には」ベナブルは周囲の人間の表情に気づいて、憮然《ぶぜん》として続けた。

「弁解はしないよ。わたしの人生は妥協の連続だった。あのディスクはきわめて重要だ。ドーンの身柄を拘束してディスクを回収する以外に方法はない。多くの人間の命がかかっているんだ。危険を冒してでもやる価値はある」

「イヴを危険にさらす価値はないわ」ジェーンが甲高い声を出した。「イヴに関するかぎり、妥協はいっさい許さない。そんなことを考えているのなら――」

「落ち着け」ジョーがジェーンの腕をつかんだ。「ぼくも同じ意見だが、今は協力して事を進めなければ」そう言うと、ベナブルをじろりと見た。「当面はこの男を利用するしかない。あとのことはまた別の問題だ」

「せいぜい利用してくれ」ベナブルは唇をゆがめた。「まさかこんなことを口にするとは思わなかったよ。わたしもイヴを見つけるために全力を尽くす」

「CIAの仕事にさしさわりがないかぎり、ね」ジェーンは手を上げて何か言いかけたジョーを制した。「わかってるわ、感情的になっているのは。怖いのよ。すごく怖い」そう言うと、ふっと息をついた。「とにかく、頭の中を整理してみる。断片的な情報ばかり聞かされて、混乱してしまったから。第一に、そのケヴィン・レリングという男はとてつもないモンスターというわけね。陸軍の特殊部隊に属していて、プロの暗殺者になった。誇大妄想の傾向があって、ビンラディンを擁護するテロリスト組織に加わることで権力を手にしたと思い込んでいる」

「それに、子どもたちを――」マーガレットがつぶやいた。ベナブルが話し始めてから、マーガレットが口をはさんだのは初めてだった。「かわいそうに」

「ベナブルにとっては、ケヴィンが連続幼児殺人鬼だったのは付け足しみたいなものよ」ジェーンが言った。「政治的影響はないわけだから」

ベナブルはぎょっとした顔になった。「あんまりじゃないか、ジェーン」

「そんなことが言える立場？　あなたを許すまでにはかなり時間がかかりそうよ」ジェーンはそう言うと、また続けた。「でも、さしあたりそれはどうだっていい。つまり、こういうことね。ターサー将軍はパキスタンで、ビンラディンを支援するテロリスト組織を潰すために違法行為を行わせていた。その報復としてケヴィン・レリングは将軍の娘を殺害し、将軍は彼を追跡して刑事裁判にかけた。訴えは却下された。腹の虫がおさまらない将軍は、レリングを亡き者にするために殺し屋を雇った。その殺し屋が責務を果たして、ケヴィン・レリングは一巻の終わり」ジェーンはベナブルをにらみつけた。「そういうことね？」

「だが、その直後にドーンと取り引きしている」ジョーが言った。「どうしてドーンを保護したりした？」

「向こうから持ちかけてきた、息子とつながりのあったアルカイダのメンバーから保護してほしいと。息子を亡くした以上、これまでのような生き方はできない。証人保護プログラムの対象にしてもらえないかと言ってきた」

「その要求に応じたわけだな」

「ディスクのことも持ち出した。いざというときに使えと、息子に指示されていたと言って。そして、こんなまねはしたくないが、保護してもらえないなら自衛策を講じるしかないと脅しをかけてきた」

「その話を信じたのか？」

「嘘《うそ》ではないと思った。ドーンは、なんというか、善人にしか見えなかった。誠実そうに見えたし、国家のために尽くした息子の死を悼んでいる父親以外の何者にも見えなかった」ベナブルはジェーンに目を向けた。「ベン・ハドソンの証言をもとにしてドーンの似顔絵を描いてくれただろう。一見、気のいい温厚な男。弁も立つほうでね。受け答えも堂に入っていた。もちろん、徹底的に調べてみた。しかし、ケヴィン・レリングの犯行に加担したという証拠は見つけられなかった。それで、厳重な監視下におくことにしたんだ。コロラド州の小さな町に隠れ家を用意した」

「その時点で家宅捜索してディスクを押収すればよかったのに」

「この五年間に四回、家宅捜索している。ディスクは発見できなかった」ベナブルは小さく肩をすくめた。「ずっと監視を続けていたが、実際、ドーンは送りたいと言っていたとおりの生活をしているようだった。近所づき合いをし、地元のハイスクールでボランティアをしていた。誰からも好かれていた」

「しかし、突然、家を出た」ジョーが言った。「厳重に監視していたはずなのに」

「油断していた。なにしろ、五年間もよき隣人で通してきたからな。監視役の捜査官のスケジュールを把握したうえで裏をかいた」

「要するに、ドーンはそう見られたいと思う人間を完璧に演じていたわけね」ジェーンが言った。「そのために五年もかけたの？　急に思いついて家を出たのかしら？」

「いや、五年間、漫然と過ごしたわけじゃない」ベナブルが答えた。「その間に準備を進めていたんだ」

「なんの？」

「息子の殺害に加担したと自分が信じている人間を追跡する準備を」

「五年もかけて？　それよりも、早くターサー将軍に復讐《ふくしゅう》すればすむのに」

「全員に復讐したかったんだろう。ターサーを殺すことができたとしても、実際に手を下した殺し屋はどうなる？　ドーンは名前も知らないんだ」ベナブルは眉をひそめた。「保護に関する交渉を進めていたとき、誰がケヴィンを殺したか知っているかとドーンから訊かれたことはあったが」

「それでも、ドーンの意図を疑わなかったのか？」

「さっきも言ったが、善人に見えたんだ。怒りも不満も見せたことがなかった。息子を失って悲嘆に暮れている父親そのものだった」

「ケヴィン・レリングを始末した殺し屋を知っていたんだな」

「ターサー将軍から聞いた。だが、誰にも教えないと約束した、将軍がドーンの行方を突き止めて、決着をつけるようなまねをしないという条件で。ずっとその約束を守ってきたんだが」

「ドーンに教えたのか？」

「そんなことをするわけがないだろう。だが、きみには教えておこう。このままではリスクが高すぎる」ベナブルは一呼吸おいてから告げた。「リー・ザンダーという男だ」

ジョーは眉根を寄せて、頭の中の記憶をたぐろうとした。「プロの暗殺者はずいぶん知っているが、その名前は聞いた覚えがないな」

「ああ、無理もない。表に出ないことで、何十年も捕まりも殺されもせずにやってきた男だ。気に入った依頼しか受けないし、途方もない報酬を要求するが、わたしが知るかぎり、誰よりも完璧に近い殺人マシーンだ。隠遁《いんとん》生活を送っていて、たまにしか仕事をしない。殺し屋としては異色の存在と言っていいだろう」

「殺し屋は殺し屋だ。描写するのに言葉を選ぶ必要なんかない」

「下手なことを言って、命を狙われてはたまらないからな」ベナブルは言い返した。「ザンダーにドーンを狙うなと説得するのは一苦労だった。ドーンを野放しにしておいたら、いずれ大変なことになると思っていたから」

「実際、そのとおりになった」ジェーンが言った。「でも、なぜドーンはザンダーではなくイヴを連れ去ったの？」

「わからない。息子を殺した人間に復讐する計画を練っていたから、イヴもその計画に含まれているんだろう」

「復顔をさせるため？」

ベナブルはしばらく答えなかった。「それも計画の一部だろう」そう言うと、早口で続けた。「だが、あれほど手間暇かけて拉致したということは、イヴも長期的策略の対象として、リストに載せていたと考えざるを得ない」

「なんのリスト？」

「殺害者リストだ。ターサー。ザンダー」ベナブルはそこで一拍おいた。「そして、イヴ」

「嘘よ」ジェーンが叫んだ。「ターサーとザンダーはわかるけど、イヴを殺す理由はないわ」そう言うと、肩に置こうとしたケイレブの手を振り払った。「でも、常軌を逸した人間に理由なんかいらないのかもしれない。現に、ドーンはデュークスもあの農場主も殺している。イヴを殺すのも時間の問題だというのね。だったら、それを阻止しなくては。ドーンはターサーやザンダーを狙っているんでしょう？　先回りして待ち伏せできないかしら？」ジェーンはこめかみをさすった。「でも、その前にイヴを殺す可能性もあるわけね？　だったら、イヴが監禁されている場所を突き止めるしかない。心当たりはないの、ベナブル？　まだ何か隠していることがあるんじゃない？　五年も見張らせていたんでしょ。ドーンがこれまでに行った場所の報告を受けていないの？」

「心当たりは残らず捜した。ドーンは闇にまぎれて抜け出したわけじゃないんだ」ベナブルは顔をしかめた。「繰り返すが、油断していた。危険人物とは見なしていなかったから。ドーンはパソコンを残していったが、データは完全に消去されていなかった。メモリを徹底的に調べた」

「そこからブリックに行き着いたわけか」ジョーが言った。「ブリックは軍隊仲間で、海外でもいっしょだったし、危ない仕事にも手を出していた」

「ドーンが車を湖に沈めたのは――」突然、マーガレットが言い出した。「見つけられたくないものが車にあったのかもしれない。農場主の遺体は別の場所で始末したのかも」

「もうすぐわかることだ」ジョーが言った。「あの猫が教えてくれなくても」

「猫？」ベナブルが怪訝《けげん》な顔をした。

「いや、こっちの話だ」

「ブリックよ」ジェーンが言った。「ブリックならドーンの居所を知っているはずだわ。ドーンほど悪知恵は回らないんでしょう？　ブリックを捕まえられない？」

「追跡している。いくつか手がかりをつかんだ」

「きみがくれた報告書にはそんなことは書いてなかったぞ」ジョーが当てつけがましく言った。「隠していたんだな」

「こちら側でおさめられないか鋭意検討していた」

「よく言うよ。そのせいでどれだけの人間が犠牲になったと思ってるんだ?」

「イヴが関わっていなかったら、きみだって慎重に構えたはずだ」

「現に、関わっているんだから」ジョーは携帯電話を取り出した。「今できるのは、そのゴールドフォークの家を捜索することだ。きっと何か見つかる」

「徹底的に調べたと言っただろう、ジョー。だが、何も見つけられなかった」

「いや、見落とした可能性があるから――」

「誰に電話するんだ?」

「きみの捜索チームより格段に信用できる人間だ。ドーンは行き先を示す手がかりを残しているかもしれないぞ」

ジェーンがはっとした。「ケンドラ・マイケルズね。イヴから聞いたことがあるわ。並はずれた能力の持ち主だって。協力してくれるかしら?」

「それを願うばかりだ。犯罪現場をあれほど詳細に調べて答えを引き出す人間は見たことがない。イヴとは友達だ。協力してくれると思う」ケンドラが電話に出ると、ジョーは背を向けてポーチに出た。「ああ、ケンドラ。ジョー・クインだ。きみの力を借りたい。とにかく、話を聞いてくれ。ああ、忙しいのはよくわかっているよ。だが、今取り組んでいることをしばらく中止してもらえないだろうか？　とにかく、話を聞いてほしい」

ジェーンはジョーから視線をそらして、ベナブルに顔を向けた。「ザンダーはどうかしら？　ドーンが五年もかけて狙っている最大の敵はザンダーのはずよ。彼を使ってドーンをおびき寄せられない？」ベナブルが首を振るのを見て続けた。「どうして？　イヴを救うために頼んでみるだけでも……」

「無理だ。ザンダーにそんな気はない」

「それなら、その気にさせればいい。最悪の場合は、ナイフを突きつけてでも」

「いい考えとは思えないな」ケイレブが言った。「ほかに方法がありそうだ。おれならその気にさせられるかもしれない」

「ザンダーに近づくな」ベナブルが言った。「うるさがられるだけだ」

「居所を知っているの？」

「二、三日前まで住んでいたところなら。だが、ドーンが向かっている可能性があると知った時点で、引き払ったはずだ」

「ドーンを恐れているから？」

「いや、世間の注目を引く恐れがあるからだろう」

「まだそこにいるかどうかわかる？　電話番号を知ってる？」

ベナブルはうなずいた。「だが、頼んでも無駄だ。きみをこれ以上危険な目に遭わせたくないんだ、ジェーン。ザンダーはきみの手に負えるような男じゃない」

「いいから、ザンダーが今どこにいるか調べて」ジェーンはベナブルと目を合わせた。「ブリックの居場所も。ターサーはどうかしら？　彼もドーンの標的でしょ？　それに、少なくともターサーなら居所がわかっている」

「おれが将軍を見張っていてもいい」ケイレブが申し出た。

「警護はもうつけてある」ベナブルが言った。「ドーンがゴールドフォークを出たとわかった時点で手配した」

「それなら、周辺を偵察することにしよう」ケイレブはジェーンに顔を向けた。「何かあったら呼び戻してくれればいいから」

ジェーンは断る気になれなかった。ケイレブは追跡にかけてはプロだ。「そうしてくれる？」

「いずれにしても、トレヴァーが来たとき、ここにいたくないからね」ケイレブはにやりとした。「運がよかったら、ドーンの首を持って帰れるかもしれないよ。おれとしてもここで漫然と過ごすより、真価を発揮できる場所にいたほうが望ましい」そう言うと、ベナブルに顔を向けた。「ターサー将軍の住所、それから、事前に知っておくべきことを教えてもらえないか」

　ふたりが話し始めると、ジェーンは階段の手すりにもたれて湖を眺めた。ジョーはまだケンドラと電話中だ。突然、疎外感を覚えて心細くなった。

「だいじょうぶよ」マーガレットがそばに来た。「みんなで力を合わせたら、きっとイヴを取り戻せる。そのケンドラ・マイケルズってどんな人なの？　そんなに頼りになるの？」

「さあ」ジェーンは疲れた声で答えた。「とても優秀で気難しいところもあるらしいけど、イヴは信頼してるわ。音楽療法士で、少し前まで目が不自由だったそうよ。今ではときどき警察やＦＢＩの捜査に協力しているんですって」

「目が不自由だった人が？」

「言いたいことはわかるわ。わたしだって信じられない。でも、助けてもらえるなら、誰だっていいの」ジェーンはせっぱつまった口調で続けた。「イヴを捜すために力を貸してくれるなら」そう言うと、唇を舐《な》めた。「マーガレット、あなたもそう。なんの関係もないあなたを巻き込んで、危険な目に遭わせるのは申し訳ないけど」

「そんなふうに考えないで。わたしが手伝いたくてやっているんだもの。ねえ、さっきはどうしたの？　ベナブルに発破をかけてたけど」

「どうかしてたのよ、イヴのことが心配で」ジェーンは動揺を隠さなかった。「イヴを取り戻すために何かしていると気がまぎれる。そうでないと、不安に押しつぶされそう。このポーチでイヴとどれだけ時間を過ごしたかわからないわ。いろんな話をしたり、ただ黙って湖を眺めていたり。イヴと出会って、こんなに心を通い合わせられる相手がいるんだと初めて思った。イヴにはボニーという娘がいたけど、亡くしてしまった。わたしは両親に捨てられて里親の家を転々としていたころ、イヴに出会ったの。イヴは本気でわたしに向かい合ってくれた。どうしてなのか、今でも不思議。わたしは決して扱いやすい子じゃなかったから。でも、いっしょに暮らすようになって、いつのまにかお互いにないものを補い合えるようになった」

「いい話ね」

「そうでしょ」

「わたしにはそんな相手はいないけど」マーガレットは静かに言った。「でも、いつかめぐり合えるかもしれないわね」そう言うと、玄関に向かった。「ひとりになりたそうね。わたしに何ができるか相談しようと思っていたけど、手っ取り早く役に立つためにコーヒーを淹《い》れてくるわ」

マーガレットは動物だけでなく、人間の気持ちもよくわかる。感心しながら湖に視線を戻したとたん、ジェーンははっとした。ずっと北側の湖岸にダイバーが浮かび上がってくるのが見える。ドーンの車が見つかったのだろう。

そしてたぶん、車内に残された農場主の遺体も。

いよいよだ。追跡が始まり、また新たな犠牲者が……。

でも、イヴはぜったい死なせない。ようやく小さな一歩を踏み出せた。ドーンの狙いがわかったからには、もっと前進できるはずだ。

どうか持ちこたえて、イヴ。わたしはぜったい諦めない。もうすぐ助けに行くから。

コロラド州　リオグランデ・フォレスト

い、い、い、い、い、い。

もうすぐ助けに行くから。

痛みと悲しみ、そして、恐怖が伝わってくる。

ジェーン？

夢だった。

目を開けたあとも、イヴは意識がはっきりするまで動かなかった。どうしてジェーンの夢を見たのかしら？　ボニーは、わたしがガスを吸ったあとの眠りの中でしか近づけなかったと言っていたのに。生きている人間とそうでない人間の違いだろうか？

それとも、わたしが愛する人たちと心を通わせたいと願っているから？

でも、今は夢の解釈よりも、この憎しみのあふれる場所から逃げ出すことを考えたほうがいい。

イヴは起き上がってバスルームに向かった。オーク材の床が素足に冷たい。山はここより温度が低い。夜は凍えるほど寒いだろう。できるだけ厚着しておこう。いつまで逃げ続けることになるかわからない。道路に出るまでどれぐらいあるのだろう？　ドーンのトラックで出かけたとき、でこぼこ道から舗装道路に出るまで少なくとも十五分はかかったような気がする。

耳をすませてドーンの気配をうかがってから、シャワーを出した。ドーンはまだ眠っている。スパチュラをポケットに忍ばせてきたから、それで錠をこじ開けよう。これ以上ケヴィンの復顔像の前に座っていたくない。

だめだ、ドーンの寝息が変わった。もうすぐ目を覚ますだろう。チャンスをうかがったほうが賢明だ。それにまだ準備が整っていない。もう少し待とう。

ちゃんと計画を立てなければ。細かい点まで考えておくかどうかが成否の鍵となる。外に出たら、どっちに進めばいいだろう？　ドーンのことだから、何重にも障壁をめぐらしているはず。でも、負けない。いろんな可能性を考えておいて、その場であわてないようにしよう。

決行は今日。ドーン、宣言しておくわ。今日中にここから逃げ出す。

16

「鼻ができたな」ドーンは目を輝かせながら頭蓋骨を見つめた。「大変だと言っていたわりに早かったじゃないか。魔法のようだよ」口調をやわらげて続けた。「ケヴィンの魔法だね。あの子が教えてくれたんだろう?」

「いいえ、わたしの腕がいいからよ」イヴは驚くほど短時間のうちに自分の指の下から浮かび上がってきた鼻を見ないようにした。「死人に魔法が使えるわけがない。残ったのは世にも醜い頭蓋骨だけ」

「もう醜くなんかない。あんたのおかげで、ザンダーに殺される前のあの子のようになってきた」ドーンは慈しむように頭蓋骨を眺めた。「目を入れたら、もっとよくなるだろう。早くやってくれ」

イヴは体をこわばらせた。「まだよ。表面を滑らかにして、いろいろ微調整してから。目は最後の最後」

「それはあとでいいじゃないか。あの子の目が見てみたい。わたしと同じ青い目だ。あの子の目のほうがきりっとしていて、うっとりするほどきれいだった」

「がっかりするわよ。ガラスの目だから、色は同じでも個性は出せない」

「それはそうだろうが。とにかく、はめてみてくれないか」

目をはめるつもりなどなかった。このモンスターの復顔像を完成するなんてまっぴらだ。

「あとで」イヴはスツールを引いた。「それよりコーヒーが飲みたいわ」そう言うと、簡易キッチンに向かった。体中の筋肉がこわばっている。そろそろ計画を実行に移す時間だ。もう夕暮れ近い。暗くなる前に周囲をよく見ておかなければ。ドーンは息子の顔が見たくてうずうずしているから、わたしの様子がいつもと違うのに気づかない。助かった。いざ決行となると、緊張と興奮を隠しきれないのがイヴは自分でもよくわかっていた。

落ち着こう。ちゃんと計画を立てたのだから。あのガスの噴出口の実験もした。やみくもに突っ走ろうとしているわけではない。

「何もかも自分のペースで進められるなんて思わないで」コーヒーメーカーをセットしながら、イヴはドーンに言った。「わたしをここに連れてきたのは、わたしの腕を見込んでのことでしょう。それなら、プロとして仕事をさせて」

「ああ、たしかに、あんたはプロだ」ドーンは眉をひそめた。「だが、ここに連れてきたのはそれだけが理由じゃない。あんたがこんなに頑固だとは思っていなかったよ。目を入れてほしいと頼んでいるだけじゃないか」

イヴは無言で背を向けてマグカップに手を伸ばした。

ドーンが悪態をついた。「自分がどんな状況にいるかわかっているのか？　生きるも死ぬもわたし次第だ。わたしが電話をかけただけで――」

ちょうどそのとき携帯電話が鳴り出した。イヴは思わず振り向いて、発信者ＩＤを見ようとした。

「気になるか？」ドーンが嘲るような笑みを浮かべた。「昨夜、ブリックに電話して、ある人物を亡き者にするように指示した。わたしにはそれだけの力がある。ひとこと言っただけで、その人間を殺させる力が。その人物は誰だと思う？」そう言うと、応答ボタンを押した。「ちょっと待ってくれ、ブリック。今、言い聞かせているところだ」イヴに顔を向けた。「トラックに乗っていたとき聞いていただろう、ブリックに湖畔のコテージに行けと言ったのを。あんたの愛する家族のいる家だ。わたしが指示した人物はジョー・クインかな？　それとも、ジェーン・マグワイアかな？」

イヴは息ができなかった。胸が押しつぶされたように苦しい。「そんな嘘《うそ》、信じない」

「どっちにしてほしい？」ドーンが穏やかな声で訊《き》いた。

イヴは唇を舐《な》めた。「どっちもだめ。あなただって、わたしを意のままにできる手段をあっさり手放さないはずよ」

「さすがに鋭いな。それなら、聞かせてやろう」ドーンは電話のスピーカーボタンを押した。「待たせたな、ブリック。首尾よくいったか？」

「ああ、死んだ。庭にいるところを狙って、一発で仕留めた。屋敷に忍び込んで、二階の窓から狙ったんだ。ケヴィンが知ったらほめてくれるよ」

「ああ、きっとほめてくれる。邪魔は入らなかったか？」

「家の中に警護の男がいたけど、そいつがあの年寄りの様子を見に行った隙に逃げ出した」ブリックは一呼吸おいた。「ちょっと変だった。あのじいさん、おれに気づいていたようなんだ。顔を上げて、じっとおれを見ていた。けど、まるで待っていたみたいにその場を離れなかったんだ。変だろ？」

「始末したなら、それで充分だ」

「まあな。で、これからどうしたらいい？」

「そうだな」ドーンはイヴを見た。「湖畔のコテージに戻ってもらうとするか」

「戻ってもいいが、あの一帯には警官がうようよいるから、やばいんじゃないかな」

「また連絡する」そう言うと、ドーンは電話を切った。

「いったい……誰を殺させたの？」

「察しがつくだろう？　ジョン・ターサー将軍だ。あの年まで生き延びただけでも幸運だった。本来なら、五年前に死んでいたはずだ」ドーンはまた復顔像に目を向けた。「ちょっと遅くなったが、けりをつけたよ、ケヴィン。あいつの苦しみをもっと長引かせてやりたいところだが。あいつがそっちに行ったら、おまえの好きなようにしたらいい」

イヴはぞっと身震いした。「五年待ったのなら、なぜ急に？」

「昨夜ザンダーに電話しただろう。あれは戦闘開始の合図だ。ターサーをブリックに始末させたのは、ザンダーに全力を集中するためだ」

わたしが眠っている間に、殺された愛娘《まなむすめ》のために公正な裁きを求めた元軍人が息を引き取っていたのだ。

イヴは心の中で冥福を祈った。

将軍の力になってあげてね、ボニー。

「これでよくわかっただろう。生きるも死ぬもわたし次第、ルールをつくるのはわたしだ。電話一本かければ――」

「わかった」これ以上聞きたくなかった。死ななくてもいい人が殺されたと思うと、悲しみと怒りで胸が痛くなった。こんな忌まわしい自慢など聞きたくない。「もう充分思い知ったから」

「嘘をつくな。いずれ思い知らせてやる。さっさとケヴィンの目を入れろ」

「自分でやったら？」

ドーンは不意をつかれた顔になった。「え？」

「わたしにプロとして仕事させてくれないなら、自分でやればいい」イヴはカップにコーヒーを注いだ。「目を入れるのは簡単な作業だし、ケヴィンの目のことはわたしよりよく知っているでしょう」イヴはコーヒーを一口飲んだ。「なんなら、目の見本の入っているケースを開けてあげましょうか」

「急に言われても……」ドーンはまんざらでもない顔つきになった。「たしかに、あんたの言うとおりだな。わたしのほうがあの子のことはよく知っている」

「気心のわかった人に仕上げをしてもらうほうが、ケヴィンも喜ぶわ。わたしを嫌っているし」

「あんたのせいであの小さな女の子が強くなったのが気に入らないんだ」ドーンは半ばうわの空で答えた。「そうだな、ケヴィンは喜ぶだろう。昔のようにふたりで力を合わせられるからな」

　父と息子が力を合わせて子どもたちを犠牲にしてきたのだと思うと、イヴは気分が悪くなってきた。「ケースを用意するわ」作業テーブルに近づいた。「目を入れる前に、目の下の補強をしたかったけれど」そう言うと、カップを作業テーブルに置いて、その下に置いてあるケースを取り出した。「ふだんは茶色の目を使うことが多いの。でも、青も用意してあるでしょうね？」

「もちろんだ」ドーンはイヴがケースを開けるのを見守っていた。「息子の目の色を忘れるわけがないだろう」

「復顔に取りかかる前にケヴィンの写真を見せようとしなかったけれど」

「あんたはいつも事前に写真を見ないことにしているじゃないか。先入観なしにやってもらいたかった」ドーンはイヴが見せたガラスの目を食い入るように眺めた。「実際、あんたはやってくれたよ」

たしかに、復顔彫刻家としてできるかぎりのことはした。それでも、最後までこの頭蓋骨には共感を覚えられなかった。

「じゃあ、今度はあなたの番よ」イヴはまたカップを唇に近づけた。「眼球を選んで。扱いに注意してよ」

「ケヴィンの目ほどきれいじゃない」ドーンはそっとガラスの目を取り上げた。「まあ、この青いので我慢するしかないか」そう言うと、くぼんだ眼窩《がんか》に顔を近づけた。「もうすぐだよ、ケヴィン。これを入れたら――」

その瞬間、イヴは火傷《やけど》するほど熱いコーヒーをドーンの目めがけて投げかけた。

ドーンが悲鳴をあげる。ガラスの義眼を床に落として、自分の目を覆う。

イヴはすかさず彼の首に空手チョップを食らわせた。

ドーンが膝から崩れ落ちる。やみくもに手を振り回してポケットから銃を出そうとした。

「やりやがったな」

急いで。

もう一発お見舞いしている余裕はなかった。ドーンはまだ目が見えないようだが、ポケットには銃も、天井からガスを放出させるエンブレムも入っている。

計画どおり動こう。

イヴは最短距離で寝室に走って、ドアのそばに用意しておいたダッフルバッグをつかんだ。

ドーンはもがきながら、ポケットから銃を取り出しかけている。「見えないと思ってるんだろう？　かすんでいても撃てる。そこを動くな。あんたにはまだ利用価値がある。殺したくない」

「わたしはあなたを殺してやりたい」イヴは脚を振り上げると、ドーンの手を蹴って銃を払い落とした。だが、銃を奪おうとかがんだ瞬間、ドーンがのしかかってきた。

重い。どうしようもなく重い。銃を部屋の隅に転がすのが精いっぱいだった。

銃を取りに行くことはできない。

「わたしを殺す?!」ドーンは嘲るように言うと、イヴの喉を締め上げた。「わたしたちに勝てると思っているのか？　わたしたち親子の力がまだわからないのか？　絞め殺してやる。ただし、今じゃない。まだだ」

息ができない。頭が朦朧《もうろう》としてきた。でも、動かないと、永遠にチャンスはなくなる。

イヴはやっとのことで上半身を起こすと、ドーンの額に思いきり頭突きを食らわした。

ドーンがうめき声をあげた瞬間、喉を締め上げていた手がゆるんだ。

イヴはすかさず体を引き離して床を転がると、ドーンのみぞおちに一撃見舞った。

だが、ドーンはすぐ立ち直って、捕まえようと手を伸ばしてきた。

早く！　早く外に出なくては。

でも、その前にすることがあった。

気が進まなくても、計画したことは実行しなければ。

イヴは起き上がって塑像台に駆け寄った。目のない復顔像がこちらをにらんでいる。

見ないようにしよう。骨と粘土の塊にすぎないんだから。

深呼吸した。

そして、手を伸ばすと、塑像台から頭蓋骨を取り上げてダッフルバッグに投げ込んだ。

「何をする？」ドーンが叫びながら、肩をつかんだ。「ケヴィンをどうするんだ？」

イヴはその手を振りほどいてドアに走った。

「気は確かか？　玄関を開けたらどうなるかは教えたはずだぞ」ドーンがポケットからエンブレムを取り出した。「ただの脅しじゃないからな。思い知らせてやる」

ドアまであと少し。

カーネーションの香りが漂ってきた。

吸い込まないで。

イヴは息を殺した。

それでも、カーネーションの香りがどんどん広がってくる。

玄関を開けたとたん、頭上から勢いよくガスが噴き出してきた。

カーネーションの香りが強くなる。

頭がくらくらする。

もっと吸い込む練習をしておくんだった。

でも、もう手遅れだ。

息を詰めて、外に出るまで持ちこたえられることを祈った。

出た！

まだ息をしてはだめ。ガスが漏れたり、服に付着したりしている可能性もある。

イヴは息を殺したまま走った。

足元は岩だらけだ。森が見える。とにかく、あそこまで走ろう。頬に当たる風が身を切るように冷たかった。

肺が破裂しそう。

手に持ったダッフルバッグが揺れて太腿に当たる。厚いカンバス地を通して、ケヴィンの復顔像が何か訴えているような錯覚に陥った。

背後からドーンの叫び声が聞こえたが、発砲はしてこなかった。部屋の隅に転がった銃を拾いに行く余裕がなかったのだろうか？　ガスを噴射してもイヴが気絶しなかったのにとまどっているにちがいない。

恐る恐る息を吸った。だいじょうぶ。シャツからかすかなカーネーションの香りがした。それとも、ダッフルバッグから漂ってくるのかしら？　復顔像を投げ込んだあと、ファスナーを閉め忘れていた。でも、そんなはずがない。変に気を回すのはやめよう。

骨と粘土の塊にすぎないんだから。イヴはまた自分に言い聞かせた。

「息子を返せ」ドーンが怒りをあらわにした。「何を考えてる？　ケヴィンを返さないなら、あんたの家族を皆殺しにしてやる。娘のジェーンをじっくりいたぶってやれとブリックに言っておく。そういう経験はさんざんしてきたやつだからな。昔はケヴィンとふたりでよく楽しんでいた」

そんな脅しを真に受けてはだめ。今のドーンの武器は言葉だけだから。

計画したとおりにやることだけを考えよう。

イヴはすばやくあたりを見回した。道はまっすぐ山に続いているようで、両側から木々が覆いかぶさっている。

できるだけ崖に近づかなくては。

「ブリックは、ジェーンを撃ってわたしに怒られたのを根に持っている。その恨みを晴らすチャンスが来たと喜ぶだろう」

「その脅しは通用しないと言ったはずよ。ジェーンはあなたなんかに負けない。そして、ジョーも」そうであることを心の中で祈った。

木々の間から険しい崖が見えた。まっさかさまに数百メートル下の谷に続いている。おあつらえ向きだ。

走る速度を上げたので、ドーンとの間にかなりの距離ができた。

「どうあがいたって、わたしには勝てない。ケヴィンがついているから」

「そこから動かないで」崖にたどり着くと、イヴは息を切らせながら振り向いた。「覚悟して。もうおしまい」

数百メートル離れたところでドーンがぎくりとして立ち止まった。「飛び降りる気か?」そう言うと、首を振った。「死を恐れていないのは知っていたが、まさか命を絶つ気じゃないだろう?」

「馬鹿なことを言わないで」イヴはダッフルバッグから復顔像を取り出した。「ケヴィンに気の毒なことをしたわ。バッグの中で振り回されて、鼻が曲がってしまった」

ドーンはぎょっとして復顔像を見つめた。「ケヴィンを返せ」

「いやよ」イヴは崖を見おろした。「谷底が見えないぐらい深い。ケヴィンには険しい旅になりそう」

「やめろ!」ドーンは一歩近づいたが、イヴが復顔像を崖からぶら下げるのを見て足を止めた。「もうちょっとで戻ってくるのに。お願いだ、息子をそんな目に遭わせないでくれ」

「よく見てて。それから、わたしを追いかけるか、大切な息子を助けに行くか決めるといい。あの急斜面を谷底まで転がっていったら、どこまで破損するか保証のかぎりじゃない。岩にぶつかって壊れるかもしれないし、すぐ取りに行かなかったら、オオカミやコヨーテの餌食になるかも。息子を救いたいでしょ。ドーン？」

「そんなまねはさせない。あの子が許さない」ドーンは血走った目でにらみつけた。「ほら、始まっただろう。金縛りに遭って動けなくなってきた。手がこわばって像を落とせなくなった」

「そんな暗示にかかると思う？」イヴは意志の力で、復顔像を持つ手から力を抜こうとした。「わかってるわ、あなたの悪夢のシナリオは。ザンダーを殺す前にケヴィンの顔を突きつけるつもりでしょう。わたしの作品を殺人の小道具に使われるなんてまっぴら。この復顔像は諦めて」

「諦めるものか。ザンダーにあんたを見せる。それまでは殺さない」

「だったら、わたしを捕まえることね」イヴはドーンの目を見つめた。「だけど、ケヴィンを救い出すのが先じゃない？」

　そう言うと、次の瞬間、復顔像を崖から落とした。

　ドーンが致命傷を負ったような悲鳴をあげる。

イヴは身を翻して小道を駆け出した。

逃げなくては。

これで時間稼ぎができるはず。ドーンの追跡をかわすにはこの方法しか思いつかなかった。

ドーンはあの復顔像に異常なほど執念を燃やしているから、きっと救い出すために谷をおりていくだろう。

肩越しにちらりと振り返ってみた。

ドーンは崖の縁に立っていた。両手をこぶしに握って、長い斜面を見おろしている。

ふと、イヴの視線に気づいたかのように顔を上げてこちらを見た。その顔を見た瞬間、イヴは息苦しくなった。闇、激しい怒り、邪悪さが押し寄せてくる。

イヴはその場に立ち尽くした。早く逃げなければいけないとわかっていても、まるでドーンに肩をつかまれたかのように動くことができない。

「自分では利口なつもりだろうが」さっきまでの怒鳴り声ではなかった。低いかすれた声だ。これだけ離れているから、聞こえるはずがないのに、一語一語はっきり聞き取れる。

「あんたには何もわかっていない。あんたを逃がすわけがない。ザンダーを殺すにはあんたが必要なんだ。あんたを見つけてから二年以上計画を練ってきた。毎日寝る前に誓いを立て、ケヴィンに約束した。あんたがその場にいないと、ザンダーを殺す喜びが半減する」そう言うと、一拍おいた。「先にあんたが死ぬところをザンダーに見せてからでないと」

「どういうこと？」イヴは唖然《あぜん》としてドーンを見つめた。「わたしを殺してなんになるの？　ザンダーは気にもとめない」

「いや、どうしようもないんだ。これほど強いものはこの世にないからね」

どこかで聞いた覚えのある台詞《せりふ》だ。「何を言ってるのかわからない」

「あんたとザンダーのことだ。わかったのは二年前、ザンダーに復讐《ふくしゅう》する計画を練っていたときだ。ケヴィンとわたしにとって、願ってもない材料が見つかった。やっぱり、こうなるべき運命だったんだよ」

イヴは当惑してドーンを見つめた。寒気がして胸騒ぎを覚えた。「材料って……わたしが復顔彫刻家で、あなたの息子の顔を再現できることが？」

「いや、それはおまけみたいなものだ。それを調べていたわけじゃない。見つけた材料が本物だという裏づけにすぎなかった」ドーンは悪意に満ちた低い声で続けた。「ザンダーの心を打ち砕いて血を流させる、完璧な武器を手に入れた」

なぜ突っ立ってドーンと話したりしているのだろう？　逃げなければいけないのに。これくらいの距離なら数分で追いつかれてしまう。

背を向けて逃げよう。

でも、今逃げたら、ドーンは復顔像を取りに行くのはあとにして、わたしを追いかけてくるかもしれない。「なんの話かわからないけれど、ザンダーがわたしのことなんか気にしないのは確かよ」

「いや、世の中にこれほど強いものはないんだから」

イヴははっとした。ドーンがこの言葉を口にしたときのことを思い出したのだ。ぎょっとして、目を見開いた。「何が言いたいの？　わけがわからない」

「世の中に父と子の絆《きずな》ほど強いものはない」ドーンが繰り返した。「あいつに息子を殺されて、わたしは絶望の底に突き落とされた。だから、あいつの子を捕まえて、目の前で殺してやると誓った」ドーンはイヴの表情を見逃すまいとするかのように目を細めた。「あんたを殺すしかないんだ、イヴ」

脳天に一撃食らったようなショックを受けた。「いったい何を――」

「見つけたんだ、ザンダーの堅い鎧《よろい》を貫いて、残された最後の時を苦しみ抜かせる方法を」にやりとすると、いっそう悪意に満ちた顔になった。「あいつの娘を」

イヴは息ができなくなった。「わたしの想像どおりのことを考えているとしたら、正気じゃないわ」声が震えた。

「ザンダーはあんたの父親だ。まだそれに気づかないときから、あいつに似ていると思っていたよ。あんたたち父子は同じタイプのモンスターだ。同じ邪気と毒を振りまいている」そう言うと、ドーンは谷底に目を向けた。「そうじゃなかったら、こんなひどいまねはできっこない」

この男は常軌を逸している。こんな話を信じられるわけがない。

嘘に決まっている。

あり得ない。

作り話を真に受けて動揺するなんて愚かなことだ。身をくねらすコブラに魅入られたように、全身の筋肉をこわばらせて突っ立っているなんて、どうかしている。早くこの場を離れよう。「それなら、早く息子を助けに行ったら？」イヴはこわばった体を動かそうとした。「今なら崩れた顔を救い出せるかも。それとも、いっしょに地獄に落ちたら？」イヴは走り出した。「これ以上そんなたわごとを聞く気はないわ」

背後で悪態をつく声がして、思わず振り返った。ドーンはもう崖の縁に立ってはいなかった。

追いかけてくる。

読みがはずれた。

「あんたの作戦に乗せられたとでも思ったのか？　ケヴィンは待っていてくれるさ」ドーンは走る速度を上げた。「わたしに劣らないほどあんたを捕まえたがっているからな」

イヴは丘を駆け上がった。心臓がバクバクして今にも破裂しそうだ。

もっと速く。

〝ザンダーはあんたの父親だ〟

ドーンの言うことなんか信じられない。

もっと速く走ろう。ドーンは大男で、脚も長いから……。

でも、わたしのほうが身軽だし、年も若い。

ほんの少し距離が開いた。

あんな話に惑わされないで。

母でさえわたしの父親を知らないのに、ドーンが知っているわけがない。

ドーンが迫ってくる。

あたりが薄暗くなって、小道に木々の長い影が落ちてきた。闇はありがたい。闇にまぎれて藪《やぶ》に逃げ込んだら、ドーンをまくことができるだろう。あともう少し距離を開くことができたら。

あたりは静まり返っている。背後からドーンの荒い息が聞こえる。

胸が苦しい。

弱音を吐かないで。走り続けて。

脚から力が抜けていくのがわかった。

走り続けて。

「逃げられない」ドーンの声も苦しそうだ。「わたしのほうが強い。ケヴィンの――おかげだ。ケヴィンは――あんたを逃がさない。感じるだろう？　すぐそばにいるのを」

突然、体に冷たいものが触れた。

風だ。イヴはそう思おうとした。ドーンに惑わされたら、敗北を認めるのも同然だ。

気力を振り絞って走る速度を上げた。すると、信じられないことに、一歩進むたびに体力が戻ってくるのを感じた。筋肉が動き出し、痛みが薄らいでいく。

肌に感じた冷たさが消えて、全身が温かいものに包まれた。

ボニー、来てくれたの？

体が軽い。全身に力と愛がみなぎるのを感じた。

やっぱりそうだった。ボニーが助けてくれたのだ。

喜びが込み上げてきた。

「勝負はついたわ。あなたの負け」ドーンに向かって叫んだ。全身に血がめぐっているのを感じる。うれしさのあまり頭がくらくらしてきた。「まだわからない？」息をするたびに、一歩踏み出すたびに、ドーンとの距離が開いていく。「わかったでしょう、わたしはもう何にもとらわれない！」

訳者あとがき

本書『囚われのイヴ』の主人公イヴ・ダンカンは、遺体の頭蓋骨の形状を計測し、粘土で肉付けして生前の容貌を復元する復顔彫刻家です。捜査機関などから身元不明遺体の復顔の依頼が絶えず、そのせいで事件に巻き込まれることもしばしば。また、何年も前に誘拐、殺害された娘の遺体を捜し続けており、その関係から連続殺人犯に狙われることも少なくありません。

イヴ・ダンカンを主人公にしたシリーズ作品はこれまでに日本で九作刊行され、二〇一九年秋現在、原書は計二十四作を数えるロングシリーズとなっています。

①『失われた顔』The Face of Deception　池田真紀子訳　二見文庫　一九九九年
②『顔のない狩人』The Killing Game　池田真紀子訳　二見文庫　二〇〇一年
③『爆風』The Search　池田真紀子訳　二見文庫　二〇〇三年
④『嘘はよみがえる』Body of Lies　北沢あかね訳　講談社文庫　二〇〇四年

⑤『いにしえの夢に囚われ』Blind Alley　高田恵子訳　ヴィレッジブックス　二〇一一年
⑥『シーラの黄金を追って』Countdown　高田恵子訳　ヴィレッジブックス　二〇一二年
⑦『愛しき顔がよみがえる』Stalemate　高田恵子訳　ヴィレッジブックス　二〇一三年
⑧『パンドラの眠り』Quicksand　高田恵子訳　ヴィレッジブックス　二〇一四年
⑨『ゴブレットは赤く染まって』Blood Game　高田恵子訳　ヴィレッジブックス　二〇一四年

本書は二〇一三年に刊行されたシリーズ内のEve三部作の一作目Taking Eveの邦訳です。シリーズ第二作『顔のない狩人』で初登場し、その後イヴの養女となったジェーンが命を狙われ、イヴが謎の人物に拉致されるというところから物語が始まります。

続くHunting Eveでは、コロラド州の山地でひとり逃亡を続けるイヴをジェーン、イヴのパートナーでアトランタ警察のクイン刑事、そして、ケンドラ・マイケルズ（驚異的な洞察力を持つ音楽療法士。『暗闇はささやく』などのシリーズ作品の主人公）が懸命に捜索し続ける中、本書に登場した謎の殺し屋ザンダーもある理由からイヴを追います。

さらに、三部作最後のSilencing Eveでは、追跡者を欺くために一度は亡くなったものとされたイヴの捜索に、イヴの友人でＣＩＡ捜査官のキャサリン・リングも加わるという、著者が生み出した個性豊かなキャラクターたちが登場して、息もつかせぬ展開になっています。

著者アイリス・ジョハンセンは、日本でも数多くの作品が紹介されているのでご存じの方も多いことでしょうが、簡単にご紹介しておきましょう。

小説を書くようになったのは四十歳を超えてから、当時は現代ロマンスを中心に書いていましたが、その後、歴史ロマンスも手がけるようになり、一九九六年の『スワンの怒り』(The Ugly Duckling　池田真紀子訳　二見文庫)でロマンティック・サスペンスというジャンルを開拓してヒット作を続出させ、一九九八年に書き始めた〈イヴ・ダンカン〉シリーズで人気作家の地位を確立しました。

イヴのほかにも、〈キャサリン・リング〉シリーズや、息子でエドガー賞作家のロイ・ジョハンセンとの共著である〈ケンドラ・マイケルズ〉シリーズ、最近では、本書にも登場するマーガレット・ダグラスを主人公とした作品など、数多くのヒロインを世に送り出しています。そのヒロインたちが同じ作品に登場することもあり、それぞれのスピンオフ作品も数多く発表しています。書くうちにどんどん世界が広がっていくのでしょう。一九三八年生まれということですから八十歳を超えていますが、今も創作力は衰えていません。今後も楽しい作品が期待できそうです。

二〇一九年十一月

矢沢聖子

訳者紹介　矢沢聖子

英米文学翻訳家。津田塾大学卒業。幅広いジャンルの翻訳を手がける。主な訳書に、アイリス・ジョハンセン『野生に生まれた天使』、アイリス・ジョハンセン／ロイ・ジョハンセン『永き夜の終わりに』（以上、mirabooks）、ミック・フィンレー『探偵アローウッド　路地裏の依頼人』、トム・ミッチェル『人生を変えてくれたペンギン　海辺で君を見つけた日』（以上、ハーパーBOOKS）など多数。

mira

囚《とら》われのイヴ

2019年11月15日発行　第1刷

著　者　アイリス・ジョハンセン

訳　者　矢沢聖子《やざわせいこ》

発行人　フランク・フォーリー

発行所　株式会社ハーパーコリンズ・ジャパン
東京都千代田区大手町1-5-1
03-6269-2883（営業）
0570-008091（読者サービス係）

印刷・製本　中央精版印刷株式会社

定価はカバーに表示してあります。

ISBN978-4-596-91805-5

mirabooks

ホテル・インフェルノ

リンダ・ハワード
氏家真智子 訳

生まれつき数字を予知できる力を持つローナは、カジノを転々として生計を立てる日々。ある日高級カジノ・ホテル経営者ダンテに詐欺の疑いで捕らわれ…。

ためらう唇

リンダ・ハワード
加藤洋子 訳

ボウのもとに、十数年音沙汰のなかった元義兄から突然連絡が入る。銃撃で重傷を負った特殊部隊リーダーのモーガンをしばらく匿ってほしいと頼まれ…。

吐息に灼かれて

リンダ・ハワード
加藤洋子 訳

突如危険な任務を遂行する精鋭部隊に転属を命じられたジーナ。素人は足手まといだ、と屈強なリーダーのリーヴァイに冷たく言われたことで心に火がつき…。

カムフラージュ

リンダ・ハワード
中原聡美 訳

FBIの依頼で病院に向かったジェイを待っていたのは、全身を包帯で覆われた瀕死の男。元夫なのか確信を持てないまま、本人確認に応じてしまうが…。

誘惑の湖

リンダ・ハワード
新井ひろみ 訳

大企業に君臨するロバートは、傘下企業の国家機密プログラムを流出させた容疑者の女に近づく。美しい彼女を前に、ある計画を思いつき——不朽の名作！

幾千もの夜をこえて

リンダ・ハワード　リンダ・ジョーンズ
加藤洋子 訳

気高く美しい女神レナと、冷酷な一匹狼の傭兵ケイン。決して出会うはずのなかった二人は、運命のいたずらによって5日間の逃避行をともにすることに…。

mirabooks

さよならのその後に
シャロン・サラ
兒嶋みなこ 訳
息子を白血病で亡くし、悲しみのあまり離婚の道を選んだヘイリー。3年後、命の危機に陥った瞬間に思い出したのは、いまも変わらず愛している元夫で…。

いつも同じ空の下で
シャロン・サラ
兒嶋みなこ 訳
シェリーの夫はFBIの潜入捜査官。はなればなれの日々のなか、夫が凶弾に倒れたという知らせが入る。涙にくれるシェリーを、次なる試練が襲い…。

傷だらけのエンジェル
シャロン・サラ
新井ひろみ 訳
天涯孤独のクィンは刑事ニックに救出される。彼はかつて同じ里親のもとで暮らし、ただ一人心を許した少年だった。再会した二人は男と女として惹かれあう。

七年目のアイラブユー
シャロン・サラ
新井ひろみ 訳
タリアは最愛の人ボウイの求婚を断った。以来家族の介護だけに生きてきた彼女は、父を殺されて帰郷した彼と再会する。彼は7年前の拒絶の理由を問い質し…。

翳りゆくハート
シャロン・サラ
矢沢聖子 訳
レイニーは10年前、恋人サムに捨てられた。サムの母親が殺され彼は町に帰ってくるが、別人のように変わり果てていた。だがそれはレイニーも同じで…。

ミモザの園
シャロン・サラ
皆川孝子 訳
祖母が遺した〝ミモザの園〟に越してきたローレル。予知能力を持つ彼女を待っていたのは、夢の中で愛を交わした名も知らぬ幻の恋人だった。名作復刊。

mirabooks

心があなたを忘れても
マヤ・バンクス
庭植奈穂子 訳
ギリシア人実業家クリュザンダーの子を宿したマーリーは、彼にただの“愛人”だと言われ絶望する。しかも追い打ちをかけるように記憶喪失に陥ってしまい…。

後見人を振り向かせる方法
マヤ・バンクス
竹内　喜 訳
イザベラが10年以上も片想いをしているのはギリシア富豪一族の次男で後見人のセロン。だがある日、彼がどこかの令嬢と婚約するらしいと知り…。

一夜の夢が覚めたとき
マヤ・バンクス
庭植奈穂子 訳
楽園のような島のホテルで職を得たジュエルはその日、名も知らぬ男性に誘惑され熱い一夜を過ごす。だが彼こそがオーナーのピアズで、彼女は翌日解雇され…。

天使と野獣
ビバリー・バートン
辻　早苗 訳
人を癒やす力を持つジニーは命を救った麻薬捜査官サムに惹かれたが、彼は冷たく去った。だが6年後、狂信者に狙われたジニーの警護のため、サムが再び現れる。

裏切りの一夜
ビバリー・バートン
小山マヤ子 訳
デボラはかつて、ずっと好きだったアシュに純潔を捧げるも、その直後に彼は町を出た。11年後――密かに彼の子を産んでいたデボラの前に、アシュが現れる。

呪いの城の伯爵
ヘザー・グレアム
風音さやか 訳
盗みを働こうとした養父がカーライル城に捕らわれたと聞きカミールは青ざめた。その城には呪いがあるともっぱらの噂で、今は恐ろしい伯爵がおさめており…。